致　谢

本书的出版得到深圳大学青年教师科研启动项目"跨学科视野下的马克·吐温研究"（项目编号000002111004）、2021年广东省本科高校教学质量与教学改革工程建设项目暨2021年度深圳大学教学改革项目"双区城市形象国际传播在《英语新闻采访与写作》中的融合与实践"的资助。作者在此谨致谢忱！

文明互鉴：中国与世界

英语世界的
马克·吐温研究

林家钊◎著

四川大学出版社
SICHUAN UNIVERSITY PRESS

序

马克·吐温是19世纪的美国经典作家,在世界各地拥有众多读者,他的影响力并未随着他1910年去世而消失。2006年,美国权威期刊《大西洋月刊》(The Atlantic Monthly)在一次评选中将他列为影响美国的一百位人物之一,排名第十六。而在学术界,尤其是在英语学术界,马克·吐温研究依然在不断推陈出新,宾州州立大学出版社每年赞助出版刊物《马克·吐温年刊》(Mark Twain Annual),加州大学班克罗夫特图书馆设有专门的马克·吐温项目以处理他留下的大量文学遗产。这些材料形成了一部绵延不断的马克·吐温学术史,使得马克·吐温研究体制化、经典化。我国文坛和学界对马克·吐温的引介起源也很早。现有最早的马克·吐温小说中文译本是1904年陈景韩的《食人会》,后来经过鲁迅、周珏良、老舍、许汝祉、顾长声、张友松等一代又一代作家、翻译家和评论家的努力,马克·吐温成为中国人民耳熟能详的一位作家。

在进入21世纪后,我国对马克·吐温的研究进入了新的阶段,三篇综述文章对中国的马克·吐温研究进行了及时的回顾和总结,即杨金才和于雷的《中国百年来马克·吐温研究的考察与评析》(2011)、石婕的《国内马克·吐温研究述评》(2015)、蒋承勇和吴澜的《选择性接受与中国式呈像——马克·吐温之中国传播考论》(2019)。三篇综述做出了基本一致的判断:马克·吐温形象的构建是一种选择后的结果,以1978年为界,这之前政治化解读趋向处于强势地位,1978年之后,艺术的、审美的、文化的研究开始抬头。[1] 杨金才和于雷在文中对未来的马克·吐温研究给出了建设性的意见,他们认为"我们还可以在文化研究方面多做文章,将马克·吐温的创作置身于

---

[1] 杨金才、于雷,《中国百年来马克·吐温研究的考察与评析》,载《南京社会科学》,2011年第8期,第132-138,144页;石婕,《国内马克·吐温研究述评》,载《河南教育学院学报》(哲学社会科学版),2015年第6期,第95-100页;蒋承勇、吴澜,《选择性接受与中国式呈像——马克·吐温之中国传播考论》,载《英语研究》2019年第1期,第70-79页。

19世纪的经济、社会和科学语境中，力图从新的视角发现作家的不同侧影"①。可见，我国学界实际上已经意识到了马克·吐温研究中存在的问题和未来可能的方向，但是究竟应该如何历史语境化地解读马克·吐温，则还需要研究者接着讲下去、做下去。总的来说，无论是从外在学术资源的完善和成熟，还是从我国内在的马克·吐温学术进化之需求来说，对马克·吐温的学术研究依然有很大的空间，这也是本书的出发点。

本书分四个章节，按照两条线索进行书写。第一条线索是从历时的角度铺开，第一章主要是对1910年至今的美英马克·吐温研究历史进行阶段分期和学者谱系描写。在分期标准上，本书放弃线性史观下"产生—发展—繁荣"式的分期和命名模式，而是本着重视问题意识、重视新现象、重视新观点的原则，划分出了六个研究阶段。第一章对每个阶段的代表学者和作品、观点等进行提纲挈领式的归纳、提炼和陈述，涉及50多位代表性的学者、作家、社会人士，挖掘出多位在各个时代具有代表性的马克·吐温研究者，其中既有马克·吐温的好友豪尔维斯，又有英国作家艾略特、英国批评家马修·阿诺德、美国作家拉尔夫·埃里森这样的英美文坛巨擘，还有如谢莉·菲斯金、乔纳森·阿拉克等一批仍然在世的知名文学批评家。本书所涉及的专家、学者数量接近300人，是对英语世界马克·吐温研究学者的一次谱系式的全面梳理。

第二章到第四章按照材料、方法和视野的线索对英语世界出版的马克·吐温一手文献、研究方法和研究视野做出挑选、评述。马克·吐温留下了不计其数的一手文献，这些文献被安置于由加州大学班克罗夫特图书馆所收藏的"马克·吐温文献"（"Mark Twain Papers"）及其运营的"马克·吐温在线计划"（"Mark Twain Project Online"）中，还有过去一百年美英学界出版的相关重要书信集、演讲录、采访录、笔记本、自传、他传等。第二章总共涉及此类文献37部（篇），并对其中的20余部（篇）进行了重点挖掘和评述，在文献评述过程中，本章注重的不但是对文献的"述"，还注重对文献的"评"，对这些文献出版的创新价值、意义以及它们所能够回答的问题做出评价。

第三章关注英语世界马克·吐温学界的研究方法创新。文本发生学方法和历时研究方法是本章重点关注的对象。本章首先对文本发生学的产生做了相应的介绍，随后集中探讨文本发生学方法如何对马克·吐温研究中的重要争议问题提出新的解决方案。围绕着文本发生学方法，本章重点评介维克多·多依

---

① 杨金才、于雷，《中国百年来马克·吐温研究的考察与评析》，载《南京社会科学》，2011年第8期，第137页。

诺、阿兰·格里本等人的研究成果，这些研究者一反美国新批评派对"意图谬误"的过激反应和对"作者意图"的放弃，通过对马克·吐温创作过程的精细观察，竭尽可能地还原马克·吐温创作过程中的作者意图，假设并论证马克·吐温小说巧妙的情节设计，发前人之未发，解前人之未解。本章对历时研究方法的论述逻辑同样如此。我们所关注的是：该方法到底能够为马克·吐温的种族观等争议带来怎样的新视野？沿此思路，本章涵盖迪克森·维克多、亚瑟·佩蒂特、菲斯金、兹维克、方纳等在内的 30 余位学者的研究成果，他们独特的研究方法使得大量新的历史文献进入学术现场，使得学界对马克·吐温的种族观、帝国观、宗教观等展开重新评估变为可能。

第四章将研究视野拓展至澳大利亚、新西兰、印度、毛里求斯和南非五个英语国家。马克·吐温在澳大利亚等英属殖民地的环球之旅在当地学界和媒体报道中都留下了弥足珍贵的研究资料，这些材料激发了来自美国、澳大利亚、新西兰、印度等国的文学研究者的学术兴趣。他们的研究归结起来，可分为以下三个方面：第一，实证和传记角度，对马克·吐温在以上国家访问和演讲时的日程安排做出考据式编排；第二，影响研究范畴，考察马克·吐温对澳大利亚等国文学的影响发生方式和结果等；第三，阐释学角度，对马克·吐温的"印度观""反帝国主义"观念的形成做出分析。本书发现，较之英美两国，同为英语世界的澳大利亚、印度等国对马克·吐温的接受存在着明显的文化过滤和文本选择等"变异"现象，其接受的"异质性"特征的加入描绘出了一个更加复杂同时也更加全面的马克·吐温研究版图。

目 录

绪 论 ……………………………………………………………（ 1 ）
  第一节　研究缘起与价值 ………………………………………（ 1 ）
  第二节　国内外文献综述 ………………………………………（ 3 ）

第一章　英语世界马克·吐温研究的分期 ………………………（ 19 ）
  第一节　1910 年前：经典地位的形成 …………………………（ 19 ）
  第二节　1911—1919 年：文学遗产的整理 ……………………（ 22 ）
  第三节　1920—1950 年：精神分析批评的介入 ………………（ 27 ）
  第四节　1957—1970 年：种族主义风波的挑战 ………………（ 34 ）
  第五节　1966—1980 年：双面人格论的提出 …………………（ 37 ）
  第六节　1980 年至今：文化和跨学科研究的兴盛 ……………（ 41 ）
  小 结 ……………………………………………………………（ 53 ）

第二章　英语世界马克·吐温研究的新材料 …………………（ 54 ）
  第一节　马克·吐温一手文献的保存、出版与数字化 ………（ 54 ）
  第二节　马克·吐温一手史料挖掘：书信集、演讲录、笔记本等 …（ 61 ）
  小 结 ……………………………………………………………（ 87 ）

第三章　英语世界马克·吐温研究的新方法 …………………（ 88 ）
  第一节　马克·吐温研究中的文本发生学方法及其价值 ……（ 88 ）
  第二节　马克·吐温研究中的历时研究方法及其价值 ………（103）
  小 结 ……………………………………………………………（136）

第四章　英语世界马克·吐温研究的新视野 …………………（138）
  第一节　马克·吐温与澳大利亚 ………………………………（139）
  第二节　马克·吐温与新西兰 …………………………………（145）
  第三节　马克·吐温与印度 ……………………………………（149）

第四节　马克·吐温与非洲英语国家 …………………………（159）
　　小　结 …………………………………………………………（166）
结　论 ……………………………………………………………（167）
参考文献 …………………………………………………………（169）

绪　论

第一节　研究缘起与价值

一、研究缘起

在《非洲的青山》中，海明威对马克·吐温的《哈克贝里·费恩历险记》①有一段极为纠结的评价。他首先对马克·吐温的经典地位做出史学家般的断言，他声称"所有的现代美国文学都来自马克·吐温的一部题为《哈克贝里·费恩历险记》的作品……"。海明威意犹未尽，紧接着他就告诫读者，"如果你读它，你就读到黑孩子吉姆被从孩子们那里劫走的时候就打住。这是真正的结尾。后面的全是骗人的"。不过，海明威依然没有否定该小说的经典价值，他在又一次的矛盾转折之后，将他对该小说的赞美最终推向了高潮："但是，这是我们所有书中最好的一本书，是美国文学的源泉。之前没有，之后也不会有作品像它一样好了。"② 除了针对作品的争议，马克·吐温本人形象也在过去100年的英语世界里饱受质疑，贾斯丁·凯普兰的《克莱门斯先生和马克·吐温》一书就采用二元对立的命题方式说明马克·吐温分裂式的人格结构。实际上，马克·吐温对自己的争议性也心知肚明。根据他的遗嘱，直到2010年，即他去世100周年之后，加州大学出版社才得以出版权威本的马克·吐温传记《马克·吐温自传》③，而2018年1月9号，《巴黎评论》(*The Paris Review*)上的一篇文章则干脆以"不可能读懂马克·吐温"("The

---

①　该书主人公名字有多种译法，例如哈克贝利·费恩、哈克贝里·费恩、哈克贝利·芬等，本文保留研究者行文中的各自表述，不做统一，下同。
②　[美]海明威，《非洲的青山》，张建平译，上海：上海译文出版社，1999年，第21页。
③　Harriet Elinor Smith, et al. *Autobiography of Mark Twain*. Vol. 1. Oakland：University of California Press, 2010.

Impossibility of Knowing Mark Twain")①为题。由此可见，如果从英语世界的角度来看，马克·吐温问题远比我们目前的认知更为复杂。

二、研究价值

上述复杂的局面不断推动着英语世界的马克·吐温研究，形成了一系列新材料、新方法和新视野，对马克·吐温研究中的关键问题、争议不断进行回应，引介此类新材料、新方法和新视野将有助于我们形成一个更加完整的马克·吐温形象认知，具体而言可从以下几个方面体现。

第一，英语世界马克·吐温研究已经形成大量的一手材料，其中大部分极具价值的文献尚未在我国学界得到应有重视。以马克·吐温自传为例，在他去世之后，其女克拉拉·克莱门斯（Clara Clemens）、其文学遗产执行人阿尔伯特·潘恩（Albert Paine），以及查尔斯·内德（Charles Neider）分别于1912、1931、1959年出版了马克·吐温的自传，2010年加州大学出版社根据马克·吐温的遗嘱又出版了《马克·吐温自传》三卷本，分别于2010、2013、2015年结集出版。加州大学出版社版本的副标题突显其"完整性、权威性"，它与1959年版本相比存在着"显著的差异"②。马克·吐温一手文献的不断更新迭代，势必要不断刷新学界对马克·吐温的认知，如果缺少对这些一手文献的述评，马克·吐温研究就将成为无源之水、无本之木。

第二，研究方法和文献材料是学术的"两翼"，二者之间看似泾渭分明实则互有联络，材料必须和新方法配合才能够将学术材料的价值最大化。在形形色色的方法中，本书着重关注文本发生学方法和历时研究法。这两种方法的最大价值在于能够有效地对马克·吐温研究中的一些老问题进行"新"解决。例如马克·吐温的种族观、宗教观、反帝国主义观的根源等问题，不论是英语学界还是我国学界，都尚未完全摆脱对马克·吐温思想的固有认知，而围绕一些问题展开的争论已经持续几十年，运用新的方法，并结合不断出现的一手材料，这些老问题将迎来解决的可能。

第三，有助于改变我国学界目前对马克·吐温的主观预设和刻板印象，对他思想中的矛盾性做出客观描述，以接近更加真实的马克·吐温。尽管正如伽

---

① Gary Scharnhorst. "The Impossibility of Knowing Mark Twain", *The Paris Review*. https：//www.theparisreview.org/blog/2018/01/09/impossibility-knowing-mark-twain. Jan 9th 2018.

② Joe B. Fulton. "Reviewed Work：*Autobiography of Mark Twain*", *Nineteenth-century Literature*, 2011（3）：387.

达默尔界定的"效果历史"所说的那样,"真正的历史对象根本就不是对象,而是自己和他者的统一体,或一种关系,在这种关系中同时存在着历史的实在以及历史理解的实在"①,然而,我们并不能因此放弃对于实在的、唯一的真理的探求,这理应成为包括马克·吐温研究在内的任何学术研究领域的目的和价值所在。

第二节 国内外文献综述

一、中国马克·吐温研究综述

我国学界对马克·吐温的研究已超百年,研究范围概括为性别、种族、帝国、宗教和经济五个方面。性别研究主要有陈革的《女性原则与〈哈克贝里·费恩〉》(1989)、何赫然的《谈马克·吐温创作中的"女性偏见"问题》(2003)、张军学《马克·吐温狂欢话语研究》中的第三章"两性对话"、郭晶晶博士论文《马克·吐温作品中的身份转换策略研究》的第三章等。以上文章和著作在数量上虽然并不多,但是却清晰地呈现了性别研究在过去30年的发展历程。陈革的文章认为马克·吐温对女性的描绘是对女性形象的"理想化""纯洁化"和"合法化"②,该文写于20世纪80年代末,改革开放之后的女性在社会、经济生活中发挥了越来越重要的作用,因此陈革等人的关注可看作是中国改革开放后对"女性身份"进行重新探索和界定的一种渴望。张军学著作中的"两性对话"一章按照"生活中的女性""文本中的女性"的结构,对马克·吐温的现实和虚拟中的女性角色进行了分类,所引用英文文献较为新颖,将马克·吐温作品中的女性置于巴赫金"狂欢化"理论框架中进行解读,"着重探讨在狂欢化的文本中马克·吐温将女性置于何种地位"③,这种理论化的解读方式反映出了20世纪末西方文学理论在中国的流行。在郭晶晶的博士论文中,她所展开讨论的"易装""雌雄同体"等议题都是英美学界目前普遍关注的,她的探讨无疑具有前沿性,不过由于该论文是围绕"身份

---

① [德]汉斯·伽达默尔,《真理与方法——哲学诠释学的基本特征·上卷》,洪汉鼎译,上海:上海译文出版社,1999年,第8页。
② 陈革,《女性原则与〈哈克·贝利费恩〉》,载《松辽学刊》,1989年第4期,第92—94页。
③ 张军学,《马克·吐温狂欢话语研究》,北京:北京交通大学出版社,2015年,第122页。

转换"这一命题展开的,因此未涉及美国马克·吐温性别研究中的一些重要次议题和重要文献。例如美国20世纪最重要的文学批评家莱斯利·菲德勒(Leslie Fiedler)于1948年发表在《党派评论》上的文章《快回到船上来！亲爱的哈克！》("Come Back to the Raft Ag'in, Huck Honey!"),该文涉及美国文学中的跨种族同性恋话题,所引发的巨大争议使得该文章成为马克·吐温性别问题讨论中无法绕过的材料。

在种族研究中,邵旭东的《国内马克·吐温研究述评》、杨金才和于雷的《中国百年来马克·吐温研究的考察与评析》以及郭晶晶的博士论文均已对此前的马克·吐温种族研究做综述,但是笔者发现该问题仍然有不甚明确和可继续探讨的空间,集中体现在马克·吐温种族观念的动态变化这一关键症结上。郭晶晶以改革开放为界限,认为"在改革开放之前,吐温往往被视为反对种族歧视的斗士。20世纪80年代以后,尤其是进入21世纪以后,学界开始对吐温的种族观给出更为客观、更为全面的评价"[①]。这个结论存在可商榷之处,因为即使在20世纪80年代之前,例如在1960年老舍先生在报告文章中就已经指出马克·吐温在对待黑人种族歧视的问题上"最初是认识不清的,而且曾经支持过美国南方的蓄奴制度,直到南北战争结束以后,他才认识到种族歧视的罪恶,对黑人的态度才开始转变过来"[②],老舍先生此番论述无疑说明了早在改革开放之前我国学界已经对马克·吐温种族观念的动态发展过程有了初步的认识。对于这个问题的关注也沿袭到了吴兰香的《马克·吐温早期游记中的种族观》一文中,从该论文题目我们就可以感受到研究者对马克·吐温种族观念所进行的阶段性划分和区别化对待。在该论文的结语部分,作者引用了美国著名的马克·吐温研究专家、斯坦福大学教授菲斯金的观点,认为马克·吐温是经历了一个"下意识的种族主义分子"到"最终把种族优劣的等级秩序颠倒了过来"[③]的历程。因此,马克·吐温的种族观到底经历了何种变化,我们必须顺着老舍先生开的头继续展开。

在美华人的形象问题也受到了我国研究者的关注。早于1961年,鲍群就翻译了苏联学者包布洛娃的一篇题为《马克·吐温作品中的华侨工人的形象》

[①] 郭晶晶,《马克·吐温作品中的身份转换策略研究》,华中师范大学博士学位论文,2017年,第15页。
[②] 老舍,《马克·吐温"金元帝国"的揭露者——在世界文化名人马克·吐温逝世50周年纪念会上的报告》,载《世界文学》,1960年第10期,第130页。
[③] 吴兰香,《马克·吐温早期游记中的种族观》,载《解放军外国语学院学报》,2010年第33卷第4期,第111页。

的文章，研究涉及的文本包括马克·吐温于1863年在纽约的《星期日水星报》（Sunday Mercury）发表的《该诅咒的儿童》、1869年借用布莱特·哈特（Bret Hart）的题材写的《迫害一个孩子的可耻事件》、1871年在《银河》（The Galaxy）上发表的《高斯密斯之友再度出洋记》等。包布洛娃认为，马克·吐温的这些作品展示的是"马克·吐温一生对中国人民——爱劳动、爱自由和敢于斗争的人民——保持着深切的同情"[1]。进入21世纪后，研究方法、材料和结论发生了变化，萨义德东方主义入场，这直接催生了我国学界的马克·吐温中国议题研究，卫景宜、崔丽芳、于雷等人甚至展开了一场关于"马克·吐温是否是东方主义者"的小规模争论，他们虽然在结论上无法达成统一，但是他们却共同为马克·吐温作品研究走向深入提供了助力。同期，大量以"马克·吐温笔下的中国"为主题的硕士论文出现（博士论文尚未出现），着力探讨马克·吐温的中国形象问题，例如史伟明的《马克·吐温作品中的中国形象》、赖锐的《马克·吐温笔下的中国形象研究》、童莹的《马克·吐温作品中的中国形象》等。史伟明简要介绍了马克·吐温在《事业报》（Territorial Enterprise）、《加利福尼亚人报》（Californian）、《银河》（The Galaxy）等杂志发表的多篇报道和社论，以及与哈特合作的戏剧《阿辛》[2]，赖锐、童莹和娄雯婷也在各自的硕士论文中梳理了马克·吐温的主要涉华文章，这些硕士论文连同上文的期刊论文，对马克·吐温的涉华书写作品的数量、篇目等做了初步的研究，但是，还存在两个不足：第一，马克·吐温的对华劳工论述和对帝国主义论述被等而视之，实际上二者之间存在一定的差异；第二，对文献的占有还存在着明显的不足，例如史伟明已经意识到"部分文本较难找到原版材料"[3]，所以其主要材料援引之处都是邓树桢的《马克·吐温的中国情结》（1999）一书，大量的二手材料的引用使得研究留下了缺憾。

在宗教研究中，徐宗英和郑诗鼎的《马克·吐温再研究》（1985）、王友贵的《陌生的马克·吐温》（1992）、周晓立的《马克·吐温人生三部曲》（1997）、赵刚松的《马克·吐温风格的转变》（2006）、高丽萍和都文娟的《现代性与马克·吐温的思想变迁》（2013），以及王传顺的《马克·吐温的宗教观》（2014）是重要的成果，这些论文涉及两个重点问题：第一，马克·吐温的宗教信仰问题；第二，马克·吐温晚年的悲观主义倾向和宗教信仰之间的

---

[1] ［苏联］包布洛娃，《马克·吐温作品中的华侨工人的形象》，鲍群译，载《世界文学》，1961年第04期，第118页。
[2] 另有翻译作"阿新""阿信"等，为方便阅读，本文各处均统一为"阿辛"，特此说明。
[3] 史伟明，《马克·吐温作品中的中国形象》，福建师范大学硕士学位论文，2006年，第2页。

关系。徐宗英和郑诗鼎对第一个问题的探讨最早，同时也客观理性、富有见地。他们固然知道马克·吐温在作品中对于基督教有着非常明显、持续且猛烈的攻击，使得有些美国人攻击其为"异教徒"，但是，他们也同时意识到马克·吐温并非一个毫无宗教感的无神论者。他们认为马克·吐温鞭挞讨伐的是"桎梏人类进步的基督教，竭力主张根除积年成疾的种种自欺、空泛和伪善"，同时"竭力倡导体现普遍的人类之爱的新宗教"①。也就是说，早在20世纪80年代，二人就已经意识到了马克·吐温宗教思想中的矛盾性和复杂性。这个研究思路在王传顺的论文中得到了发扬光大，王传顺借助于对《傻瓜国外旅行记》的分析对徐宗英和郑诗鼎的观点进行了阐发。他认为虽然马克·吐温的宗教观"在世人眼里显得激进、不合时宜"，但是通过分析，马克·吐温的所作所为"都是为了去除宗教中蒙蔽人自由天性的因素，竭力弘扬宗教中仁慈无私的一面，使人在淳朴自由的心灵状态中得到升华和提高"，最后王传顺明确说道："我们也不应该根据他的片言只语对其妄加评判，这是因为吐温自身的思想具有一种复杂性和矛盾性。"② 以上这两篇论文，应该说很好地奠定了目前对马克·吐温的宗教观本质的基本观点。

接着是马克·吐温晚年的悲观主义倾向和宗教信仰之间的关系。马克·吐温晚年的悲观主义不但是美国学界研究的重中之重，也很早就引起了中国学者的注意。在这方面，王友贵、周晓立等的论文都提及马克·吐温的晚年作品《神秘的外来者》流露出的悲观、宿命论色彩，王友贵将这一悲剧色彩置于马克·吐温母亲所信奉的加尔文教中进行讨论。他初步对加尔文的教义与马克·吐温晚年世界观之间的微妙联系进行了研究，认为马克·吐温母亲的宗教生活"早已不知不觉地在他身上留下印记，只是这些印记时隐时现，到他家庭生活格外不幸的晚年虚渺、神秘、悲观的宿命论才明显抬头、膨胀、支配其思想"③。高丽萍和都文娟的《现代性与马克·吐温的思想变迁》也涉及马克·吐温晚年的研究，她们的论文令人眼前一亮，富有新意，她们将宗教问题与"现代性"并置讨论，认为马克·吐温早期的乐观思想"体现着现代性在颠覆宗教和传统道德伦理，并对终极和真理进行理性重建的过程中的积极的本体体会"，而相对后期的悲观主义则"揭示了现代性的革新性内涵对其自身追求的

---

① 徐宗英、郑诗鼎，《马克·吐温再研究》，载《西南师范大学学报（人文社会科学版）》，1985年第03期，第8页。
② 王传顺，《马克·吐温的宗教观》，载《宗教与美国社会》，2014年第02期，第141页。
③ 王友贵，《陌生的马克·吐温》，载《西南师范大学学报（人文社会科学版）》，1992年第01期，第114页。

稳定性和统一性的否定，以及这一否定所带来的终极的解构和真理的消解所导致的虚无感和精神流浪"。① 总的来看，我国学界对于马克·吐温宗教观的复杂性、多层级性已经有了一定的探讨，这个学术化的趋势理应得到保持和深化，而不能简单地将马克·吐温定性为"反宗教"，本书第三章第二节将再对此进行深入研究。

在经济研究方面，我国学界目前所取得的成果还较少。这倒不是说我国学界未注意到马克·吐温与资本主义经济体制的联系，而是目前专门对马克·吐温作品进行较为专业的经济角度解读的论文还不多见，只有陈潇的《经济与文学的越界与融合——从经济学视角重温马克·吐温之经典》(2018)。对比英语学界，我国这个领域成果的稀少是一个让人感觉惊讶但是又在意料之中的现象。早在1999年，马萨·伍德曼西和马克·奥斯迪恩合编的《新经济批评：文学与经济交叉研究》一书就已问世，文学与经济跨学科研究逐渐成为国外学界文学研究的一个重要领域，但是，我国首届"文学与经济跨学科研究专题学术研讨会"一直到2018年6月1日到3日才在上海对外经贸大学国际商务外语学院召开。② 目前来看，马克·吐温经济研究的高质量论文尚未出现。

另一方面，我国学界对马克·吐温经济问题又是格外关注的，老舍在《马克·吐温——"金元帝国"的揭露者——在世界文化名人马克·吐温逝世50周年纪念会上的报告》(1960)中斥马克·吐温所生活的美国为"金元帝国"。邵旭东在《国内马克·吐温研究述评》(1984)中说道："一般学者认为，马克·吐温在他的作品中真实地反映了美国从自由竞争到帝国主义垄断时期的社会生活，使他成为这个'金元帝国'的无情的揭露者。"③ 目前来看，此类研究有其特定的历史背景，而随着文学跨学科研究的展开，我国学界更应该进一步探究和回答的问题是："金元帝国"到底如何腐朽堕落？它的内部运行逻辑如何？它是如何使得马克·吐温沦落到破产的境地？这类专业化研究还极其少见。在一片"金元帝国"批判之声中，较为难能可贵的是许汝祉的《真正的马克·吐温——〈马克·吐温自传〉代序》(1981)一文中所保持的清醒的学术意识。该文提出这样一个反常的现象，"象国内外某些评论对马克·吐温的揭露、讽刺谈得较充分，至于马克·吐温对沸腾生活的热爱，同样

---

① 高丽萍、都文娟，《现代性与马克·吐温的思想变迁》，载《山东社会科学》，2013年第10期，第149页。

② 此次会议情况可参考胡怡君，《文学与经济的对话——"首届文学与经济跨学科研究专题学术研讨会"综述》，载《外国文学研究》，2018年第40卷第3期，第174-176页。

③ 邵旭东，《国内马克·吐温研究述评》，载《外国文学研究》，1984年第4期，第132页。

反映了时代精神,则往往不大敢谈",许汝祉同时强调了谈这些"不大敢谈"的问题实际上可能会帮助我们"认识真正的马克·吐温的某些关键问题,并且在文艺批评的方法论上可能还有一定的普遍意义"①。许汝祉的文章发表于1981年,即刚刚改革开放不久,这无疑是既具有智慧又具有勇气的。

除此之外,作为经济问题的延伸,机器、技术、劳工等方面的问题在马克·吐温的生平和作品中都占据了十分重要的地位,我国学界目前只是有所涉及。例如吴兰香的《被吹灭的工业文明之灯——〈康州美国佬在亚瑟王朝〉的变革启示》(2012)所探讨的对象《康州美国佬大闹亚瑟王朝》具有一定争议性,它到底是对英国封建王朝的嘲弄,还是对美国式的现代工业社会的批评,吴兰香倾向是后者。这个问题在美国学界也存在巨大的争议。鉴于新的材料和观点的出现,我们有必要再对这个问题进行重新审视,因为表面上看起来,这只是针对一部小说的态度问题,但是实际上它可以反映出自20世纪中叶以来对文明、技术和机器的反思。

二、英语世界马克·吐温研究综述

(一) 马克·吐温生前

美国的马克·吐温研究在马克·吐温生前就已蔚然成风,主要可分为两大类。第一类是传记和评传,主要以专著的形式得以出版,郭晶晶的文章已有所论及②,但言之未详。第二类是当时报纸、期刊上的评论,目前主要以合集或综述文章的形式得以保留,这类材料在收集上有着比较大的难度,现已经在美国学界逐渐展开,但是在国内基本未得到引用。

首先是关于马克·吐温的传记和评传。在马克·吐温委托潘恩出版其官方的传记之前,已经有若干传记出现。杰森·加里·霍恩(Jason Gary Horn)于1999年整理出版了《马克·吐温传记资料指南》(*Mark Twain: A Descriptive Guide to Biographical Sources*)这一带有工具书性质的参考书,将与马克·吐温相关的传记进行了整理和汇编,并简要介绍了每本传记的基本内容及其价值,是马克·吐温传记研究最重要的参考书籍之一。该参考书所列的早期传记里,

---

① 许汝祉,《真正的马克·吐温——〈马克·吐温自传〉代序》,载《南京师大学报》(社会科学版),1981年第1期,第70页。
② 郭晶晶,《马克·吐温作品中的身份转换策略研究》,华中师范大学博士学位论文,2017年,第2页。

除了潘恩的《马克·吐温传记：塞缪尔·朗霍恩·克莱门斯的个人和文学生涯》（*Mark Twain, A Biography: The Personal and Literary Life of Samuel Langhorne Clemens*）这一官方传记，另有两部需引起注意：一部是《马克·吐温的生活和作品简况》（*Mark Twain: His Life and Work, A Biographical Sketch*），这部传记是第一部以书籍形式出版的马克·吐温传记，它出自威廉·克莱门斯（William Clemens）之手，于1892年7月1号由克莱门斯出版公司（Clemens Publish Company）出版；另外一部较为重要的马克·吐温传记是1911年阿奇博尔德·亨德森（Archibald Henderson）的《马克·吐温》（*Mark Twain*），该书作者是北卡莱罗纳的数学教授，但是他对文学、戏剧拥有浓厚的兴趣。该书只记录了马克·吐温前半生的生活，这是因为作者也承认马克·吐温后半生的历史已经被马克·吐温最亲密的朋友威廉·迪恩·豪尔维斯（William Deam Howells）在《我的马克·吐温》一书中做了很好的记录，无重复之必要。

总的来看，威廉、亨德森、潘恩、豪尔维斯这四人是马克·吐温传记研究的先驱者，其中潘恩和豪尔维斯与吐温关系甚密，这使得他们的作品在理论上似乎更加具有可信度，但是，这种"私交"是否会反而妨碍了他们对马克·吐温进行客观的描述呢？从后续出现的马克·吐温传记来看，这样的担忧并非杞人忧天。"自从塞缪尔·克莱门斯1910年去世以来，马克·吐温的传记一年平均出现一部"[①]，几乎每一部新的传记的出现都调整了切入的视角，设置了不同的观察距离，例如马克·吐温的女儿克拉拉1931年出版的《我的父亲马克·吐温》（*My Father, Mark Twain*）、米妮·布拉舍尔（Minnie Brashear）于1934年出版的《马克·吐温：密苏里之子》（*Mark Twain: Son of Missouri*）等，这些传记的涌现都说明了早期的马克·吐温传记并没有穷尽反而是打开了书写马克·吐温传记的局面。

接着是马克·吐温同时代的报纸、期刊上的评论。这些评论在当时都并非以成书的体系出现的，目前也是散见于各类专题性的文章、博士论文和汇编书籍之中。主要包括罗伯特·鲁德尼（Robert Rodney）的博士论文《马克·吐温在英格兰：英语世界对马克·吐温的批评与态度研究（1867—1940）》（"Mark Twain in England: A Study of English Criticism of and Attitude Toward Mark Twain: 1867—1940"）、杜兰特·庞德的博士论文《美国马克·吐温期刊批评：1869—

[①] Andrew Jay Hoffman. *Inventing Mark Twain: The Lives of Samuel Langhorne Clemens*. New York: William Morrow and Co., 1997, p.x.

1917》("American Periodical Criticism of Mark Twain: 1869—1917")、弗雷德里克·安德森(Frederick Anderson)主编的评论选集《马克·吐温：批评遗产》(*Mark Twain: The Critical Heritage*)、维克多·费什(Victor Fischer)的文章《哈克·费恩再评论：哈克·费恩在美国的接受，1885—1897》("Huck Finn Reviewed: The Reception of 'Huckleberry Finn' in the United States, 1885—1897", 1983)、加里·西亚恩霍斯特(Gary Scharnhorst)编著的《〈汤姆·索亚历险记〉批评文献》(*Critical Essays on* The Adventure of Tom Sawyer, 1993)。在这些材料的基础上，路易斯·巴德(Louis Budd)进行了一项囊括性的材料编著工作，他所主编的《马克·吐温当代评论》(*Mark Twain: The Contemporary Reviews*)一书于1999年由剑桥大学出版社出版，是目前为止对马克·吐温生前到他去世前后这段时间里最为权威的评论总汇。

此后，这方面的研究依然层出不穷，不过多为以文章的形式对此前的成果进行修补、提炼或阐发，主要包括特里·欧格尔(Terry Oggel)的文章《马克·吐温的早期学术接受》("In His Own Time: The Early Academic Reception of Mark Twain", 2003)、收录于肯特·拉斯穆森(Kent Rasmussen)主编的《马克·吐温：批评的视角》(*Critical Insights: Mark Twain*)一书中的阿兰·格列本(Alan Gribben)的文章《马克·吐温的批评接受》("Mark Twain's Critical Reception", 2011)、詹姆斯·马丘尔(James Machor)的文章《〈风雨征程〉〈镀金时代〉〈新旧文集〉在19世纪70年代的接受》("A Trying Five Years: The 1870s Reception of *Roughing It*, *The Gilded Age*, and *Sketches New and Old*", 2015)、乔·富尔顿(Joe Fulton) 2016年的专著《马克·吐温1851到2015年的接受史》(*Mark Twain Under Fire: Reception and Reputation, Criticism and Controversy 1851—2015*)中的第一章"马克·吐温的早期接受：1910年前"("A Reputation That Can Stand Fire: Mark Twain's Early Reception through 1910")等。

(二)马克·吐温去世后

1. 种族研究

在马克·吐温去世之后，有关他的研究更加兴盛，涌现出了一大批优秀的马克·吐温研究者。本书将马克·吐温去世后针对他的研究划分为种族、帝国、宗教、经济四个方面。其中，种族研究可以归纳为以下三个大类。

第一类是综述性的文章，其中最重要的是2002年谢莉·费什·菲斯金(Shelley F. Fishkin)的《马克·吐温历史指南》(*A Historical Guide to Mark*

Twain）中的"马克·吐温与种族"①一节。菲斯金的文章的特点是对与马克·吐温相关种族话题下的重要问题都有所涉及，例如马克·吐温早期的种族偏见、岳父家族的反奴隶制事业、他晚年对印第安人态度的转变等，可作为研究马克·吐温种族问题很好的入门性材料。

  第二类是分时段、分地区的特定研究，对马克·吐温种族观念在不同地区、不同时间段的表现和变化进行分析，关注的是马克·吐温如何从一个带有种族偏见的南方小镇青年成长为同情少数族裔的进步作家。迪克逊·维克多（Dixon Wecter）较早在这个领域进行了尝试，他于1952年出版了《汉尼拔的萨缪尔·克莱门斯》（*Sam Clemens of Hannibal*）一书，追溯了吐温汉尼拔时期的种族观的影响。19世纪70年代，亚瑟·佩蒂特（Arthur Pettit）的三篇论文《马克·吐温：顽固的南方人以及他对黑人的看法（1835—1860）》（"Mark Twain, Unreconstructed Southerner, and His View of the Negro, 1835—1860"）②、《马克·吐温在西部时对黑人的态度》（"Mark Twain's Attitude Toward the Negro in the West, 1861—1867"）③、《马克·吐温与黑奴：1867—1869》（"Mark Twain and the Negro, 1867—1869"）④是这类研究的典型代表，较为完整地论述了吐温出生的年代、19世纪60年代这些马克·吐温成长重要的阶段里，他种族观念的逐步转变。亚瑟·佩蒂特延续了这样的研究范式，于1974年出版了专著《马克·吐温与南方》（*Mark Twain & the South*）。另外一位值得一提的研究者是特雷尔·邓普西（Terrell Dempsey），他并非一位专业的文学研究者，他的职业是律师，他在汉尼拔长期经营着自己的律师公司⑤，他利用业余时间收集未被披露的报纸、法律文件等档案，对该地的奴隶制度和马克·吐温作品中千丝万缕的关系进行了深入的探讨，他的研究专著《寻找吉姆：萨缪尔·克莱门斯世界里的奴隶制》（*Searching for Jim: Slavery in Sam Clemens's World*）于2003年出版。

  第三类是针对马克·吐温作品的种族观的研究，其中重中之重自然是

---

① Shelley F. Fishkin. *A Historical Guide to Mark Twain*. New York: Oxford University Press, 2002, pp. 133 – 136.
② Arthur G. Pettit. "Mark Twain, Unreconstructed Southerner, and His View of the Negro, 1835—1860", *The Rocky Mountain Social Science Journal*, 1970（VII）: 17 – 28.
③ Arthur G. Pettit. "Mark Twain's Attitude Toward the Negro in the West, 1861—1867", *The Western Historical Quarterly*, 1970（1）: 51 – 62.
④ Arthur G. Pettit. "Mark Twain and the Negro, 1867—1869", *The Journal of Negro History*, 1971（2）: 88 – 96.
⑤ 公司网站可见于 https://www.dempseydempsey.com/.

《哈克贝里·费恩历险记》。对这部小说的批评又主要是围绕小说中大量使用的"黑鬼"这一带有侮辱性的词汇是否是一种种族歧视行为,黑奴形象吉姆的刻画是否是对黑人形象的扭曲、丑化展开的。不过值得注意的是,评论界在该小说出版之初对这部小说的批评并未围绕种族话题展开。亚瑟·沃格尔贝克(Arthur Vogelback)的文章《〈哈克贝里·费恩历险记〉在美国的出版和接受》("The Publication and Reception of *Huckleberry Finn* in America")[①]、沃尔特·布莱尔(Walter Blair)的专著《马克·吐温与哈克·费恩》(*Mark Twain and Huck Finn*)、弗雷德里克·安德森(Frederick Anderson)的专著《马克·吐温:批评遗产》(*Mark Twain: The Critical Heritage*)、维克多·费什的文章《哈克·费恩再评论:哈克·费恩在美国的接受,1885—1897》等搜罗了对该小说的早期零散的评论,发现早期对该书的批评聚焦于粗俗的幽默、语言不规范等方面,并未大量涉及种族议题。直到1963年,费城教育委员会对该小说进行了大量的删改,民权运动领袖以及来自佛罗里达、伊利诺伊斯、弗吉尼亚的学校等机构都开始对该书进行抨击和审查,这才引发了对该小说的种族观批评风波,对这一风波的专门讨论可见于皮切斯·亨利(Peaches Henry)的《〈哈克贝里·费恩历险记〉的种族与审查》("The Struggle for Tolerance: Race and Censorship in *Huckleberry Finn*")[②]一文。

此后,交战双方唇枪舌剑,开始了旷日持久的争论。1985年即《哈克贝里·费恩历险记》出版百年纪念之际,学界开始出现了一些总结性的文论集,例如《百年哈克贝里·费恩:男孩、小说,以及美国文化》(*One Hundred Years of Huckleberry Finn: The Boy, His Book, and American Culture: Centennial Essays*)、《批评家眼中的哈克费恩》(*Huck Finn Among The Critics: A Centennial Selection*)。到了20世纪90年代,争论并没有平息。1992年《讽刺或逃避?:黑人视角下的哈克贝里·费恩》(*Satire or Evasion?: Black Perspectives on Huckleberry Finn*)这一论文集出版,有趣的是,该论文集的作者均为黑人学者,但是他们的观点并没有因肤色的统一而一致。1993年著名的马克·吐温学者谢莉·菲斯金出版了《哈克是黑人吗?:马克·吐温与非洲裔美国人的声音》(*Was Huck Black?: Mark Twain and African American Voices*),作者通过细读方法,对吐温已发表和未发表的作品进行了语言学和文学的跨学科分析,挖掘

---

① Arthur Lawrence Vogelback. The Publication and Reception of Huckleberry Finn in America, *American Literature*, 1939 (3): 266.

② 收录于 J. S. Leonard, Thomas A. Tenney, Thadious M. Davis. *Satire or Evasion?: Black Perspectives on Huckleberry Finn*. Durham: Duke University Press, 1992.

出该小说中的非洲裔美国人的声音、语言和修辞传统在文本中所发挥的重要作用。1997年乔纳森·阿拉克出版的《作为偶像和靶子的哈克贝里·费恩：批评在我们时代的功能》(*Huckleberry Finn As Idol and Target: The Functions of Criticism in Our Time*) 对此次争论进行了一次深刻的反思，其中更有对菲斯金观点的直接反对，由此形成了一场小的论争，这一论争的详细论述参见本书第一章第二节。

在种族研究中，马克·吐温与在美华裔移民的问题也占有一席之地。这个领域的主要学者包括塞丽娜·赖-亨德森（Selina Lai-Henderson）、徐宣乐（Hsuan L. Hsu）[①]、谢莉·菲斯金、马丁·泽尔（Martin Zehr）等人。首先是两位华裔学者。塞丽娜最重要的论述见于她的专著同时也是她的博士论文《马克·吐温在中国》(*Mark Twain in China*)[②]，该书是唯一一部对马克·吐温与中国之间的渊源进行详尽论述的著作。该书按照时间的逻辑顺序，从马克·吐温青少年时期与在美华工的接触开始说起，一直到马克·吐温作品和形象在中国的翻译和被接受，时间跨度接近150年，不论是对中国还是美国的马克·吐温研究都很有价值。另外一位华裔学者徐宣乐的主要研究是其专著《坐在黑暗中的人：马克·吐温的亚洲和比较种族化》(*Sitting in Darkness: Mark Twain's Asia and Comparative Racialization*)，他的研究框架可归纳为"比较种族学"，即将在美亚裔和华裔问题置于与其他少数族裔的框架中，"探讨了亚洲移民、美国扩张主义、种族理论及法制史等问题"[③]，对在美华人所遭遇的政治、社会和文化的压力进行语境化的解读。

2. 反帝国主义研究

反帝国主义研究，相比于性别等其他研究而言起步较晚，主要研究人员包括吉姆·兹维克（Jim Zwick）、威廉姆·吉布森（William Gibson）、亨特·霍金斯（Hunt Hawkins）、马丁·泽尔和塞丽娜·赖-亨德森。最早的研究来自吉布森的《反帝主义者：马克·吐温和豪尔维斯》（"Mark Twain and Howells: Anti-Imperialists"）一文，在这篇文章中，吉布森对马克·吐温与他的好友豪

---

① Hsuan L. Hsu 是一位华裔学者，暂时未找到他的中文名字，"徐宣乐"是笔者音译。他在华裔移民问题上的研究成果在《学习与探索》等刊物上出版过，见《黑暗世界的别样解读——马克·吐温及其作品中亚裔移民》，载《学习与探索》，2018年第4期，第144-150页。根据该文的介绍，他是美国加州大学戴维斯分校英语系教授，斯坦福大学美国学术团体委员会弗雷德里·克伯克哈特研究员。

② Selina Lai-Henderson. *Mark Twain in China*. Stanford: Stanford University Press, 2015.

③ ［美］徐宣乐（Hsuan L. Hsu），《"黑暗"世界的别样解读——马克·吐温及其作品中的亚裔移民》，尚菲菲译，载《学习与探索》，2018年第4期，第144页。

尔维斯的反帝国主义政治观进行了文献梳理,总结出了二者之间既相通又有细微差别的政治观念①。研究人员中最重要的研究者是兹维克,他在马克·吐温反帝国主义研究上的成果最为丰富。1992年他编辑出版了马克·吐温反帝文章集《马克·吐温的讽刺武器》(*Mark Twain's Weapons of Satire*)并为该书撰序。2007年兹维克以论文合集的方式将他发表于1992到2001年期间的11篇论文合集出版成《直面帝国主义:马克·吐温与反帝国主义者联盟论文集》(*Confronting Imperialism: Essays on Mark Twain and the Anti-imperialist League*)一书,该书中的部分论文,例如前四篇基本上是对帝国主义战争的整体性介绍,少有提及马克·吐温,但是这反而为我们提供了很好的背景知识,使得读者能够从更加宽广的社会语境对马克·吐温的反帝思想做出解读。他的其他文章还包括《极富同情的事业:马克·吐温与反帝国主义者联盟》("Prodigally Endowed with Sympathy for the Cause: Mark Twain's Involvement with the Anti-Imperialist League", 1994)等,这些成果对马克·吐温从支持到反对帝国主义、马克·吐温与美国各地的反帝国主义联盟之间的活动交往、马克·吐温的反帝观本质等多个方面进行了分析。

除了兹维克这样孜孜不倦地对马克·吐温的反帝主义思想进行研究的学者,美国学者例如路易斯·巴德、菲利普·方纳(Philip Foner)、亨特·霍金斯等人从社会批评家、社会哲学家的视角出发,将马克·吐温的反帝思想看作是他作为"社会批评者"的责任感的表现,对他的反帝思想的理论起源、本质以及与他的其他政治观点如反帝和反蓄奴制度思想之间的关系进行了对比和探讨,这方面的成果包括方纳的专著《社会批评家马克·吐温》(*Mark Twain: Social Critic*)、巴德的专著《社会哲学家马克·吐温》(*Mark Twain: Social Philosopher*)、霍金斯的文章《马克·吐温的反帝国主义》("Mark Twain's Anti-imperialism")等。

3. 宗教研究

成书规模的马克·吐温宗教研究开始于20世纪30年代。爱德华·瓦根内科特(Edward Wagenknecht)在《马克·吐温其人其作》(*Mark Twain, The Man and His Work*)一书中的第九、十一等章节中对马克·吐温宗教信仰的探讨已经具备了一定的深度。弗朗西斯·罗宾森(Francis Robinson)的硕士论文《马克·吐温和宗教》("Mark Twain and Religion", 1937)更是直接以此为

---

① 参见 William M. Gibon. "Mark Twain and Howells: Anti-imperialists", *The New England Quarterly*, 1947 (4): 435-470.

题①。20世纪50年代之后，出现了两位具有较大影响力的马克·吐温研究专家：亚历山大·琼斯（Alexander Jones）和菲利普·方纳，前者以博士论文的篇幅完成了《马克·吐温与宗教》（1950），此后该论文中的重要章节相继发表于《美国文学》等重要期刊上②。而后者的《社会批评家马克·吐温》（*Mark Twain: Social Critic*）一书则在社会批评的大框架下将宗教批判纳入第四章，二者都对马克·吐温的早期宗教熏陶、共济会和他的妻子的影响、他对罗马天主教的态度等问题都进行了讨论，方纳还在最后提出了一个被后来的学者广泛论证的问题，那就是马克·吐温到底是不是无信仰的，这一话题后来成为学界争议甚多的领域之一。进入20世纪60年代，随着马克·吐温的《来自地球的信》（*Letters from the Earth*）一书的整理出版，宗教研究再掀高潮。该书是在吐温的女儿苏茜病逝（1896年）以及他的妻子奥利维亚去世（1904年）后写成的，书中涉及大量对基督教的毫不留情的攻击，因此该书的出版在马克·吐温的宗教研究领域是一个标志性的事件。进入21世纪，较为重要的两部作品是2003年威廉·菲利普斯（William Philipps）的《马克·吐温的宗教》（*Mark Twain's Religion*）和2010年劳伦斯·伯克夫（Lawrence Berkove）与约瑟夫·西克希拉（Joseph Csicsila）共同编写的《异教小说：马克·吐温文学作品中的宗教》（*Heretical Fictions: Religion in the Literature of Mark Twain*）。

除了这类主题性的专著，马克·吐温宗教观的探讨还存在于大量的传记之中。传记式研究在处理宗教问题时大多会追溯马克·吐温的原生家庭、社会环境和社会交往对他的宗教思想变迁的影响，包括马克·吐温童年居住的密苏里州汉尼拔小镇的宗教状况、家庭的宗教信仰结构、他与牧师特威切尔的交往等。专著形式的研究包括米妮·布拉舍尔的《马克·吐温：密苏里之子》（*Mark Twain: Son of Missouri*，1934）、利亚·斯特朗（Leah Strong）的《约瑟夫·霍普金斯·特威切尔：马克·吐温的朋友和牧师》（*Joseph Hopkins Twichel: Mark Twain's Friend and Pastor*）、哈姆林·刘易斯·希尔（Hamlin Lewis Hill）的专著《马克·吐温：上帝的傻瓜》（*Mark Twain: God's Fool*，1973）等，其中哈姆林·希尔的专著最应重视，该书聚焦马克·吐温的最后十年光阴，也就是马克·吐温的宗教思想最极端、黑暗的年份。此外，杰弗

---

① Francis C. Robinson. "Mark Twain and Religion", M. A Thesis, University of Nebraska, 1937. 该论文的完整版本未出版，援引自 Benjamin Pfeiffer 的博士论文 "Religious, Moral, and Social Ideas in the Works of Mark Twain", 1964, p. 18.

② 例如 Alexander E. "Jones Mark Twain and Freemasonry", *American Literature*, 1954（3）, pp. 363-373.

瑞·霍兰德（Jeffery R. Holland）的博士毕业论文《马克·吐温的宗教意识：1835—1883》（"Mark Twain's Religious Sense: The Viable Years, 1835—1883", 1973）将1883年即马克·吐温完成《哈克贝里·费恩历险记》的这一年作为马克·吐温宗教观念变化的一条分水岭，追溯了马克·吐温前48年的宗教情结。

另外，以论文形式存在的研究也不计其数，其中较为重要的包括皮特·孟森特的《马克·吐温、约瑟夫·特威切尔与宗教》（"Mark Twain, Joseph Twichell and Religion", 2003）一文，该文讨论了马克·吐温与哈克福德著名的公理会牧师约瑟夫·特威切尔之间从1868年一直到马克·吐温去世长达42年的交往。孟森特利用一些新发现的材料，对斯特朗·利亚的一些观点进行了有效的补充和修正。亚历山大·琼斯的《马克·吐温汉尼拔的异教思想》（"Heterodox Thought in Mark Twain's Hannibal", 1951）一文也很值得一读，该文是对汉尼拔地区的异教思想的一次探查。琼斯的另外一篇文章《马克·吐温与共济会》（"Mark Twain and Freemasonry", 1954）介绍的则是马克·吐温于1867年在一艘名为"旧金山"号的船上与共济会成员的相识和交往活动对其的影响。最后是詹姆斯·威尔逊（James Wilson）的文章《马克·吐温早年的宗教和美学视野》（"Religious and Esthetic Vision in Mark Twain's Early Career", 1986），该文专注于20世纪60年代中晚期马克·吐温的宗教经历的研究。

除了传记研究，小说文本的宗教观研究也是马克·吐温宗教问题研究的必要补充，这类研究有三大特点：范围广、角度新、方法多。所谓范围广，是指研究基本涵盖了马克·吐温的所有作品，同时又不失针对性。例如富尔顿的《虔诚的马克·吐温》（*The Reverend Mark Twain: Theological Burlesque, Form, and Content*）一书采用宗教研究的视角，对马克·吐温的多部重要作品包括《哈克贝里·费恩历险记》《圣女贞德》《神秘的外来者》等进行了全面、深入的解读。但是在所有的作品中，《神秘的外来者》占最重要的地位。例如约瑟夫·西克希拉和乍得·罗曼（Chad Rohman）就围绕该书主编了《〈44号，神秘的外来者〉百年反思》（*Centenary Reflections on Mark Twain's No. 44, The Mysterious Stranger*, 2009）。所谓角度新，是指研究者从众多我们未曾注意到的视角介入，有许多新的启发。例如《〈44号，神秘的外来者〉百年反思》集中收录了小哈罗德·K. 布什（Harold K. Bush, Jr.）的《先知想象、自由主义的自我与〈44号，神秘的外来者〉的结尾》（"The Prophetic Imagination, the Liberal Self, and the Ending of *No. 44, The Mysterious Stranger*"）。该文受富尔顿的《虔诚的马克·吐温》的研究方法的启发，从"先知想象"这一视角入手,认为《神秘的外来者》符合美国先知想象的形式和传统。所谓方法多,是指研究者力图通过互文研究、跨学科研究等方法,试图对马克·吐温小说与如《圣经》等重要的宗教文本之间的互文关系进行探索。阿里森·恩索尔(Allison Ensor)的《马克·吐温与圣经》(*Mark Twain and the Bible*, 1969)一书就是这样的一部作品,它将马克·吐温对《圣经》的态度,以及《圣经》对马克·吐温日常生活和艺术家生活的影响进行了探索。在跨学科研究中,马克·吐温的宗教问题被放置于 19 世纪末的新兴科学思想的框架中进行了探讨。马克·吐温的宗教观念与达尔文进化论、科学主义、超验主义、自由基督教义、福音派、帝国主义等当时的新兴思想潮流的关系也引起了研究者的兴趣,这方面的代表是海厄特·瓦格纳(Hyatt Waggoner)和舍伍德·卡明斯(Sherwood Cummings)。瓦格纳早于 1937 年就在文章《马克·吐温思想中的科学》("Science in the Thought of Mark Twain")中对吐温的科学思想进行了研究,但是该领域的代表性研究学者应该是卡明斯,他于 1988 年出版了《马克·吐温与科学:思想的冒险》(*Mark Twain and Science: Adventures of A Mind*),该书是该领域最有代表性的作品。

4. 经济研究

经济研究领域中,马克·吐温的投资、马克·吐温的品牌、马克·吐温的技术观是三大热门方向。首先,马克·吐温投资打字机失败致使他的出版公司破产的经历,以及这段经历与他的创作的关系,构成了热门话题。这方面的研究包括简内特·里奇(Janet Rich)的专著《致富的梦和艺术的梦》(*The Dream of Riches and The Dream of Art—The Relationship between Business and the Imagination in the Life and Major Fiction of Mark Twain*)、阿兰·格列本的文章《商人马克·吐温:利润盈余》("Mark Twain, Business Man: The Margins of Profit")及 2017 年亨利·瓦纳姆(Henry Wonham)和劳伦斯·豪(Lawrence Howe)联合主编的《马克·吐温与金钱》(*Mark Twain and Money: Language, Capital, and Culture*)一书中的《马克·吐温的破产和 1893 年的恐慌》("These Hideous Times: Mark Twain's Bankruptcy and the Panic of 1893")等。

其次,在马克·吐温品牌的塑造、马克·吐温与出版商的纠葛等话题下,研究者探讨了马克·吐温到底是如何参与到文学生产链条中、如何对作品版权进行保护、如何对自己的文学品牌进行建设等。这类研究颇有新意,主要包括布鲁斯·迈克森(Bruce Michelson)的专著《马克·吐温与美国出版革命》(*Printer's Devil: Mark Twain and the American Publishing Revolution*)、爱德华·亨德森(Edward G. Hudson)的文章《马克·吐温与版权困境》("Mark Twain and the Copyright Dilemma"）、朱迪斯·李（Judith Yaross Lee）的文章《品牌经营：塞缪尔·克莱门斯、商标和马克·吐温产业》（"Brand Management: Samuel Clemens, Trademarks, and the Mark Twain Enterprise"）等。其中，朱迪斯·李将"马克·吐温"看作是一个品牌，于2012年出版了《马克·吐温的品牌：现代美国文化中的幽默》（*Twain's Brand: Humor in Contemporary American Culture*），该书具有很高的创新价值。

最后，对于马克·吐温的文学作品，研究者重点关注的是经济发展中的技术悖谬问题。1964出版的利奥·马克斯（Leo Marx）的专著《花园里的机器：美国的技术与田园理想》（*The Machine in The Garden: Technology and The Pastoral Ideal in America*）是目前最有代表性的成果，该书的研究对象并不仅仅针对马克·吐温作品，而是包括《哈克贝里·费恩历险记》在内的多位美国经典作家的经典作品，他注意到《哈克贝里·费恩历险记》中轮船撞翻木筏的场景，认为这代表了一种机器文明对前工业社会的冲击。除了《哈克贝里·费恩历险记》，《康州美国佬大闹亚瑟王朝》一书也是研究的热点。现有成果包括亨利·史密斯（Henry Smith）的《马克·吐温的进步寓言》（*Mark Twain's Fable of Progress: Political and Economic Ideas in A Connecticut Yankee*）、朱莉·呐高（Julie Nagao）的博士论文《马克·吐温、辛克莱尔、吉尔曼的世纪之交小说中的技术和文化》（*Technology and Culture in Turn-of-the-Century Novels by Mark Twain, Upton Sinclair, and Charlotte Perkins Gilman*），论文包括贾迪娜·简（Gardiner Jane）的《马克·吐温的〈康州美国佬大闹亚瑟王朝〉与电力革命》（"'A More Splendid Necromancy': Mark Twain's 'Connecticut Yankee' and the Electrical Revolution"）、伯纳德·多布斯基（Bernard Dobski）和本杰明·克莱纳（Benjamin Kleinerma）的《马克·吐温〈康州美国佬大闹亚瑟王朝〉中的技术、性别和政治》（"'We Should See Certain Things Yet, Let Us Hope and Believe': Technology, Sex, and Politics in Mark Twain's 'Connecticut Yankee'"）、詹妮弗·利伯曼（Jennifer Lieberman）的《汉克·摩根的能量游戏：〈康州美国佬大闹亚瑟王朝〉中的电力网络》（"Hank Morgan's Power Play: Electrical Networks in *King Arthur's Court*"）等，本书将在第四章第二节中对此进行重点评述。

第一章　英语世界马克·吐温研究的分期

第一节　1910 年前：经典地位的形成

1910 年，马克·吐温去世，以此为界似乎又落入韦勒克所言"由国王即位及其驾崩的时间所决定的那种僵死的编年顺序分期法"的窠臼，但是实际上韦勒克反对的是将生理属性上的变化和学术逻辑的演变做等同的划分方法，我们在此将马克·吐温去世作为一个节点，并不意味着这个节点就是马克·吐温"经典化"过程的完成，并不意味着到了这个时间点已经没有批评家敢贬低马克·吐温了；相反，从马克·吐温去世至今的一百多年时间里，在美国马克·吐温学术史中留下一席之地的学者，其很大一部分恰恰是那些"贬低"马克·吐温的批评者，如布鲁克斯、贾斯丁·凯普兰、哈姆林·希尔等。一种符合实际的描述应该是：马克·吐温研究学术史一直以来是在正反、褒贬两派力量的共同作用下不断前进的，在明确了这个前提之后，我们再来看一下该阶段的主要研究者及其作品到底有哪些。

一、马修·阿诺德的批评

马修·阿诺德（Matthew Arnold，1822—1888）作为英国 19 世纪著名的诗人和文化评论家，他对马克·吐温的不满与豪尔维斯对马克·吐温的高度认同呈现出极有张力的一幕，更是 19 世纪英美政治、文化关系的生动写照。阿诺德的代表作品是《文化与无政府主义：政治与社会批评》（*Culture and Anarchy: An Essay in Political and Social Criticism*），而他对马克·吐温的评论主要体现在《美国的文明：对美国的第一印象与最后印象》（*Civilization in the United States：First and Last Impressions of America*）一书中，而马克·吐温也直接在他的文章《论外国批评者》（"On Foreign Critics"）等中对阿诺德进行了回击。阿诺德在《美国的文明》一书中的文章《美国一言》（"A Word about

America"）中，批评了马克·吐温以调笑他人为目标的奎尼翁（Quinion）① 式的幽默，认为马克·吐温的这种幽默"对于这里和美国的那些轻佻欢乐的市侩来说是如此地有吸引力"②，而在对美国的整体文化的评价上，他认为"在美国，一切都是压制卓越"，美国"沉迷于'那个搞笑之人'……"。③ 这里的"搞笑之人"自然就是指马克·吐温。因此，总的来看，阿诺德对于马克·吐温的批评是建立在他对美国文化否定的基础之上的，美国文化中自由不羁、蔑视权威、轻松搞笑的特质对于阿诺德这样的英国诗人来说，是一种毫无教养的危险举动，马克·吐温正好充当了最好的靶子。

二、豪尔维斯的回忆录、批评集和书信集

马克·吐温生前最重要的评论者、支持者之一是他的好友威廉·迪恩·豪尔维斯（William Dean Howells，1837—1920）。豪尔维斯本身是美国现实主义小说家、文学评论家和剧作家，他还是著名的评论杂志《大西洋月刊》（*The Atlantic Monthly*）的编辑。豪尔维斯与马克·吐温私交甚笃④，在马克·吐温声誉渐隆的过程中发挥了重要的作用。关于他对马克·吐温的评价，主要参考他 1910 年出版的《我的马克·吐温：回忆录和批评集》（*My Mark Twain: Reminiscences and Criticisms*）。豪尔维斯在该书的第一部分回忆了自己与马克·吐温相识、相知过程中的点点滴滴，第二部分则收集了豪尔维斯在《大西洋月刊》《哈泼斯杂志》（*Harper's Magazine*）等杂志上发表的马克·吐温评论文章。1960 年由亨利·史密斯、威廉·吉布森和弗雷德里克·安德森联合编辑完成的《马克·吐温、豪尔维斯书信集：1872—1910》（*Mark Twain - Howells Letters: The Correspondence of Samuel L. Clemens and William D. Howells, 1872—1910*）也是两人之间的友谊见证。该书虽然是在马克·吐温去世 50 年后编撰而成的，而且在该书集出版之前，我们也可以在潘恩等人的传记中发现马克·吐温和豪尔维斯之间的通信记录，但是它仍然具有较高的价值，这是因为全书收集了 681 封通信，其中大约有 385 封是首次披露。这些信件可以对马

---

① 奎尼翁是来自狄更斯的《大卫·科波菲尔》一书中的角色，以调笑科波菲尔的母亲为乐。
② Mathew Arnold. *Civilization in the United States: First and Last Impressions of America*, Boston: Cuppples and Hurd Publishers, 1888, p.92.
③ Mathew Arnold. *Civilization in the United States: First and Last Impressions of America*, Boston: Cuppples and Hurd Publishers, 1888, p.177.
④ 关于他和马克·吐温之间的友谊，可见于 Kenneth E. Eble. *Old Clemens and W. D. H: The Story of A Remarkable Friendship*. Baton Rouge: Louisiana State University, 1985.

克·吐温研究中的一些重要问题提供极有价值的信息，例如20世纪20年代范·布鲁克斯的质疑让人们对马克·吐温的妻子莉薇（Livy）在他作品中扮演的角色产生了疑问，但是这些书信中的内容可以帮助人们认识到布鲁克斯观点的荒谬，马克·吐温是需要他的妻子和豪尔维斯的帮助的，否则马克·吐温就无法成为马克·吐温。

三、威尔·克莱门斯的马克·吐温传记

除了阿诺德和豪尔维斯，威廉·克莱门斯（William Clemens）在早期马克·吐温研究中也值得一提，因为他的《马克·吐温的生活和作品简况》一书是第一部成书的马克·吐温传记。威廉还曾经为本杰明·富兰克林、美国著名律师约瑟夫·乔特（Joseph Choate）立传，除此之外，他的另一传记《著名的幽默人士：美国幽默作家传记》（*Famous Funny Fellows: Brief Biographical Sketches of American Humorists*）是专为那个时代的美国幽默家而写的，因此我们不妨把他看作一名较为职业的传记作家。威廉虽然和马克·吐温同姓，但是实际上他们并无亲戚关系，不过从他在该传记前言中所展示的书信往来来看，他和马克·吐温应该是朋友，曾经邀请马克·吐温为自己的书撰写前言。在这本传记面世之前，关于马克·吐温生平经历的文章已经屡见报端，威廉将这些报道收集整理，再加上自己的想象性发挥，写出了第一本马克·吐温传记。

这部专门为马克·吐温而作的传记有着自身的特点，也存在不少问题。首先，威廉在书中高度赞扬马克·吐温所具有的独特的创造力和幽默，他认为这种幽默，一方面是纯粹的美国式的幽默，另一方面，马克·吐温的作品又走出了美国甚至是欧洲的界限，为世界人民所接受，这种受欢迎程度甚至超越了《圣经》，"在巴黎，人们可以在书摊上买到《圣经》，但是他们却可能在每个角落找到《风雨征程》"[①]。这种观察并非空穴来风，马克·吐温后期不但在美国、欧洲，而且在亚洲都已经拥有了知名度。其次，它较为注重对马克·吐温的生平经历与作品之间的关系进行描写和讨论。如上文所提，威廉曾经专门为幽默作家树碑立传，但是在这本马克·吐温的传记中，威廉并没有着重去分析马克·吐温语言的幽默，他引用豪尔维斯的话说，"分析幽默容易使人变得严

---

① William Montgomery Clemens. *Mark Twain, His Life and Work: A Biographical Sketch*. Pa.: Folcroft Press, 1969, p.9.

肃，也容易让幽默消失得无影无踪"①，因此正如他的书名所表明的那样，他看中的是通过马克·吐温的生平经历去挖掘他创作背后的题材和动力，比如在第二章中威廉断言"他书中的很多场景都是取材于他童年时代的真实事件"②。最后，总的来看，该书与其说是一部可信的马克·吐温传记，不如说是一部传记式小说。该书引用了大量的马克·吐温自己以及他生前亲人、同事、朋友的回忆，并夹杂了大量的对话，但是这些对话的可信度并不高。

第二节 1911—1919 年：文学遗产的整理

一、潘恩的吐温官方传记

马克·吐温唯一认可的传记作家阿尔伯特·潘恩和马克·吐温相识于1901年，此后两人便开始了长达十年的亲密合作，作为马克·吐温授权的传记作家，他见证并陪伴了马克·吐温的晚年时光直到其去世。在马克·吐温去世后，他收集马克·吐温的各类资料编辑出版了《马克·吐温传：塞缪尔·朗霍恩·克莱门斯的个人和文学生涯》（*Mark Twain: A Biography; the Personal and Literary Life of Samuel Langhorne Clemens*，1912）、《马克·吐温的少年生活》（*The Boy's Life of Mark Twain*，1916）、《马克·吐温书信集》（*Mark Twain's Letters*，1917）、《马克·吐温短暂的一生》（*A Short Life of Mark Twain*，1920）和演讲稿件《马克·吐温演讲录》（*Mark Twain's Speeches*，1923）以及《马克·吐温的笔记本》（*Mark Twain's Notebook*，1935）。其中《马克·吐温传》规模最为宏大，堪称卷帙浩繁，共分四卷，按照从出生到去世的时间顺序进行编排，可归纳出以下几个显著的特点。

第一，从内容上来看，得益于潘恩与马克·吐温亲密无间的关系，该传记的内容可谓事无巨细。他通过逐年、逐月、逐周的记录，最大范围地采访和马克·吐温一生中有过交集的人员，同时他也通过马克·吐温的授权，获得了马克·吐温第一手的私人信件、演讲资料等，尽最大可能地真实记录了马克·吐

---

[1] William Montgomery Clemens. *Mark Twain, His Life and Work: A Biographical Sketch*. Pa.: Folcroft Press, 1969, p.12.

[2] William Montgomery Clemens. *Mark Twain, His Life and Work: A Biographical Sketch*. Pa.: Folcroft Press, 1969, p.23.

温的生平经历，并减少对马克·吐温的个人评价，而将评价、研究的工作留给后来者。

第二，从时间段来看，该书是一部"从摇篮到坟墓"式的传记。但是从该传记的细致程度上来看，该传记更着力于描写马克·吐温后期特别是晚年的经历。这种侧重是可以理解的，当潘恩遇到马克·吐温的时候，后者已经步入晚年。这本晚年传记出版之后，潘恩开始往前追溯马克·吐温的童年，并于1916年出版了另外一本专门书写马克·吐温童年生活的传记《马克·吐温的少年生活》（*The Boys' Life of Mark Twain: The Story of a Man Who Made the World Laugh and Love Him*）。此外，由于潘恩第一本传记卷帙浩繁，他于1920年对其进行了压缩，出版了第三本吐温传记《马克·吐温短暂一生》（*A Short Life of Mark Twain*）。这三本传记记录了马克·吐温不同的生平时间段，读者对象也不尽相同，它们互为补充，构成了一个有机的整体。

第三，从思想倾向上来看，尽管潘恩将自己定位为一位真实的记录者，但是由于近距离的相处，潘恩是否在传记书写中带上感性的个人色彩？这些主观的情绪是否会让潘恩避重就轻，美化甚至神化马克·吐温的私人生活？这种紧密的、超越一般友谊的存在，对于传记创作来说意味着什么？是否会对创作的公正性、客观性带来一定的影响？这似乎构成了传记创作中的一个悖论，一位优秀的传记创作者必然要对自己的书写对象有着全面、深入的理解，不然传记书写则无从谈起，但是，如何在深入探查的基础上保持一个审慎的旁观者角色又成了创作者新的难题。在潘恩的传记出版之后的上百年时间里，其他的马克·吐温传记层出不穷，它们的出版无疑构成了对潘恩的观察角度的调校，催生出了"1000个"传记作家下的"1000个"马克·吐温，或者正如德·沃托所言，"马克·吐温，作为一名文学艺术家，某种程度上，是一种公共所有物，公众并非一定要觉得潘恩先生已经永远地宣告了关于马克·吐温的所有真相"[①]。

总结以上，在马克·吐温生前和去世后的十年里，马克·吐温的传记书写构成了马克·吐温批评的一大重要板块，产生了诸多被日后研究者广泛讨论的问题，包括美国东西部截然不同的文化之于马克·吐温人格及其创作经历的影响，马克·吐温作为幽默家、小说家、艺术家、演讲家等诸多身份的研究，马克·吐温与世界各国的广泛接触以及这种接触所产生的跨国、跨文化的研究，

[①] Bernard DeVoto. *Mark Twain's America*. Boston: Little, Brown and Company, 1932, Foreword XVI.

后世的研究正是沿着这些议题继续前进、拓展和深化的。从另一个角度来看，马克·吐温传记书写触及了一个传记理论问题，即距离和真实的矛盾。第一位传记作家威廉由于与马克·吐温距离的相对疏远，他的传记是半纪实半虚构的，削弱了传记的真实性。在马克·吐温去世后，人们对他的真实人格的好奇有增无减，力图能够对此进行盖棺定论，亨德森的传记就是这种好奇的产物。但是亨德森空疏的议论缺乏的是直接的证据支持，豪尔维斯和潘恩的传记于是应运而生。二者均为马克·吐温的亲密好友，这为他们的传记提供了合法性的支持，似乎解决了由于距离过远带来的质疑，但是，新的挑战又随之出现。如果说距离过远使人看不清真相，距离过近难道就一定不会被一叶障目吗？在传记的书写过程中，二者是否通过故意的选择遮蔽以呈现一个他们理想中的马克·吐温形象？如果是这样的话，那么潘恩与马克·吐温之间亲密的关系，不但没有成为其传记真实性和权威性的凭据，反而会带来新的质疑。

与这种质疑相伴而行的是英国在传记理论上的革新，它所发生的时间点也恰巧是在19世纪末和20世纪初期，它掀起的是"新传记"式的传记书写和理论热潮。这方面的先驱者包括弗吉尼亚·伍尔夫、安德烈·莫洛亚、利顿·斯特拉奇等人[1]。他们反对的是维多利亚时代传统传记中"文以载道"式的内在诉求，主张传记作家"保持着他的自由和他独立判断的权力"[2]，身份上"他不再是一位年代记编者，他已经变成了一位艺术家"[3]，目的是要去揭露和展示传主的一生而不是成为传主荣誉的鼓吹手。例如利顿·斯特拉奇的《维多利亚时代：四名人传》中，斯特拉奇用讽刺、批判的眼光重新解读了维多利亚时代的四位名人，动摇了维多利亚时代的价值观及书写策略。这股思潮对于大洋彼岸的美国文学界是否存在实证上的影响并非本书的论证对象，但是在一种平行比较的视野中，我们发现，英国的传记理论在同时期的马克·吐温传记批评中也得到了的回应。这种回应表现在，从20世纪20年代开始，马克·吐温生平传记的争论和书写再次甚嚣尘上。当德·沃托在1932年打算写《马克·吐温的美国》的时候，潘恩提醒他说和马克·吐温相关的书已经再没有必要出版了[4]，潘恩的这一看法很快就被后来层出不穷的马克·吐温学术传

---

[1] 可参考 Virginia Woolf. *Collected Essays*. Vol. 1. London：Hogarth Press, 1966；[法]安德烈·莫洛亚，《传记面面观》，陈苍多译，北京：商务印书馆，1986年；[英]斯特拉奇，《维多利亚时代：四名人传》，逢珍译，广州：花城出版社，2003年。

[2] Virginia Woolf. *Collected Essays*. Vol. 1. London：Hogarth Press, 1966, p.231.

[3] Virginia Woolf. *Collected Essays*. Vol. 1. London：Hogarth Press, 1966, p.231.

[4] Bernard DeVoto. *Mark Twain's America*. Boston：Little, Brown and Company, 1932, p.XVI.

记、研究淹没了,安德鲁·霍夫曼(Andrew Hoffman)也说"自从萨缪尔·克莱门斯 1910 年去世以来,马克·吐温的传记一年平均出现一部"①。事实上,连潘恩自己也在第一部马克·吐温传记出版后又出了两部新的传记。这些后来的传记作品将马克·吐温的传记研究推向了新的高度。而其中最具争议、最能够体现出英国"新传记"理论主张的则是布鲁克斯的作品《马克·吐温的严峻考验》,笔者将在下文中分析。

伴随着这些传记材料的出现,期刊、报纸文章也开始酝酿着对马克·吐温的不满情绪。1912 年一篇未署名的文章《马克·吐温的失败》("Mark Twain's Failures")出现于当时较有影响力的《文学摘要》(*The Literary Digest*)上,从该文的篇名上,我们已经可以清楚地看出作者的态度倾向。著名的文化评论家亨利·门肯(Henry Mencken)在 1917 年的《作为一种文学动力的清教主义》("Puritanism as a Literary Force")② 一文中认为马克·吐温虽可比肩塞万提斯,但是他也是一个"市侩"的人(Philistine),这反映了人们对马克·吐温身上集伟大作家、投机商人等众多标签于一身的矛盾态度。宾州州立大学的文学教授弗雷德·刘易斯·佩蒂(Fred Lewis Pattee)的观点似乎暗示了马克·吐温接下来的命运:"他的幽默现在可以被认为像是塞万提斯和莎士比亚式的,只不过作者和他的时代并非如此。它将如何经受检验呢?"③ 而在经历了第一次世界大战之后,在一片阴云惨淡的气氛中,马克·吐温也再次被人冠以"丑角"之名,弗兰克·瓦尔多(Frank Waldo)在《我们的美国》(*Our America*)中认为马克·吐温丑角式的悲剧是美国的悲剧,马克·吐温没有起到一位知识分子和讽刺作家的社会职责,相反,"马克·吐温一心求财、迎合别人"④。

总的来说,多方因素促成了马克·吐温去世后十年时间里所遭到的质疑。马克·吐温自身晚年世界观的巨大转变、潘恩传记对其晚年生活的记录、第一次世界大战的爆发、以范·布鲁克斯为代表的文化改革派的崛起,加上马克·吐温本身的多面性和复杂性,这些纷繁复杂的因素共同织就了 20 世纪初马

---

① Andrew Jay Hoffman. *Inventing Mark Twain: The Lives of Samuel Langhorne Clemens*. New York: William Morrow and Co, 1997, p. x.

② H. L. Mencken. "Puritanism as a Literary Force", *A Book of Prefaces*. New York: Garden City Publishing Company, 1917, pp. 197 – 283.

③ Lewis Fred Pattee. *A History of American Literature Since 1870*. New York: The Century Co., 1915, p. 57.

④ Frank Waldo. *Our America*. New York: Boni and Liveright, 1919, p. 40.

克·吐温接受的历史背景，这些因素都在1920年布鲁克斯的《马克·吐温的严峻考验》中得到了彻底的汇集和爆发。

二、阿奇博尔德·亨德森的传记《马克·吐温》

早于潘恩的官方传记一年，阿奇博尔德·亨德森于1911年就出版了《马克·吐温》一书。亨德森是北卡莱罗纳的数学教授，但是他对文学、戏剧拥有浓厚的兴趣，他广为人知的是他和萧伯纳之间有很深的交往并为其撰写了多部传记。在《马克·吐温》一书中，亨德森使用了多幅彩色插图展示马克·吐温抽烟等诸多经典形象。

该书最重要的一个特点是，它对马克·吐温作为一名知识分子的多重身份做了评价，为后世从各个方面研究马克·吐温奠定了基础。该书的第二章快速介绍完马克·吐温生平，此后就将篇幅放在了作为幽默家、天才、哲学家身份的学术型评价之上，这也是该书与威廉的传记显著不同之处。比较而言，威廉的传记记录了马克·吐温生平经历和奇闻轶事，而亨德森的是一种偏向于学术研究型的传记。此外，亨德森的著作中也涉及不少日后被广泛讨论的议题。在叙述完了马克·吐温前半生的经历之后，亨德森紧接着就谈到了美国东西部不同的文化对马克·吐温的影响，他认为：

> 南部和西部促进了马克·吐温的个人发展并且增加了很多重要的经历，这些比他的其他生活加起来还要多……他的脑中装满了早期经历形成的丰富的天然矿石——那些传奇故事以及充满了棱镜般色彩变换的生活现实。东部的文明，它的文化和进步使得马克·吐温变得性情温和，使得他符合古典艺术不可或缺的标准……他从来没有丢掉那种叙述风格中不由自主的美好和纯真，从来没有让他思想的活力、表达的原生态减弱。他和东部的接触释放了他早期经历建立起来的储备，这些经历都是在和生活许许多多的遭遇中获得的。[①]

在此，亨德森已经敏锐地意识到了后来被不断地热烈讨论的一个问题，那就是东西部不同的文化对于马克·吐温来说到底意味着什么？在不同的文化和社会环境的激荡之下，马克·吐温的精神世界和文学创作到底是呈现出一种激

---

① Archibald Henderson, Alvin L. Coburn. *Mark Twain*. London: Duckworth & CO., 1911, pp. 60-61.

烈的分裂还是表现为对二者的兼收并蓄？亨德森显然是站在后者的立场之上，这种立场在接下来的多本传记中得到了进一步的讨论。

第三节 1920—1950年：精神分析批评的介入

范·布鲁克斯于1920年出版《马克·吐温的严峻考验》一书，利用精神分析批评发起对马克·吐温艺术才能的质疑，该书的方法和结论都引起了以德·沃托为代表的一大批学者的反对。我国学界对此论争并不陌生，早于1985年，董衡巽已经对此论战有所提及①，但是，其中还存在不少亟待进一步追问的问题：第一，它的结束时间，国内学界普遍认为是1935年，即马克·吐温百年诞辰之际，但是根据美国学界的材料来看，这个提法有待商榷。富尔顿在描述这场争论的余波的时候做了一个形象的比喻，"就像是难闻的味道一样，一些争论还在持续着"②。而1954年罗杰·阿塞力诺出版的《马克·吐温的文学声誉：1910到1950》、1957年尤金·哈德森·龙（Eugene Hudson Long）出版的《马克·吐温手册》（Mark Twain Handbook）以及1962年《马克·吐温的伤痕》等书中仍然在对争论双方的观点进行探讨，因此，本书认为这个时期至少需要延长到20世纪50年代末期。第二，除布鲁克斯和德·沃托之外还有哪些研究值得重视？二人所发起的这场论战一方面使得马克·吐温研究进入了更多学者的视野，但是另一方面，由于它太过于耀眼，无意中就遮蔽了该时代出现的其他极有价值的研究，这需要我们以更加宽广的学术视野对遮蔽的信息进行去蔽，因此下文将对这个阶段中同样重要但是却没有得到关注的研究做出遴选和评述。

一、范·布鲁克斯及其争议

范·布鲁克斯是美国20世纪上半叶一位无法忽略的文学史家、文学评论家。他1908年毕业于哈佛大学，1905年在校期间就与友人联合出版了诗歌选集《两位本科生的诗集》（Verses by Two Undergraduates），除此之外，他在创作领域并无其他建树，他的主要身份也并非诗人或创作者，而是美国19世纪

---

① 见于董衡巽，《马克·吐温的历史命运》，载《读书》，1985年第11期。
② Joe B Fulton. *Mark Twain Under Fire: Reception and Reputation, Criticism and Controversy, 1851 - 2015*. New York: Camden House, 2016, p.91.

文学和文化的批评者。在批评方面，他最为人熟知的是系列丛书《创作者和发现者》(Makers and Finders)，这套书包括《华盛顿·欧文的世界》(The World of Washington Irving) 等，对19世纪美国文学史进行了颇有见地的剖析，他也凭借其中的《新英格兰：花开时节》一书获得1936年的非虚构类第二届"国家图书奖"以及1937年的历史类"普利策奖"。

布鲁克斯通常被归入第一次世界大战前后美国的"文化革新派知识分子"之列，学界对这批人的称谓并不统一，哈佛大学历史学家斯蒂芬·比尔（Steven Biel）称他们为"独立知识分子"[1]，马克·吐温研究专家盖伊·卡德维尔（Guy Cardwell）称他们为"知识革新者"（Intellectual Innovators）[2]。这批知识分子包括兰道夫·布恩（Randolph Bourne）、刘易斯·芒福德（Lewis Mumford）、弗兰克·瓦尔多（Frank Waldo）、亨利·路易斯·门肯（Henry Louis Mencken）、赫伯特·克罗利（Herbert Croly）等。这些人虽然所涉及的领域和观点有别，但是他们都致力打破美国文学和思想传统，尤其是新英格兰清教主义的陈规旧俗，"寻求一个支持性的传统，这个传统能够让他们为他们自我和美国构建一个身份，能够给予他们重塑世界的能力"，利用这场运动，他们宣告了"清教主义的死亡及自觉的文学批评运动的诞生"[3]。

在他写出富有争议性的《马克·吐温的严峻考验》一书之前，布鲁克斯出版过两本美国文化评论类书籍，分别是1908年的《清教徒的酒》(The Wine of the Puritans: A Study of Present-day America) 以及1915年的《美国的成年》(America's Coming-of-age)，这两部早期作品有助于我们把握他的研究思路，搞清楚他为什么会写出《马克·吐温的严峻考验》。在《清教徒的酒》一书中，布鲁克斯采用对话的形式对清教主义进行了批判。他用酒来做比喻："你们把旧酒装进了新瓶，当发生爆炸时，香气散发进入空气，而酒则洒到了地上。香气，或称理想，变成了超验主义，而酒，或称现实，变成了商业主义"[4]，这里的"旧酒"即清教思想。布鲁克斯认为它曾经弥漫在旧世界的芳香已经在20世纪消散殆尽，留下的只是狂热追求物质的商业主义酒渣。这种对清教、

---

[1] Steven Biel. *Independent Intellectuals in the United States*, 1910-1945. Vol. 25, New York: New York University Press, 1992.

[2] Cardwell, Guy. *The Man Who Was Mark Twain: Images and Ideologies*. New Haven: Yale University Press, 1991, p.12.

[3] [美] 罗伯特·斯皮勒，《美国文学的周期》，王长荣译，上海：上海外语教育出版社，1990年，第168页。

[4] Van Wyck Brooks. *The Wine of the Puritans: A Study of Present-day America*. New York: M. Kennerley, 1909, p.18.

对商业社会的虚浮和功利的控诉在对马克·吐温的批评中得到了延续。他的另一本作品《美国的成年》进一步讨论了清教主义中的物质、功利的一面对美国文化和文学的破坏。在第一章中，他以"高雅"（Highbrow）和"通俗"（Lowbrow）为标题，指出清教思想产生了两个截然对立的阵营，即超验主义和功利主义，认为"从一开始，我们就在美国思想中发现了两股并驾齐驱的趋势，但是它们少有交汇"①，这两个对立方"同样都是不理想的，并且它们是不兼容的，但是它们分裂了美国的生活"②。在文学创作领域，美国作家要么由于超验主义而显得过于超脱和虚无缥缈，要么陷入功利主义的泥潭之中，无法摆脱文学创作与商业社会之间的物质纠葛，其造成的灾难性后果使得美国文学失去了活力。布鲁克斯甚至断言："美国文学一直缺少一些东西，我认为每个人都感觉到了。天赋的问题暂且不论，除了惠特曼，没有一位美国作家能用一种深刻、有感染力且令人振奋的人格影响为现代美国人所认可。"③

但是，布鲁克斯的思想在20世纪20年代后期经历了重大的转变。1927年他遭遇精神崩溃，此后四年的大部分时间里，他都要在医院度过④。1932年他出版了《爱默生的一生》（*The Life of Emerson*），书中的一些观点标志着他思想上的大逆转，他不再坚持早期对包括爱默生等美国作家的责难，不再充当美国文化改革的先锋，而是转变为一位美国历史和文学的赞美者。实际上，他像是陷入了一种自我忏悔之中，他要去探索月亮光明的一面，而爱默生充当的正是他精神上的引导者，他说"这位受人敬仰的爱默生，已经引导我走出黑暗，进入光明的一面"⑤，随着这一态度的转变，他自然而然地拥抱起了爱默生所宣扬的超验主义哲学。

二、伯纳德·德·沃托及其西部研究

德·沃托出生于1897年的犹他州，1917在犹他大学上了一年学之后转到哈佛大学。犹他地处美国西部，德·沃托出生于此，这多少为他后来所从事的美国西部研究建立了情感上的联系。美国历史学家小亚瑟·梅尔·史列辛格

---

① Van Wyck Brooks. *America's Coming-of-age*. New York: B. W. Huebsh, 1915, p. 9.
② Van Wyck Brooks. *America's Coming-of-age*. New York: B. W. Huebsh, 1915, p. 8.
③ Van Wyck Brooks. *America's Coming-of-age*. New York: B. W. Huebsh, 1915, p. 46.
④ 关于布鲁克斯的生平期刊可参考 *Van Wyck Brooks: In Search of American Culture*; *The Legacy of Van Wyck Brooks: A Study of Maladies and Motives* 等。
⑤ Rene Wellek. *A History of Modern Criticism 1750–1950*. Vol. 6. New Haven: Yale University Press, 1986, p. 13.

（Arthur M. Schlsinger, Jr.）在《西部悖论：保护读本》（The Western Paradox: A Conservation Reader）一书的前言部分中说德·沃托从出生开始"就建立起了和边疆的永久性的身份认同"①，这种认同决定了他的学术研究方向，使得他虽然涉猎广泛，但是西部问题始终是他不曾偏离的，西部成了他的激情所在。1943 年的《决定之年：1846》（The Year of Decision:1846），随后 1947 年的《穿越密苏里》（Across the Wide Missouri），1952 年的《帝国的进程》（The Course of Empire），以及 1953 年他编辑的《刘易斯和克拉克杂志》（The Journals of Lewis and Clark）都是这种激情的挥洒之地，甚至这段时期内的唯一一本小说都被冠以《山地时间》（Mountain Time）之名。

不论是教育背景还是生涯成就，德·沃托都和布鲁克斯旗鼓相当，二者还存在诸多相似之处。布鲁克斯最早的作品也是文学作品，即《蜿蜒路》（The Crooked Mile，1924）这部小说。此后他凭借《穿越密苏里》获得了 1948 年的"普利策奖"，凭借《帝国的进程》获得 1953 年的"非小说类国家图书奖"（"National Book Award for Nonfiction"），他也有精神上的问题并且要定期接受精神学家的治疗。他在马克·吐温研究领域出版了多部（篇）著作和论文，包括 1935 年的文章《马克·吐温：历史的印记》"Mark Twain: The Ink of History"、1936 年的《马克·吐温和批评的局限》（"Mark Twain and the Limits of Criticism"）和《林波波河边的一代》（"A Generation beside the Limpopo"）、1942 年的专著《运作中的马克·吐温》（Mark Twain at Work）、1944 的专著《文学谬误》（The Literary Fallacy）、1946 年的专著《移动的马克·吐温》（The Portable Mark Twain）以及他散见于文学期刊《星期六文学评论》（Saturday Review of Literature）和《哈泼斯杂志》（Harper's Magazine）上的文章。德·沃托对布鲁克斯的主要批评在于后者对美国历史尤其是对美国西部历史地理和幽默文化的无知，但是在其他方面，例如马克·吐温的分裂人格问题，双方在对方观点的影响下，甚至已经达成了一定程度的统一。这是因为在德·沃托人生的最后半年里，身体不佳、士气消沉，美国人的乐观主义似乎也远离他而去，这一态度的转变可以体现在《工作中的马克·吐温》一书以及《移动的马克·吐温》一书的介绍部分中。

布鲁克斯和德·沃托各自阵营下都拥有自己的支持者，但是也有一部分研究者表现出模棱两可的观点。约翰逊·阿尔文（Johnson Alvin）在著名的美国

---

① Bernard DeVoto, Douglas Brinkley, Patricia N. Limerick. *The Western Paradox: A Conservation Reader.* New Heaven: Yale University Press, 2001, p. X.

自由派杂志《新共和》（New Republic）上发表《马克·吐温的悲剧》一文，他一方面认为布鲁克斯无法读懂西部幽默，缺乏幽默感，另一方面认为美国19世纪没有产生伟大的艺术家，因为"我们奴化了他们，以服从那些庸俗的目的"①。伊利诺伊斯大学的斯图亚特·谢尔曼（Stuart Sherman）曾经撰写了《剑桥美国文学史》（The Cambridge History of American Literature）的"马克·吐温"部分，他同意布鲁克斯的看法，并称赞其作品为"震撼且原创性的质问"②。另一位对马克·吐温充满矛盾态度的学者是任教于宾州州立大学的英文系教授弗雷德·佩蒂，尽管布鲁克斯之前攻击过佩蒂，但是佩蒂却在一定程度上认可布鲁克斯的看法，佩蒂在《马克·吐温之评价》一文中说认为马克·吐温是文学史上少有的"带着小丑的帽子求财"③的悲剧人物。但是，他对布鲁克斯所谓的马克·吐温的家庭朋友毁了他的艺术才能的看法也嗤之以鼻，他直截了当地驳斥这种看法，认为他们是"胡说八道！蠢话！是东部造就了马克·吐温"④！这些学者左右为难的态度不但表明了马克·吐温人格的复杂性，更成为美国文化特征多面性的最好注脚。

三、迪克森·维克多等人的文献整理和出版工作

德·沃托与布鲁克斯的论争直接推动了马克·吐温原稿等相关史实资料的不断面世，这方面的贡献者主要包括马克·吐温的二女儿克拉拉、远房表弟西里尔·克莱门斯（Cyril Clemens）、德·沃托和迪克森·维克多（Dixon Wector）。马克·吐温留下的遗产中大量的未公开的手稿、书信等，都由克拉拉负责保管，储存在纽约的一个保险柜中。克拉拉在1931年出版了《我的父亲马克·吐温》一书，书中披露了大量未曾公布的资料，将诸多学者争论不休的马克·吐温晚年悲观主义的源泉归结为马克·吐温的两个女儿和妻子的相继离世。马克·吐温的一位亲戚，他的表弟西里尔·克莱门斯也于1939年出版了《我的堂兄马克·吐温》（My Cousin Mark Twain）一书。西里尔曾致力推广马克·吐温，担任过《马克·吐温期刊》（Mark Twain Journal）的编辑和"国际马克·吐温社团"（"International Mark Twain Society"）的主席。

---

① Johnson Alvin. "The Tragedy of Mark Twain", New republic, 1920（23）：201－204.
② Stuart P. Sherman. The Cambridge History of American Literature. New York：Putnam's, 1921, p. 81.
③ Fred Lewis Pattee. "On the Rating of Mark Twain", American Mercury, 1928（14）, pp. 183－191.
④ Fred Lewis Pattee. Mark Twain：Representative Selections, with Introduction and Bibliography. New York：American Book Company, 1935, p. XXVII.

克拉拉和西里尔作为马克·吐温亲人的身份并没有给马克·吐温学术研究带来很大的贡献，而真正在促进新材料面世方面做出了巨大努力的是德·沃托和迪克森·维克多。德·沃托于1938年接替潘恩成为马克·吐温留下的大量书稿的负责人。他重新检查了马克·吐温的资料，发现潘恩忽略了大量极有价值的材料，而随着时间的流逝，一些在马克·吐温在世时看起来还不宜公开的内容也到了公开的时机了，因此德·沃托从中摘取了十多万字的材料，经整理后于1940年出版为《愤怒的马克·吐温：迄今未发表的资料》（*Mark Twain in Eruption: Hitherto Unpublished Pages About Men and Events*）一书。德·沃托摘录整理的另一部马克·吐温书信集《来自地球的信》（*Letters from the Earth*）由于受到克拉拉的反对而搁浅，此书一直到1962年之后才得以正式出版，而德·沃托已经在1955年去世了。

另外一位重要的贡献者迪克森·维克多于1936年在耶鲁大学获得博士学位，1946年成为马克·吐温遗产的文学编辑，1950年因心脏病不幸去世。在短短的四年时间里，他撰写了《汉尼拔的塞缪尔·克莱门斯》（1952年出版），该书书稿并未完全完成，维克多就溘然长逝。此外，他还编辑出版了《马克·吐温与费尔班克斯太太》（*Mark Twain and Mrs. Fairbanks*, 1949）、《马克·吐温的情书》（*The Love Letters of Mark Twain*, 1950）等，尤其是后者的出版受到了克拉拉的高度赞可，她的母亲奥利维亚被指责压抑了马克·吐温的艺术才能。随着这些信件的出版，克拉拉充满感激地写信称赞维克多的工作，"把千丝万缕的线索织成一张精细的网，通过你的清晰呈现，妈妈得到了她公正的认可……我必须再说一次，你（书中）的介绍是如此全面且令人满意"[①]。

四、其他研究者

该阶段的另一个极具价值的收获则在于它开启了更加学术的批评。这里所谓的"更加学术的批评"是指那些不为评论者的个人经历、人际关系或者偏激的情绪所左右，而采用语言学、比较文学的方法去探讨马克·吐温的文学史价值、他与其他作家之间的影响关系、其作品中的语言学特征等，其中的代表人物有罗伯特·朗姆赛（Robert Ramsay）、威廉姆·里昂·菲尔普斯（William Lyon Phelps）、库里·泰勒（Coley Taylor）和奥林·哈里斯·摩尔（Olin

---

[①] Letters from Clara Clemens Samossoud, December 8, 1949, Dixon Wecter Papers, Texas Collection, vol. 5, Baylor University.

Harris Moore）等。

在语言学研究中，密苏里大学的英文教授朗姆赛生平的最大贡献在于对马克·吐温词汇的研究。他和弗朗西斯·恩博森（Frances Emberson）合作完成了《马克·吐温词典》（*A Mark Twain Lexicon*）[①]的编撰工作。他还指导了多名学生完成了一系列以马克·吐温作品词汇研究为方向的博士论文，其中第一篇是1929年阿尔玛·马丁（Alma Martin）的《〈镀金时代〉的词汇研究》（"A Vocabulary Study of *The Gilded Age*"）[②]。在比较文学领域，1935年马克·吐温百年诞辰之际也迎来了菲尔普斯在《耶鲁评论》（*The Yale Review*）上所发表的《马克·吐温》（"Mark Twain"）一文以及泰勒的专著《马克·吐温旁注中的萨克雷的斯威夫特》（*Mark Twain's Margins on Thackeray's Swift*）。这两份文献的重要性在于引入了一种新的研究方法，菲尔普斯在其文章中详细讨论了马克·吐温对萨克雷（William Makepeace Thackeray）的一篇关于乔纳森·斯威夫特（Jonathan Swift）的论文的评价，泰勒用更加翔实的资料描绘出了马克·吐温、萨克雷和斯威夫特三位作家之间的对话。马克·吐温作为一位文学的深度阅读者的形象得到了文献的证明，从而也间接推翻了他是一位"小丑""讲俏皮话的人"的肤浅形象。

布鲁克斯的激进观点也产生了一些意想不到的间接影响。布鲁克斯对美国幽默和美国西部边疆文化的认识不足，从反面推动了研究者进行这些领域的开拓。在美国幽默研究方面，富兰克林·迈恩（Franklin Meine）于1930年出版了《西南部的荒唐故事集》（*Tall Tales of the Southwest*）[③]、沃尔特·布莱尔于1937年出版了《地道美国幽默：1800—1900》（*Native American Humour, 1800—1900*）。在美国边疆研究方面，伊万·本森（Ivan Benson）于1938年出版了《马克·吐温的西部岁月》（*Mark Twain's Western Years*）、沃尔特·弗朗西斯·佛里尔（Walter Francis Frear）于1947年出版了《马克·吐温与夏威夷》（*Mark Twain and Hawaii*）、艾菲·蒙娜·麦克（Effie Mona Mack）于1947年出版了《马克·吐温在内华达》（*Mark Twain in Nevada*）等书。该阶段还见

[①] 因年代久远该书未能找到纸质版本，其出版公司信息存疑，根据亚马逊网站信息，可参考 Robert L. Emberson Ramsay, Frances Guthrie. *A Mark Twain Lexicon*, Russel & Russel, 1938.

[②] 朗姆赛指导完成的其他马克·吐温词汇研究论文详见 Joe B. Fulton. *Mark Twain Under Fire: Reception and Reputation, Criticism and Controversy, 1851 - 2015*. New York: Camden House, 2016, p. 65.

[③] Franklin J. Meine. *Tall Tales of the Southwest: An Anthology of Southern and Southwestern Humor, 1830 - 1860*. Americana Deserta, 1930.

证了对马克·吐温的黑奴形象的研究，这方面的研究包括托马斯·果斯林（Thomas Warrington Gosling）的博士论文《美国小说中的黑人》（"The Negro in American Fiction"）、约翰·内尔逊（John Herbert Nelson）的著作《美国文学中的黑人角色》（*The Negro Character in American Literature*）、斯特林·布朗（Sterling Brown）的著作《美国小说中的黑人》（*The Negro in American Fiction*）等。

第四节　1957—1970年：种族主义风波的挑战

当布鲁克斯和德·沃托争论所引发的余波还在持续时，另外两场更大的风波已经在悄然酝酿了。第一场论争由莱昂内尔·特里林（Lionel Trilling）、托马斯·艾略特（Thomas Eliot）、利奥·马克斯等人围绕《哈克贝里·费恩历险记》的结尾部分展开，这三位大名鼎鼎的作家、文论家的加入，使得关于马克·吐温的学术讨论再次升级。1948年特里林在莱恩哈特（Rinehart）出版社出版的《哈克贝里·费恩历险记》的序中对它做了高度的赞誉①，随后另一位重量级人物艾略特加入这一阵营中，他在克雷赛（Cresset）出版社出版的《哈克贝里·费恩历险记》中同样对该书做出了高度的评价。应该说，对于该小说的争议一直都存在，但是这两位当时的文坛巨擘的齐声赞美再次激起了人们对该小说的关注。除了赞美者，反对派则以利奥·马克斯为代表，他于1953年在《美国学者》杂志上发表了《艾略特先生、特里林先生和哈克贝里·费恩》（"Mr. Eliot, Mr. Trilling, and Huckleberry Finn"）②一文，在标题中就明确将艾略特和特里林列入反驳的对象。

第二场争论起源于1957年，当时纽约市教育委员会（New York City Board of Education）认为《哈克贝里·费恩历险记》中的侮辱用词以及吉姆的形象描写有损黑人形象，决定将该书从教科书中清除。此后，来自全美国各地例如佛罗里达、伊利诺伊斯等地的学校机构都开始对该书进行行政审查，反对派的主要代表是约翰·华莱士（John Wallace）、拉尔夫·埃里森（Ralph Ellison）。相比于20世纪二三十年代的布鲁克斯、德·沃托之争，这两场争论显然带有

---

① Lionel Trilling. "Introduction", *Adventures of Huckleberry Finn*, New York: Rinehart, 1948, pp. v – xviii.

② 原载 *The American Scholar*, Vol. 22（4），1953，后收录于 *Adventures of Huckleberry Finn: An Authoritative Text, Backgrounds and Sources, Criticism.* New York: Norton, 1977.

鲜明的政治色彩，它们的产生无疑与 20 世纪 50 年代兴起的民权运动息息相关，它们已经不再关注马克·吐温是否是一位伟大作家，转而关注《哈克贝里·费恩历险记》是否是一部伟大小说了。

一、托马斯·艾略特与利奥·马克斯等人对小说"结尾"的争论

托马斯·艾略特（1888—1965）是英国诗人、文学批评家、现代派诗歌领袖。他与马克·吐温研究的渊源并不算深，但是艾略特本人在文学批评史上的重量级地位以及贯穿其文章的批评方法所激起的争议，使得他在马克·吐温学术研究史中也占有一席之地。艾略特在克雷赛版本的《哈克贝里·费恩历险记》的序中毫不吝啬对该小说的赞美。他重点论述了作为上帝一样存在的"河流"，即密西西比河在小说中的重要地位，他认为河流掌控了哈克和吉姆的航程，是"河流将形式赋予了这本书"[①]，我们通过哈克的眼睛来了解河流，但哈克也是河流的精神。这些独特的批评与他所提出的诗歌创作中的"客观对应物"的主张一脉相承，在艾略特的眼中，一系列的物体、一种情境、一系列事件都可以在读者心中唤起某种特定的情感。对于小说的结尾，艾略特的论述并不详细，这一未完成的辩护在特里林那里得到了继续。

莱昂内尔·特里林（1905—1975）是美国 20 世纪最重要的评论家之一，哥伦比亚大学英语系第一任终身教授。在《哈克贝利费恩的伟大》（"The Greatness of Huckleberry Finn"）这篇文章中，他同样认为小说的结尾没有弱点，反而具有一种"形式上的灵巧"（formal aptness）。这里所谓的"形式上的灵巧"是指故事开头哈克就是一位淘气的、默默无闻的邻家小男孩，他不应该承担起拯救世界的英雄角色，汤姆的出现以及他所带来的恶作剧般的冒险行为符合小说的结构、风格和形式上的完整性，因此该小说是"一部完美的作品"[②]。

反对派代表是利奥·马克斯。利奥·马克斯 1950 年毕业于哈佛大学，获得历史与文学学士学位和美国文明史博士学位，后在麻省理工学院工作，其主要研究领域是 19 世纪和 20 世纪美国的技术与文化之间的关系，他的代表作品

[①] 该文后收录于 Sculley Bradley, et al. *Norton Critical Edition of Adventures of Huckleberry Finn*. New York：Norton, 1977, p.332.

[②] Lionel Trilling, "The Greatness of Huckleberry Finn", in Sculley Bradley et al. *Norton Critical Edition of Adventures of Huckleberry Finn*, 2nd ed. New York：Norton, 1977, p.331.

是 1964 年由牛津大学出版社出版的《花园里的机器：美国的技术与田园理想》(*The Machine in the Garden: Technology and the Pastoral Ideal in America*) 一书。马克斯于 1953 年开始对艾略特和特里林的观点提出批评，相比较于特里林对于小说形式完美性的强调，马克斯关注更多的是"道德主义"，他认为《哈克贝里·费恩历险记》所涉及的并不仅仅是形式的问题而是意义，也就是说，相比于特里林对于形式的强调，马克斯更加关注的是闹剧般的结尾对小说所传达的意义和主题的致命伤害[①]。

二、约翰·华莱士与拉尔夫·埃里森等的种族批评

约翰·华莱士是因探讨《哈克贝里·费恩历险记》中的种族问题而在社会层面引起激烈抗议的典型代表。他并非一位严格意义上的学者，他在弗吉尼亚的费尔法克斯（Fairfax）郡的马克·吐温中级学校（Mark Twain Intermediate School）担任行政职务，其所任职的部门是该校的"人际关系协会"（Human Relations Committee）。在职期间，他强烈要求该校将《哈克贝里·费恩历险记》一书从学生的课本中删除，他的观点主要见于《反对哈克·费恩》（"The Case Against Huck Finn"）[②] 一文。此外他还于 1982 年 4 月 21 日接受了《华盛顿邮报》的采访，《华盛顿邮报》以《〈哈克贝里·费恩〉批评背后的一位愤怒的教育工作者》（"Behind the Attack On 'Huck Finn': One Angry Educator"）为题对他的主张做了报道[③]。拉尔夫·埃里森（1914—1994）是美国的著名黑人作家，也是 20 世纪最有影响力的小说家之一。他的贡献主要是他在 1952 年出版的长篇小说《看不见的人》，该书在美国社会的影响巨大，并于 1953 年获得美国国家图书奖。他在马克·吐温研究领域中的贡献是和他的小说创作主题一脉相承的，他于 1958 年在《党派评论》上发表《换换玩笑，松松镣铐》（"Change the Joke and Slip the Yoke"）一文，该文是较早将吉姆形象与黑脸游唱形象（blackfaced minstrel）联系在一起的文章。

[①] 参考 *The American scholar*, Vol. 22 (4), 1953, 亦可见于 *Adventures of Huckleberry Finn: An Authoritative Text, Backgrounds and Sources, Criticism*. New York: Norton, 1977.

[②] John H. Wallace, "The Case Against Huck Finn," in J. S. Leonard, Thomas A. Tenney, Thadious M. Davis. *Satire Or Evasion?: Black Perspectives on Huckleberry Finn*. Durham: Duke University Press, 1992.

[③] Molly Moore. "Behind The Attack on 'Huck Finn': One Angry Educator". *The Washington Post*, April 21 1982, https://www.washingtonpost.com/archive/local/1982/04/21/behind-the-attack-on-huck-finn-one-angry-educator/ec7dfba8-2d1d-4323-9944-eda708f636c7/?noredirect=on&utm_term=.5f31bc4cad08.

三、莱斯利·菲德勒、亚历山大·琼斯等人的性别研究

莱斯利·菲德勒（1917—2003）是美国著名的文学评论家，他的主要贡献在于对神话和对小说类型的研究，方法上他将心理学理论应用于美国文学研究之中。他在马克·吐温研究领域的主要贡献在于他于1948年发表在《党派评论》上的那篇引起极大争议的文章《快回到船上来！亲爱的哈克！》，以及此后于1960年出版的《美国小说中的爱与死》（*Love and Death in the American Novel*）一书。他在书中提出，在美国文学中普遍存在一种跨越种族的男同性恋关系，哈克和吉姆之间的关系正属于此类。此后，他在1964年的《等待结局》（*Waiting for the End*）、1968年《消失美国的回归》（*The Return of the Vanishing American*）专著中对此类问题也有所涉及。

亚历山大·琼斯在明尼苏达大学获得硕士学位和博士学位，发表了大量关于马克·吐温的论文。他的研究主要集中于20世纪50年代，代表论文包括《马克·吐温汉尼拔的异教思想》（"Heterodox Thought in Mark Twain's Hannibal", 1951）、《马克·吐温与共济会》（"Mark Twain and Freemasonry", 1954）、《马克·吐温与性》（"Mark Twain and Sexuality", 1956）、《马克·吐温与〈什么是人〉中的决定论》（"Mark Twain and the Determinism of *What is Man?*", 1957）等。

第五节 1966—1980年：双面人格论的提出

著名学者在上一阶段加入了马克·吐温的争议之中，而在接下来的20世纪60到80年代则见证了马克·吐温学术研究风潮的重要转变。这一重要转变的代表性作品是凯普兰和哈姆林·希尔的两部传记作品，二者开启了更加私人化的研究。例如马克·吐温的性取向问题。面对这种研究转向，罗伯特·布雷（Robert Bray）于1974年更是直接在文章标题中宣布"马克·吐温传记书写进入新阶段"[1]，虽然这样的标题多少是一种带有夸张的修辞，但是不可否认的是，这一私人话题领域的开启在90年代之后愈演愈烈。

---

[1] Robert Bray, "Mark Twain Biography: Entering a New Phase", *Midwest Quarterly*, 1947 (15): 286-301.

一、贾斯丁·凯普兰的《克莱门斯先生和马克·吐温》

贾斯丁·凯普兰（Justin Kaplan，1925—2014）是美国著名传记作家和编辑。他的传记作品包括马克·吐温和沃尔特·惠特曼的传记，此外，他的马克·吐温研究文章如《把哈克费恩卖到河的下游去》（"Selling 'Huck Finn' Down the River"）等还散见于《纽约时报》等期刊，而奠定他在马克·吐温传记研究领域重要地位的则是他出版于1966年的《克莱门斯先生和马克·吐温》（*Mr. Clemens and Mark Twain：A Biography*），该传记获得了1967年的美国国家图书奖和普利策奖。

尽管这本传记获得了两个重要的大奖，但是凯普兰的马克·吐温传记在马克·吐温研究者中依然存在争议。从该书的标题中，我们即可以看到该书隐含了一个马克·吐温人格分裂的假设。这种观点可以看作是布鲁克斯的《马克·吐温的严峻考验》一书思想的沿袭，同样因此激起了部分马克·吐温研究者的批评。沃尔特·布莱尔（Walter Blair）就对这本传记的准确性和心理分析方法的运用十分不满，他在书评文章中指出了凯普兰的多处错误，并且指责凯普兰"忽略掉了很多对于业余的读者来说是沉闷的但学术批评家们认为至关重要且很有分量的材料，即对思想潮流、文学趋势和一些重要作品的讨论。并且他还用一种让人震惊的心理阐释来解释他描述的对象的生活和作品"[1]。悉尼·克劳斯（Sydney Krause）对该书的评价则稍显中性，他一方面看到该传记阐明了一些重要的问题，例如"吐温和佩奇打字机之间毁灭性的故事，包括他狂热地尝试希望得到赞助者的支持，这些都是第一次以痛苦、荒谬的形式呈现出来"[2]，但是他同时也看到凯普兰试图用一种"心理的—象征的"方式将马克·吐温的行为做夸张的解释。例如马克·吐温在西部担任记者时期的行文中的笑话，凯普兰认为这些笑话是马克·吐温"对他的家庭的愧疚"[3]。可以说，在经历了布鲁克斯和德·沃托之间的争论之后，学界对于批评中牵强附会、无实证支持的方法和观点已经有了一定的免疫力和警惕性，正是因为如此，学界对于凯普兰传记的接受才并没有如大众层面来得那么热

---

[1] Blair Walter. "Reviewed Work：*Mr. Clemens and Mark Twain：A Biography* by Justin Kaplan", *American Literature*, 1967（2）：220.

[2] Sydney J Krause. "Reviewed works：*Mr. Clemens and Mark Twain：A Biography* by Justin Kaplan；*Mark Twain：the fate of humor* by James M. Cox", *The New England Quarterly*, 1967（3）：441.

[3] Sydney J Krause. "Reviewed works：*Mr. Clemens and Mark Twain：A Biography* by Justin Kaplan；*Mark Twain：the fate of humor* by James M. Cox", *The New England Quarterly*, 1967（3）：441.

烈。有趣的是，分裂的马克·吐温的讨论并没有停止，贾斯丁·凯普兰的分裂假说随后一直受到后来者的挑战，其中最针锋相对的研究来自弗雷德·凯普兰（Fred Kaplan），他在2003年出版的《独一无二的马克·吐温》（*Singular Mark Twain*）① 一书中认为并不存在这样的分裂，这使得马克·吐温的话题在上一阶段的争论之后再次掀起波澜。

二、哈姆林·希尔的《马克·吐温：上帝的傻瓜》

哈姆林·希尔（1931—2002）于1959年获得芝加哥大学博士学位，后任教于新墨西哥大学（1959—1961、1963—1968、1975—1986）、怀俄明大学（1961—1963）、芝加哥大学（1968—1975）等。他在马克·吐温研究领域的成果包括1964年出版的《马克·吐温与伊莉莎·布利斯》（*Mark Twain and Elisha Bliss*）、1967年编辑出版的信件集《马克·吐温给出版人的信，1867—1894》（*Mark Twain's Letters to His Publishers, 1867—1894*）以及1973年出版的马克·吐温传记《马克·吐温：上帝的傻瓜》，后者是其最重要的作品。

在该传记中，哈姆林主要聚焦于马克·吐温的晚年时光，他采用了马克·吐温晚年的女秘书伊莎贝尔·里昂（Isabel Lyon）的日志，从她的视角对马克·吐温的晚年生活进行了新的描述，还有诸多未公开的文献资料，包括甚为神秘的《阿什克罗夫与里昂的手稿》（*Ashcroft-Lyon Manuscript*）。而众所周知，里昂与马克·吐温之间关系复杂。里昂于1902年受马克·吐温聘请担任其私人秘书，当时马克·吐温的妻子奥利维亚已经病重，无法处理马克·吐温的信件。而到了奥利维亚1904年去世之后，里昂更是搬进了马克·吐温的家，可以说是最熟悉马克·吐温的人之一。到了1909年3月，里昂与马克·吐温的商业伙伴拉尔夫·阿什克罗夫特（Ralph Ashcroft）结婚，马克·吐温开始怀疑里昂利用她的职位谋取私利，二人的纷争就此闹得沸沸扬扬②。哈姆林的基调与布鲁克斯的所谓"女性压制论"完全相反，哈姆林刻画出的是马克·吐温"压制女性"的形象，在哈姆林之后的20世纪90年代，以劳拉·特朗布莉（Laura Skandera Trombley）为代表的学者开始对此话题进行了详尽的研究，可以说，正是从哈姆林开始，马克·吐温和女性关系的研究迎来了一个转折点。

---

① Fred Kaplan. *Singular Mark Twain: A Biography*. Doubleday, 2003.
② 马克·吐温与里昂的纷争还可参考 Karen Lystra. *Dangerous Intimacy: The Untold Story of Mark Twain's Final Years*. Berkeley: University of California Press, 2004.

三、路易斯·巴德对马克·吐温研究的贡献

这个阶段的另一位无法忽略的研究者是路易斯·巴德（1921—2010）。巴德是杜克大学的"詹姆斯·杜克讲席"英语教授、文学评论家。巴德从 1952 年开始留校（杜克大学）任教，在 1986 至 1991 年期间他还担任了《美国文学》期刊的主编直到 1991 年退休。他去世于 2010 年 12 月 20 号，去世之际，另一位马克·吐温研究专家皮特·孟森特（Peter Messent）撰写了他的讣告，对他的学术贡献进行了总结①。巴德在马克·吐温研究领域著述颇丰，主要包括 1962 年的吐温传记《马克·吐温：社会哲学家》（*Mark Twain: Social Philosopher*）、1983 年的《我们的马克·吐温：他的公众人格的塑造》（*Our Mark Twain: The Making of His Public Personality*）、1985 年编辑出版的《〈哈克贝里·费恩历险记〉新近论文集》（*New Essays on Adventures of Huckleberry Finn*）、1987 年与艾德文·卡迪（Edwin H. Cady）联合编辑出版的《论马克·吐温》（*On Mark Twain*）、1999 年编辑出版的《马克·吐温当代评论》对早期的吐温接受进行了详尽的材料收集，2005 年他还与皮特·孟森特合编出版《马克·吐温指南》一书，以主题的方式对马克·吐温研究中的方方面面进行了全面的总结，为马克·吐温研究做出了巨大的贡献。

四、沃尔特·布莱尔、亨利·史密斯等人的贡献

除了上述的这种偏传记式的研究范式，在文本层面，马克·吐温作品创作的发生学研究，吐温作品中的灵感、主题、叙事技巧的演变研究也在这个阶段取得了进展，其中的代表人物包括沃尔特·布莱尔（Walter Blair，1900—1992）等人。布莱尔于 1923 年毕业于耶鲁大学，1931 获得芝加哥大学的英语文学博士学位，后于芝加哥大学任教一直到 1968 年。他在马克·吐温研究领域的贡献包括 1960 年出版的专著《马克·吐温与哈克费恩》（*Mark Twain & Huck Finn*，1960）、1962 年和哈姆林·希尔联合编辑出版的《〈哈克贝里·费恩历险记〉的艺术》（*The Art of Huckleberry Finn*）、1969 年编辑出版的《汉尼拔、哈克和汤姆》（*Hannibal, Huck & Tom*），1985 年他与维克多·费什等人合作重新对马克·吐温手稿进行整理，出版了新版的《哈克贝里·费恩历险记》。

---

① 见于 Peter Messent. "Obituary: Louis J. Budd (1921—2010)". *Journal of American Studies*, 2011 (3): 599-602.

该阶段中的另一位重量级代表是亨利·纳什·史密斯（1906—1986），他是加州大学伯克利分校荣誉退休教授。他的马克·吐温研究作品主要包括1957年与弗雷德里克·安德森联合主编的《〈事业报〉时期的马克·吐温》（*Mark Twain of the Enterprise*）、1960年与威廉姆·吉布森联合编辑出版的《马克·吐温、豪尔维斯书信集》（*Mark Twain - Howells Letters*）、1962年出版的专著《马克·吐温：一位作家的演变》（*Mark Twain*：*The Development of a Writer*）、1963年主编的《马克·吐温批评文集》（*Mark Twain*：*A Collection of Critical Essay*）和1964年出版的《马克·吐温的进步寓言》。

吉布森（1912—1987）1940年于芝加哥大学取得博士学位，后在芝加哥大学、威廉姆斯学院（Williams College）、纽约大学、威斯康星大学麦迪逊分校等任职。他的贡献主要包括1960年与亨利·史密斯共同出版的《马克·吐温和豪尔维斯信件》（*Mark Twain - Howells Letters*）、1969年编辑出版的《马克·吐温的〈神秘的外来者〉手稿》（*Mark Twain's Mysterious Stranger Manuscripts*）以及1976年出版的专著《马克·吐温的艺术》（*The Art of Mark Twain*）。

第六节 1980年至今：文化和跨学科研究的兴盛

富尔顿借用詹姆斯·亨特（James Davison Hunter）《文化战争：定义美国的斗争》（*Culture Wars*：*The Struggle to Define America*）[1] 一书的标题来划分1990年之后的马克·吐温研究所呈现出来的复杂局面。所谓的"文化战争"是亨特用来描述20世纪60年代到90年代的一种社会现象，他认为他所看到的社会局面是美国政治和文化产生了戏剧性调整和强烈的两极分化，在越来越多的"热门"问题，例如堕胎、枪支、教会、隐私、同性恋、审查等问题上形成了交战的双方，人们开始通过意识形态化的世界观来看待这些问题。在这种社会思潮的影响下，中心、经典、神圣等开始遭到后现代式的解构，人们开始表现出去中心化、去经典化、去神圣化的强烈倾向，多元文化主义、女权主义、同性恋团体等开始兴起，种族问题、信仰问题等开始浮出水面，受到越来越多人的关注和讨论[2]。而在马克·吐温研究领域内部，自1966年凯普兰的

---

[1] James D. Hunter. *Culture Wars*：*The Struggle to Define America*. New York：Basic Books，1991.
[2] 可参考 Manis Andrew. Culture Wars, *The New Encyclopedia of Southern Culture*, Vol. 10. London：The University of North Carolina Press, 2008, pp. 177 - 182.

《克莱门斯先生和马克·吐温》、1973年哈姆林·希尔《马克·吐温：上帝的傻瓜》出版之后，学界开始对马克·吐温的人格统一问题、私生活问题重新表现出强烈的兴趣，这种兴趣在20世纪90年代的大背景之下被进一步放大，马克·吐温的研究开始大胆地转向更加隐私、个人的领域。

一、简·斯迈丽、乔纳森·阿拉克与菲斯金等人的争论

简·斯迈丽（Jane Smiley）出生于1949年9月26日，是一位美国小说家。1992年，她凭借小说《一千英亩》（*A Thousand Acres*）获得了普利策小说奖（Pulitzer Prize for Fiction），2006年她获得菲兹杰拉德美国文学奖（Fitzgerald Award for Achievement in American Literature）。作为美国当代的小说家，她在马克·吐温领域的研究和艾略特一样，虽然量少，但是对学界所造成的冲击和所引发的对马克·吐温作品的再评估却是巨大的，她的文章《对马克·吐温的"代表作"的再思考》（"Say it ain't so, Huck Second Thoughts on Mark Twain's 'Masterpiece'"）发表于《哈泼斯杂志》。斯迈丽在文章开头就单刀直入地质疑《哈克贝里·费恩历险记》的经典性，她回忆自己不得不从初中开始就要阅读这本小说，但是这种阅读体验仅仅是"震惊"，她并非被该书的艺术性所震惊，她震惊的是人们会认为"这是美国文学起源之处的小说，这是一本伟大的小说，这是一本严肃小说"[1]。在一开始就摆明态度之后，她将这种伪经典性归结为1948年到1955年期间的特里林、莱斯利·菲德勒、艾略特等人对这部小说的过度推崇。

而在20世纪八九十年代的马克·吐温学界，大力支持马克·吐温小说的学者之一是谢莉·费什·菲斯金（Shelly Fisher Fishkin）。菲斯金在耶鲁大学获得本科、硕士和博士学位，现就职于斯坦福大学，是约瑟夫·阿萨（Joseph Atha）讲席英文教授，21世纪马克·吐温研究的标志性人物。她曾于1998年到2000年期间担任"美国马克·吐温联合会"（"The Mark Twain Circle of America"）[2]主席，2004年到2005年期间担任"美国研究协会"（American Studies Association）主席。作为马克·吐温研究专家，菲斯金在2017年第八届马克·吐温研究国际会议上获得"约翰·塔奇奖"（John S. Tuckey

---

[1] Jane Smiley. Say It Ain't So, Huck Second Thoughts on Mark Twain's "Masterpiece", *Harper's Magazine*, Vol. 292, Issue 1748, p.61.

[2] 该联合会的官方网址可见于 https://marktwaincircle.org/

Award)①，以表彰她在马克·吐温研究领域做出的突出贡献。她的重要作品包括1993年出版的专著《哈克是黑人吗？：马克·吐温与非洲裔美国人的声音》(*Was Huck Black?: Mark Twain and African-American Voices*)、1997年出版的专著《溜之大吉：马克·吐温和美国文化反思》(*Lighting Out for the Territory: Reflections on Mark Twain and American Culture*)、1996年编辑出版的29卷牛津版马克·吐温作品集、2002年编辑出版的《马克·吐温历史指南》、2009年编辑出版的《马克·吐温的动物之书》(*Mark Twain's Book of Animals*)、2010年编辑出版的《马克·吐温选集》(*The Mark Twain Anthology: Great Writers on His Life and Work*)，其中，《哈克是黑人吗？：马克·吐温与非洲裔美国人的声音》《溜之大吉：马克·吐温和美国文化反思》这两部作品最具有代表性。《哈克是黑人吗？：马克·吐温与非洲裔美国人的声音》一书出版之际就吸引了包括学界和媒体、大众多重的关注，这对于一本学术性书籍来说是很少见的。该书主要关注的是哈克贝里·费恩形象和语言的来源问题，尽管马克·吐温在自传中就将哈克的模板归为一位白人小孩汤姆·布兰肯西普（Tom Blankenship），但是菲斯金却在书中声称"令人信服的证据表明了哈克费恩声音的模板是来自一个黑人小孩，而不是一个白人小孩"②。

菲斯金的观点在学界遭到了大量反对的声音，代表人物是乔纳森·阿拉克，但是乔纳森与斯迈丽作家式的、感性的抨击有显著的差别，乔纳森的批评风格是学者式的历史回顾和理性反思。乔纳森是著名的美国文学学者，早年于哈佛大学取得博士学位，现任匹兹堡大学的安德鲁·梅隆（Andrew Mellon）讲席英语教授，曾任文学期刊《边界2》(*Boundary 2*)编辑。他早年的研究领域是文学理论，到20世纪90年代他开始加入《哈克贝里·费恩历险记》一书的大讨论中，其第一篇文章为1992年的《民族主义、超经典和〈哈克贝里·费恩历险记〉》("Nationalism, Hypercanonization and Huckleberry Finn"）。而随着菲斯金一书的出版，乔纳森更深地卷入这场讨论，这包括1996年他对菲斯金等人的观点进行批评的文章《〈哈克贝里·费恩历险记〉阅读中的国家、种族与其他》("Putting the River on New Maps: Nation, Race, and Beyond in Reading *Huckleberry Finn*"），到了1997年他结集出版了《作为偶像和靶子的哈克贝里·费恩：批评在我们时代的功能》(*Huckleberry Finn as Idol and Target*

---

① 该奖项成立于1991年，每四年一次，以表彰那些在马克·吐温研究领域做出突出贡献的学者。
② Shelley F. Fishkin. *Was Huck Black?: Mark Twain and African-American Voices*. New York: Oxford University Press, 1993, p.4.

: The Functions of Criticism in our Time）一书，对菲斯金等人的观点进行了全面的批评。他在该书中对菲斯金提出了两点质疑：第一，是针对菲斯金所做的对《哈克贝里·费恩历险记》的风格和语言学角度的解读，他认为菲斯金所收集到的证据并不足以证明自己的观点；第二，他认为菲斯金的研究是一种民族主义的体现①，将菲斯金的研究看作是民族主义下的经典化、偶像化进程在当代的最新显现。他认为在《哈克贝里·费恩历险记》的公众讨论中，菲斯金的目的在于"向非洲裔美国声音致敬"，他认同她的目的，但是他担心"她的书并没有达到好的效果。相反，人们正在用她的作品，作为继续对该书进行偶像化的许可证"②。

除了斯迈丽、菲斯金和阿拉克，哈姆林·希尔③、哈罗德·布什④等知名学者也加入了这场众声喧哗之中。菲斯金所出示的证据并没有令人信服，但是菲斯金的论点符合20世纪90年代以来的多元文化主义和种族融合的文化背景，正如富尔顿所说的，"对于菲斯金书籍的学术反馈是一种混合体，对她的中心观点人们是质疑的，对于她对美国文化和文学的大观点，人们则是同意的"⑤。这种评价的声音似曾相识，它不但适合描述菲斯金的文章，更可以用来描述范·布鲁克斯，这是马克·吐温研究中的一个有趣的现象。

二、亨利·瓦纳姆、朱迪斯·李、舍伍德·卡明斯等人的经济、科技研究

20世纪末的马克·吐温研究还见证了更为宽广的跨学科研究范式的兴起，经济、科学、法律、生态等学科知识轮番入场。在马克·吐温经济研究中，哈姆林·希尔所整理的《马克·吐温致出版商书信集》（Mark Twain's Letters to His Publishers）一书是马克·吐温与出版商关系研究不可或缺的基础性文献。马克·吐温的经济问题一直以来是人们关注的焦点，在这方面做出贡献的学者

---

① Shelley F. Fishkin. *Was Huck Black?: Mark Twain and African-American Voices*. New York: Oxford University Press, 1993, p.184.

② Jonathan Arac. *Huckleberry Finn as Idol and Target: The Functions of Criticism in Our Time*. Madison: University of Wisconsin Press, 1997, p.183.

③ Hamlin Hill. "Reviewed Work: Was Huck Black? Mark Twain and African-American Voices by Shelley Fishkin", *American Literary Realism*, 1994 (3): 90-92.

④ Harold K. Bush. "Our Mark Twain? Or, Some Thoughts on the 'autobiographical critic'", *The New England Quarterly*, 2000 (1): 100-121.

⑤ Joe B. Fulton. *Mark Twain Under Fire: Reception and Reputation, Criticism and Controversy, 1851-2015*. New York: Camden House, 2016, p.173.

有亨利·瓦纳姆、劳伦斯·豪和朱迪斯·李。

瓦纳姆现任职于俄勒冈大学英文系，他于 2015 年发表了《套现的艺术：重新想象作为商人的马克·吐温》("The Art of Arbitrage: Reimagining Mark Twain, Business Man")一文，后与任职于罗斯福大学的劳伦斯·豪合作，在 2017 年出版了《马克·吐温与金钱：语言、资本和文化》(*Mark Twain and Money: Language, Capital, and Culture*)一书，该书是对马克·吐温与金钱这一话题的最新论述。1986 年朱迪斯·李[①]于芝加哥大学获得博士学位，现任职于俄亥俄大学，她目前的主要研究方向是美国幽默。与其他人不同的是，她的学术视野十分宽广，在"幽默"这个大方向下，她既研究美国传统文学中的幽默作家如马克·吐温的文学表现，也对目前大众文化中的幽默表演如电视脱口秀抱有学术兴趣，因此她的研究展示出了集文学、修辞、传媒等为一体的跨学科式的鲜明特色，这也就解释了为何她在俄亥俄大学的教授职位是针对"交流研究"（Communication Studies）的，同时这也和她的著作《品牌经营：塞缪尔·克莱门斯、商标和马克·吐温产业》一书所展示出来的学术特色一脉相承。

在马克·吐温的科技研究中，舍伍德·卡明斯的《马克·吐温与科学：思想的冒险》(*Mark Twain and Science: Adventures of a Mind*)一书是最重要的研究成果。该书对马克·吐温思想层面中的自然神论、达尔文主义组成成分进行了细致的分析，展示出了 19 世纪末风起云涌的科学革命浪潮对马克·吐温科学观、技术观、宗教观的形塑。该书偏向于传记方向的解读，而文本解读切入展开的代表作品来自埃弗雷特·卡特（Everett Carter）《〈康州美国佬〉的意义》("The Meaning of a Connecticut Yankee")、简·贾迪娜（Jane Gardiner）的《"更壮观的巫术"：马克·吐温的〈康州美国佬〉和电力革命》("'A More Splendid Necromancy': Mark Twain's 'Connecticut Yankee' and the Electrical Revolution")、利伯曼·詹尼（Jennifer Lieberman）的《汉克·摩根的能源游戏：亚瑟王朝的电力网络》("Hank Morgan's Power Play: Electrical Networks in King Arthur's Court")等文章，它们重点关注的是马克·吐温的《康州美国佬大闹亚瑟王朝》等作品中所流露出的对于科学技术革命的复杂态度。

[①] 朱迪斯·李的个人简历可见于 Judith Lee. "Judith Yaross Lee Cirriculum Vitae." October 6, 2018, https://www.ohiocommstudies.com/wp-content/uploads/2018/10/Judith-Yaross-Lee2c-c.v.-2018-1006.pdf.

三、赫伯特·费因斯坦、马修·古茨曼等人的法律、生态研究

马克·吐温的法律研究缘起于马克·吐温一生中所经历的多次法律纠纷，这些案件已经进入研究者的视野。代表性研究者包括赫伯特·费因斯坦、丹尼尔·麦基坦（Daniel Morley McKeithan）、特雷尔·邓普西（Terrell Dempsey）等人，主要关注的是马克·吐温的诉讼案件、版权保护及其作品中的法律权力问题。费因斯坦 1968 年的博士论文《马克·吐温的法律案件》（*Mark Twain's Lawsuit*）和丹尼尔·麦基坦的《马克·吐温的审判及其他论文》（*Court Trials in Mark Twain and Other Essays*）是对马克·吐温所经历的六次法律纠纷案件的系统研究。爱德华·哈德森的《马克·吐温与版权困境》（"Mark Twain and the Copyright Dilemma"）[①] 一文重点关注的正是马克·吐温在维护版权过程中所遭遇到的困境和所付出的种种努力。2003 年特雷尔·邓普西出版了《寻找吉姆：萨缪尔·克莱门斯世界里的奴隶制》（*Searching for Jim: Slavery in Sam Clemens's World*）一书，虽然该书并非专门关注马克·吐温的法律问题，但是邓普西的本职工作是律师，他在汉尼拔地区拥有自己的律师公司，这种学科背景不可避免地对他的研究路数产生着很大的影响。在马克·吐温小说文本的法律研究方面，华裔学者徐宣乐的专著《坐在黑暗中的人：马克·吐温的亚洲和比较种族化》（*Sitting in Darkness: Mark Twain's Asia and Comparative Racialization*）也值得我们的关注。该书追溯了 19 世纪美国加州针对中国移民的司法禁令，从而对小说《阿辛》中的情节进行了崭新的解读，避免了对该小说的解读走向种族主义或是东方主义的老路。

马克·吐温的生态研究也是近年来兴起的一股研究趋势，罗伯特·鲁德尼（Robert Rodney）、谢莉·菲斯金和马修·古茨曼对该领域研究的展开起到了重要的作用。研究者很早就注意到马克·吐温作品对动物形象的喜爱和大量使用，罗伯特·鲁德尼于 1966 年就编辑出版了《马克·吐温的鸟与兽》（*The Birds and Beasts of Mark Twain*），2009 年谢莉·菲斯金又编辑出版了《马克·吐温的动物之书》（*Mark Twain's Book of Animals*）。两本书对马克·吐温与动物有关的书写进行了详细的整理，是马克·吐温动物研究必备的基础材料汇编。马修·古茨曼于 2015 年开始关注马克·吐温的动物问题，他的文章《狗最好的朋友？马克·吐温〈狗的故事〉中的动物解剖》（"Dog's Best Friend?

[①] Edward Hudson. "Mark Twain and the Copyright Dilemma", *American Bar Association Journal*, 1966 (01): 56 - 60.

Vivisecting the 'Animal' in Mark Twain's 'A Dog's Tale'）以及 2019 年完成的博士论文《非/人类：（重新）审视 19 世纪美国文学中的"动物"》["Non/human: (Re)Seeing the 'Animal' in Nineteenth-Century American Literature"] 将马克·吐温与动物话题放置在 19 世纪末的"反动物活体解剖运动""动物福利运动"的社会浪潮中，并对马克·吐温的《狗的故事》等涉及动物的作品进行了分析，是马克·吐温动物研究的最新成果。

四、安德鲁·霍夫曼、皮特·斯通利等人的性别研究

性别问题在马克·吐温研究中可追溯到 1920 年布鲁克斯的《马克·吐温的严峻挑战》和 1948 年莱斯利·菲德勒的文章。20 世纪 80 年代之后，这个领域呈现出井喷的趋势，出现了包括安德鲁·霍夫曼、皮特·斯通利、劳拉·特朗布莉、琳达·莫里斯等人在内的多位知名学者，他们的研究围绕马克·吐温生平和作品中的同性恋、易装癖、男女关系、男性友谊等问题展开，成为 20 世纪末所掀起的性别研究热潮在马克·吐温领域的最新回响。

安德鲁·霍夫曼（Andrew Hoffman）出生于 1956 年 3 月 7 日，于 1977 年毕业于宾夕法尼亚大学，获得学士学位，四年后获得了俄勒冈大学文学硕士学位，1988 年获得布朗大学的博士学位。他在马克·吐温研究领域出版了两本专著，分别为 1988 年的《吐温的英雄和世界》（Twain's Heroes, Twain's Worlds: Mark Twain's Adventures of Huckleberry Finn, A Connecticut Yankee in King Arthur's Court, and Pudd'nhead Wilson）和 1997 年的《发明马克·吐温》（Inventing Mark Twain: The Lives of Samuel Langhorne Clemens）。他在 1995 年的《马克·吐温与同性恋》（"Mark Twain and Homosexuality"）一文中发表了石破天惊的观点，在该文中他语出惊人，对马克·吐温的同性恋倾向进行假设，这种假设看上去荒唐绝伦，但是不可否认的是他的论文是发表于《美国文学》（American Literature）这样的权威期刊之上的，因此我们并不能完全将之认定为无稽之谈。霍夫曼在文中回应了菲德勒所提出的哈克和吉姆之间暧昧的同性友谊的观点，不过霍夫曼的假设更加大胆，他是从马克·吐温传记研究的角度考察马克·吐温的同性恋倾向的，当然，连他自己都承认这种推测只能是不确定的、尝试性的[①]。

霍夫曼的尝试浅尝辄止，并没有得到其他学者太多的回应，但是性别研究

[①] Andrew J. Hoffman. "Mark Twain and Homosexuality", American Literature, 1995 (1): 23-49.

的另外一个领域，即两性关系这个话题则成为一个更可靠、更具有可行性且研究成果更多的学术增长点。英国学者皮特·斯通利是英国雷丁大学的英美文学教授，他1992年出版的《马克·吐温与女性美学》(*Mark Twain and the Feminine Aesthetic*)一书也是这个领域内的代表作，该书探讨的是马克·吐温与女性新兴文化和政治力量的关系，重点研究了马克·吐温如何、为什么在公共领域支持、嘲笑和感伤化女性。2004年他为《美国南方文学与文化指南》(*A Companion to the Literature and Culture of the American South*)一书撰写了"马克·吐温"一节，2005年他为皮特·孟森特、路易斯·巴德联合编辑出版的《马克·吐温指南》撰写了"马克·吐温与性别"("Mark Twain and Gender")一章，此外他在同性恋、酷儿理论等方面还有一系列其他的著述，①可见他对马克·吐温性别问题的关注与其学术追求是统一的。

劳拉·斯坎德拉-特朗布莉（Laura E. Skandera-Trombley）在南加州大学获得博士学位，此后在纽约州立大学波茨坦分校担任教职。她的主要作品也是围绕着马克·吐温与女性的关系展开的。这其中主要包括1994年的专著《女性陪伴下的马克·吐温》(*Mark Twain in the Company of Women*)、1997年的文章《马克·吐温的易装作品》("Mark Twain's Cross-dressing Oeuvre")、2010年的个人专著《马克·吐温的其他女性：晚年秘史》(*Mark Twain's Other Woman: The Hidden Story of His Final Years*)、2001年她与迈克尔·基斯吉斯（Michael J. Kiskis）联合主编《建构马克·吐温》(*Constructing Mark Twain: New Directions in Scholarship*)一书，以及2016年她为《家中的马克·吐温：家庭如何塑造了吐温小说》(*Mark Twain at Home：How Family Shaped Twain's Fiction*)所撰写的序言。

琳达·莫里斯和苏珊·哈里斯（Susan K. Harris）也是马克·吐温性别研究的重要学者。琳达·莫里斯于1978年获得加州大学伯克利分校的博士学位，是加州大学戴维斯分校的荣誉退休教授，她的研究领域主要覆盖美国女性、幽默文学和马克·吐温研究。她在加州大学戴维斯分校担任过多个行政职务，这些职务和她的研究领域息息相关，例如1998年到2002年期间的英语系主任、1992年至1996年的妇女研究主任以及加州大学伯克利分校班克罗夫特图书馆

---

① 斯通利这些方面的著述可以参考 Peter Stoneley. *A Queer History of the Ballet*. London：Routledge, 2006; Stoneley, Peter. *Promiscuity in Western Literature*. London：Routledge, 2020. 斯通利的其他作品还可参考雷丁大学的官方网页介绍："Peter Stoneley Publications", University of Reading, https：//www.reading.ac.uk/english-literature/aboutus/Staff/StaffPublications/ell-peter-stoneley-publications.aspx/. Accessed March 15, 2020.

研究员，她在马克·吐温作品的女性、性别、易装癖等问题上发表了诸多文章，包括1999年的《马克·吐温〈傻瓜威尔逊〉中的着装、种族和性别》("Beneath the Veil: Clothing, Race, and Gender in Mark Twain's Pudd'nhead Wilson")、2014年的《萨莉·菲尔普斯阿姨与〈哈克贝里·费恩历险记〉中的"逃避"》("Twice-told Tales: Aunt Sally Phelps and the 'Evasion' in *Adventures of Huckleberry Finn*")等，其代表作为2007年出版的《马克·吐温的性别游戏》(*Gender play in Mark Twain: Cross-dressing and Transgression*) 一书。苏珊·哈里斯是来自堪萨斯大学的荣誉退休教授，1982年她出版了《马克·吐温的时间逃离》(*Mark Twain's Escape from Time: A Study of Patterns and Images*)，1996年出版了《马克·吐温与奥利维亚的恋爱》(*The Courtship of Olivia Langdon and Mark Twain*)，对马克·吐温和他妻子之间的爱情故事进行了专题性的研究。

除了这种男女两性关系上的研究之外，马克·吐温与男性友人例如他的牧师特威切尔、他的好朋友豪尔维斯、美国实业家亨利·罗杰斯（Henry Huttleston Rogers）等人之间的关系也是传记研究中一个不可或缺的视角。这个领域的代表作品是2009年皮特·孟森特出版的《马克·吐温与男性友谊》(*Mark Twain and Male Friendship: The Twichell, Howells, and Rogers Friendships*)。孟森特是诺丁汉大学现代美国文学的荣誉退休教授。他的其他贡献还包括1997年的马克·吐温传记《马克·吐温》、2005年与路易斯·巴德联合编辑出版的《马克·吐温指南》，2017年与史蒂夫·科特尼（Steve Courtney）等人联合编辑出版的《马克·吐温、约瑟夫·特威切尔书信集》(*The Letters of Mark Twain and Joseph Hopkins Twichell*)，此外他还发表了大量与马克·吐温相关的论文，例如2011年的《马克·吐温去世百年后的再评价》("A Re-evaluation of Mark Twain Following the Centenary of His Death")[1]等。

五、斯坦利·布罗德文、哈罗德·布什的宗教、科学研究

马克·吐温的作品《哈克贝里·费恩历险记》在出版之初就遭人诟病为亵渎宗教，而到了20世纪80年代左右，对马克·吐温的宗教问题的讨论又重

---

[1] Peter Messent. *Mark Twain and Male Friendship: The Twichell, Howells, and Rogers Friendships*. Oxford University Press, 2009; Peter Messent. *Mark Twain*. London: MacMillan Publishers Ltd., 1997; Harold K. Bush, Steve Courtney, Peter Messent. *The Letters of Mark Twain and Joseph Hopkins*. Georgia: The University of Georgia, 2017. Peter Messent. "A Re-evaluation of Mark Twain Following the Centenary of His Death", *The Mark Twain Annual*, 2011 (1): 44-64.

新得到了重视。阿拉克在《重访哈克：偶像和靶子》（"Revising Huck: Idol and Target"）一文中指出了宗教问题在该小说的经典化过程中所扮演的重要角色①。确实，从20世纪70年代一直到21世纪，宗教问题又开始占据马克·吐温研究的大量版面，其中，重要的学者包括斯坦利·布罗德文（Stanley Brodwin）、小哈罗德·布什、舍伍德·卡明斯和霍华德·贝茨菲尔德（Howard Baetzhold）等。

斯坦利·布罗德文在宗教问题上的论述极为丰富，但是主要以论文的形式存在。我们对他的了解仅限于他去世于1995年，其他的个人信息则知之甚少，因此富尔顿称他为"荒野中的一个声音"（"a voice in the wilderness"）②。他的马克·吐温宗教研究的文章主要包括1971年的《荒谬的幽默：马克·吐温的亚当日记》（"The Humor of Absurd: Mark Twain's Adamic Diaries"）、1973年的《〈傻瓜威尔逊〉中的黑人性和亚当神话》（"Blackness and the Adamic Myth in Mark Twain's *Pudd'nhead Wilson*"）和《马克·吐温撒旦面纱》（"Mark Twain's Masks of Satan: The Final Phase"）、1976年《马克·吐温的神学》（"The Theology of Mark Twain: Banished Adam and the Bible"）、1983年《马克·吐温〈康州美国佬大闹亚瑟王朝〉中的神学现实主义》（"Wandering Between Two Gods: Theological Realism in Mark Twain's *A Connecticut Yankee*"）、1995年《马克·吐温的神学》（"Mark Twains Theology: The Gods of a Brevet Presbyterian"）等。

除了布罗德文，另一位重要的宗教问题研究学者是哈罗德·布什，相比之下他更为人所熟知。他在宗教问题上发表的文章包括2002年《破碎的偶像？》（"Broken Idols?: Mark Twain's Elegies for Susy and a Critique of Freudian Grief Theory"）、2002年《马克·吐温与美国宗教》（"A Moralist in Disguise: Mark Twain and American Religion"）、2004年《马克·吐温的美国亚当：作为希望和末世的幽默》（"Mark Twain's American Adam: Humor as Hope and Apocalypse"）等。这些文章中最具价值的是2002年的《马克·吐温与美国宗教》一文。他在该文标题中用"伪装的道德主义者"一词来说明马克·吐温表面上对宗教的不屑一顾和他的作品中无处不在的对于宗教典故的化用之间的矛盾，哈罗德·布什因此在文中对马克·吐温如何在自己的作品中展开"基督教修辞的机敏的布

---

① Jonathan Arac. Revisiting Huck: Idol and Target, *Mark Twain Annual*, 2005（3）：9-12.
② Joe B. Fulton. *Mark Twain Under Fire: Reception and Reputation, Criticism and Controversy, 1851-2015*. New York: Camden House, 2016, p.183.

置"做出了很好的文本解读①。基于这些前期的研究成果,在2007年的时候,哈罗德·布什将他的文章集中收录于他出版的《马克·吐温和他的时代的精神危机》(*Mark Twain and The Spiritual Crisis of His Age*)一书中,该书是马克·吐温的时代精神、宗教思想等研究领域最重要的书籍之一。

乔·富尔顿(Joe Fulton)也在马克·吐温宗教问题上有了大量论述。他的文章主要包括2006年《耶稣基督和活体解剖:马克·吐温〈狗的故事〉中激进的移情》("Jesus Christ and Vivisection: Mark Twain's Radical Empathy in 'A Dog's Tale'")、2006年的《马克·吐温的新耶路撒冷:未发表文章〈太阳下的城市〉中的预言》("Mark Twain's New Jerusalem: Prophecy in the Unpublished Essay 'About Cities in the Sun'")、2007年的《马克·吐温的神学之旅》("Mark Twain's Theological Travel")、2009年的《作为一种滑稽文学来源的加尔文教》("The French Barber: Calvin as a Source of Burlesque in Mark Twain")、2010年的《马克·吐温与加尔文教义的喜剧》("Mark Twain and the Comedy of Calvinism")。他的专著包括1997年的《马克·吐温的审美现实主义:种族、阶级和性别的美学》(*Mark Twain's Ethical Realism: The Aesthetics of Race, Class, and Gender*)、2006年的《虔诚的马克·吐温:马克·吐温作品中的神学讽刺、形式和内容》(*The Reverend Mark Twain: Theological Burlesque, Form & Content in Mark Twain's Works*)。其中最重要的是《虔诚的马克·吐温》。该书与其他研究者的作品的不同之处在于,它并不关注马克·吐温是不是一位笃信宗教的人,它的重点是:第一,厘清宗教性写作文类,例如圣徒传、赞美诗、先知文等对于吐温作品的影响;第二,揭示出加尔文主义对于理解吐温作品的重要性。富尔顿在该领域的大量论述使得他成为马克·吐温宗教研究不可或缺的学者之一。

此外,不容忽视的学者还包括德韦恩·艾特西(Dwayne Eutsey)、埃佛雷特·爱默生(Everett Emerson)、亚历山大·琼斯等,在此不一一赘述。与宗教相对的科学,在马克·吐温所生活的19世纪末得到了充分的发展,它给宗教带来了巨大的冲击,也为马克·吐温原本就处于摇摆状态之中的宗教信仰带来了一种新的选择,这方面的研究在舍伍德·卡明斯出版于1988年的作品《马克·吐温与科学:思维的冒险》(*Mark Twain and Science: Adventures of a Mind*)一书中得到了总结。在该书中卡明斯将吐温科学思想的多层次性和复杂性做出了层层解剖,认为加尔文教义、自然神论、福音派基督教和后达尔文

---

① Harold K. Bush. "A Moralist in Disguise: Mark Twain and American Religion", in Fishkin, Shelley Fisher. *A Historical Guide to Mark Twain.* New York: Oxford University Press, 2002.

主义科学论等同时存在于马克·吐温的思想中,形成了一种层状的结构①。卡明斯还利用当时流行的科学思想对马克·吐温的诸多作品例如《傻瓜威尔逊》等做了创新性的解读,得到了阿兰·格列本等学者②的高度评价。卡明斯的研究价值在于他将马克·吐温的宗教和科学问题进行了有机的结合,二者之间相互影响的关系得到了充分的阐明,本书将在第四章第二节对此做出详细论述。

六、吉姆·兹维克等人的反帝国主义研究

相比于本书中所提到的其他专业学者,吉姆·兹维克(1956—2008)的学历可能是最低的,他仅在锡拉丘兹大学(Syracuse University)获得比较政治与世界历史硕士学位,他也并非体制内的专业学者,但是这些都没有妨碍他在马克·吐温的反帝国主义研究上做出卓越贡献,这与他对美菲关系、菲律宾历史的研究不无关系。他是《菲律宾的军事行动和武装镇压》(*Militarism and Repression in the Philippines*)一书的作者,他的历史学研究为他的马克·吐温研究提供了史学家的眼光和素材。2002年他为菲斯金主编的《马克·吐温历史指南》一书撰写了"马克·吐温与帝国主义"一章,可见其成绩已经得到了马克·吐温主流学术界的肯定。在著作方面,他于1992年编辑出版了马克·吐温作品集《马克·吐温的讽刺武器》(*Mark Twain's Weapons of Satire: Anti-imperialist Writings on the Philippine-American War*),于2007年出版了《直面帝国主义:马克·吐温和反帝国主义者联盟论文集》。

另外一些比较重要的马克·吐温帝国主义研究学者包括亨特·霍金斯(Hunt Hawkins)、威廉姆·吉布森、马丁·泽尔和塞丽娜等。霍金斯在斯坦福大学取得博士学位,后来在佛罗里达州立大学等校任教。他的作品主要包括发表于1993年的《马克·吐温的反帝国主义》和1978年的《马克·吐温与刚果改革运动》("Mark Twain's Involvement with the Congo Reform Movement: 'A Fury of Generous Indignation'")两篇文章。吉布森早于1940年就完成了博士论文《反帝主义者:马克·吐温和豪尔维斯》的写作。泽尔则主要通过论文形式就该领域展开论述,包括《马克·吐温〈战争祷告〉中的他者视野》("The Vision of the Other in Mark Twain's 'War-Prayer'", 2009)、《马克·吐

---

① Sherwood Cummings. *Mark Twain and Science: Adventures of a Mind*. Baton Rouge: Louisiana State University Press, 1988.

② Alan Gribben. "Reviewed Work: *Mark Twain and Science: Adventure of a Mind*", *South Central Review*, 1991 (1): 90-91.

温、中国条约和中国联系》("Mark Twain, 'The Treaty with China,' and the Chinese Connection", 2010)、《马克·吐温的〈中国条约〉》("Mark Twain's 'The Treaty with China': Precursor with a Punch", 2013)。总的来看，尽管马克·吐温反帝国主义研究领域不乏学者持续关注，但是美国学界的马克·吐温反帝国主义研究还是一个相对来说比较冷清的领域。

小　结

　　本章主要对英语世界的马克·吐温研究进行了时间上的分期并对各个时期的代表性人物、作品进行了简要的述评。本章对学术史研究中的分期操作进行了反思，试图避免简单、机械的历史观对文学研究分期带来的负面冲击。在参考了罗杰·阿塞力诺和乔·富尔顿的划分方法之后，本着重视"研究者"和"问题争鸣"的原则，本书将美、英国家的马克·吐温研究分为六个阶段。第一阶段是马克·吐温1910年去世前的时期，阿诺德对马克·吐温的不满与豪尔维斯对其的高度认同呈现出马克·吐温早期研究的缩影，同时也为后来正反两面的批评奠定了基调。第二个阶段是阿尔伯特·潘恩时期，这个时期见证了马克·吐温官方传记的整理和出版，它所提供的文献资料为范·布鲁克斯所用，为其在第三阶段展开对马克·吐温的猛烈批评埋下了伏笔。布鲁克斯对马克·吐温的批评虽然犀利，但是却直接促生了德·沃托对马克·吐温地位的维护以及对美国西部文化的深度研究，同时也间接推动了马克·吐温原稿等相关史实资料的不断面世和相关学术领域的勃兴。第四个阶段同样继承了正反两面剑拔弩张的批评格局，以特里林、艾略特、华莱士为代表的"挺吐温"派和以利奥·马克斯为代表的"倒吐温派"在1950年到1970年展开了激烈的交锋，不过不同于范·布鲁克斯和德·沃托论战，这次的论争主要是围绕《哈克贝里·费恩历险记》的伟大和缺憾所进行的，这标志着对马克·吐温的争议从整体走向了局部、从笼统走向了细致、从个人走向了社会。第五个阶段是1966—1980年，这个阶段的论争见证了马克·吐温学术研究风潮由注重作品研究转向了更加私人化的研究。第六个阶段是1980年至今，这个阶段的马克·吐温研究受当时美国政治和文化等社会局面影响，呈现出去中心化、去经典化、去神圣化的强烈倾向，学者的研究开始大胆地转向更加隐私、个人的领域。

第二章　英语世界马克·吐温研究的新材料

20世纪后期应运而生的现代数字技术和网络平台为马克·吐温一手文献在20世纪末实现数字化生存铺平了道路。出版者利用强大的电子编辑、传输和交互功能对纸质文本、图像等进行电子化处理，使得研究者可以随心所欲地利用电脑、手机以及其他便携式电子设备进行快速阅读和反馈。出版者和研究者、评论者之间建构了更为有效、紧密的超文本式学术平台。在英语世界的马克·吐温研究中，这股潮流完美地体现在"马克·吐温在线计划"这一项目之中，实现了从"纸质化生存"到"数字化生存"的历史性跨越。本章首先介绍马克·吐温一手文献是如何经历了漫长的岁月而得以保存下来的，然后对"马克·吐温在线计划"这一马克·吐温研究的"超文本"学术平台及其价值进行评述。

第一节　马克·吐温一手文献的保存、出版与数字化

一、"马克·吐温文献"的保存与出版

"马克·吐温文献"（"Mark Twain Paper"）是最权威、最齐全的第一手研究材料，在马克·吐温研究中占据举足轻重的地位。它主要包含马克·吐温去世之后留下的几乎所有未公开出版的私人文章，在马克·吐温去世之后，这些材料历经其女儿克拉拉以及五位文学遗产执行者之手，再加上来自全美各地甚至是全世界各地的捐赠，成为目前数量最为庞大、种类最为丰富的马克·吐温文学遗产。

在去世之前，马克·吐温把这些文件交给了他的官方传记作家阿尔伯特·潘恩，潘恩在1937年去世之前对这些文件进行编辑，出版了《马克·吐温书信集》（*Mark Twain's Letters*，1917）、《马克·吐温演讲录》（*Mark Twain's Speeches*，1923）、《马克·吐温的笔记本》（*Mark Twain's Notebook*，1935），等

等。从数量上来说，这些作品包括大约500封信，但这也只是马克·吐温全部书稿的冰山一角。另从编辑理念上而言，潘恩是典型的"维多利亚式"的编辑，他认为原书稿中的部分段落可能会对马克·吐温形象造成伤害，为了保全马克·吐温名誉，或者说为了塑造和呈现一个理想的马克·吐温形象，他修改或删除了马克·吐温原文的诸多段落。此后，从潘恩去世一直到1979年，四位学者相继担任了马克·吐温的文学遗产执行人和文献保管人之职，他们分别是哈佛大学威德纳图书馆（Widener Library）的伯纳德·德·沃托、加利福尼亚州圣马力诺亨利·亨廷顿图书馆（Henry E. Huntington Library）的迪克森·维克多（Dixon Wector），以及加州大学伯克利分校的亨利·纳什·史密斯（Henry Nash Smith）和弗雷德里克·安德森（Frederick Anderson）。这四位掌握了接近马克·吐温珍贵文献的唯一钥匙，但是他们四位都有各自的学术追求，对于马克·吐温文献中哪些部分应该被发表、可以被公众所看到有着截然不同的做法①。

伯纳德·德·沃托于1938年到1946年期间担任马克·吐温文学遗产执行人一职。德·沃托的首要任务和主要贡献是收集散落在全美乃至世界各地和马克·吐温相关的文献。这些收集到的文献被存放在了各种银行金库、住所等地，在所有权上，这些文献仍然是属于克拉拉的，但她后来允许德·沃托把它们都运送到哈佛大学韦德纳图书馆的98号房间，在这个房间中德·沃托花了八年的时间整理和研究这些文献，并相继出版了《愤怒的马克·吐温》（*Mark Twain in Eruption*, 1940）、《工作中的马克·吐温》（*Mark Twain at Work*, 1952）、《移动的马克·吐温》（*Portable Mark Twain*, 1946）、《来自地球的信》（*Letters from the Earth*, 1962），等等。

迪克森·维克多于1947年到1950年期间担任文学遗产执行人。他当时是加州大学洛杉矶分校的历史学教授和加州圣马力诺亨廷顿图书馆研究小组的主席。1947年1月，这些文件以租借的方式被运到了加州大学的亨廷顿图书馆，这使得维克多拥有了独家查阅和引用这些文件的权力。在得到这些文献之后，维克多的学术工作和德·沃托并不一样，他的重心放在了修订一部完整的马克·吐温传记这项工作上。此后，1949年，维克多在加州大学伯克利分校历史系找到了一份教职工作，在他的游说之下，克拉拉同意他把马克·吐温文献转移到了伯克利，并把它们捐赠给加州大学伯克利分校。一年后，即1950年

---

① "Mark Twain Papers and Projects: A Brief History". https://www.marktwainproject.org/about_projecthistory.shtml. Accessed March 15, 2020.

6月24日，维克多在44岁时意外去世，他只完成了他最初计划的传记项目的一小部分，经过他的遗孀的整理，该传记于1952年出版为《汉尼拔的萨姆·克莱门斯》(Sam Clemens of Hannibal)，成为维克多在马克·吐温研究领域做出的最主要贡献之一。

1953年，亨利·纳什·史密斯加入加州大学伯克利分校的英语系，他接受了马克·吐温第四任文学执行人这一使命，于1953到1964年期间承接这一重要职务，1964到1979年弗雷德里克·安德森接替了这个职务。这两位执行人与潘恩、德·沃托和维克多不同的是，他们的思想更加开放。他们的贡献主要有两方面：第一，1962年克拉拉去世之前被史密斯说服出版了德·沃托当年所主编的《来自地球的信》一书，马克·吐温晚年思想中愤世嫉俗的思想才大白于天下。第二，克拉拉去世后，这些马克·吐温文献在遗嘱中被正式捐赠给加州大学，并于1971年成为班克罗夫特图书馆的一部分。二位执行人力主将这些文献对所有有需要的马克·吐温学者开放，并开启了"马克·吐温在线计划"这一重要的项目，并在该项目的发展壮大过程中发挥了决定性的作用。这使得公开查阅马克·吐温文献比以往任何时候都要容易得多，现在来自世界各地的研究者都可以通过网络索取的方式自由地获得"马克·吐温文献"。

除了"马克·吐温文献"这一庞大的资料库，自1949年以来，加州大学还在已有材料的基础之上又收集到了数百份珍贵的原始文件，包括信件、文学手稿、十几本剪贴簿、马克·吐温作品的首版以及其他珍贵文件，例如马克·吐温晚年的秘书伊莎贝尔五世的日记。此外，"马克·吐温文献"还得到了各类影印件和抄本文件的补充，主要是来自马克·吐温、他的妻子和他的三个女儿所写的信，另包括保存下来的十几份文学手稿、书籍、照片等。

截至目前，根据该图书馆的统计，该馆内的"马克·吐温文献"所收集到的材料覆盖了马克·吐温从1855到1910年期间绝大部分可以寻找到的材料，包括大约50本笔记本、12000封他和他的直系亲属所写的信件、他写给亲属的19000多封信、他留下的大约600份未出版的文学手稿和各类的素描、笔记、打字稿、杂志等[①]，还有来自美国、英国、澳大利亚、加拿大和欧洲大陆的各种书籍，甚至还有商业文件、剪报、采访、账单、收据、合同，等等。因此，无论从数量还是质量上来说，"马克·吐温文献"经过百年辗转、保存

---

① "About the Archive". Berkeley Library, University of California, https：//www. lib. berkeley. edu/libraries/bancroft－library/mark－twain－papers/about－the－archive. Accessed March 15, 2020.

和补充，已经成为全世界立志于通过一手文献研究马克·吐温的文学学者都必须要了解和充分利用的研究宝库。

二、作为"超文本"的"马克·吐温在线计划"

"马克·吐温文献"到了20世纪80年代迎来了一次巨变，它由原来的纸质为主的出版方式转变为电子形式，并形成了以"马克·吐温在线计划"（"Mark Twain Project Online"）为阵地的研究平台。1980年，罗伯特·赫斯特（Robert Hirst）接替安德森成为"马克·吐温文献"的执行编辑，他在"全美人文社科基金会"（National Endowment for the Humanities）的资金支持之下，成立了一个"马克·吐温计划"（"Mark Twain Project"），比起"马克·吐温文献"，这一项目更具有学术上的抱负和野心。该项目在过去的50多年来一直得到"全美人文社科基金会"以及私人的资金资助，因此它可以放开手脚去全面收集、编辑马克·吐温所写的一切有意义的东西。更重要的是，该项目还采取前沿的网站编辑技术，有计划地对目前所收集到的马克·吐温的一切纸质文献材料进行数字化处理[①]。从20世纪80年代开始，他们就开始使用一些更简单的电子编辑工具，例如，将信件抄本转换为PDF文件来进行电子化的尝试，这些电子格式的文件可以被非常高效、便捷地搜索和打印。到了2000年之后，将马克·吐温作品进行电子化、数字化变成了"马克·吐温计划"的工作重点。2002年加州大学出版社结束了连续五卷的纸质版本马克·吐温书信集的出版，转而致力电子版本的开发，现在这些电子版本均可以通过互联网自由地被获取，"马克·吐温文献"正式进入"超文本"时代。

对于互联网在外国文学研究中的应用和价值，童小念和聂珍钊曾经有过评述。童小念和聂珍钊对"数字化时代"之于外国文学研究的意义做出以下三点归纳：（1）迅速全面地获取进行研究的数字化文本信息；（2）迅速获取研究所需要的声音、影像等多媒体信息；（3）在网络平台上实现信息交流。"上网"已不仅仅为了获得信息，而是进化为发布信息，使研究者之间能够实时交流、沟通，进行学术探讨，从而实现学术研究在方法上的更新和革命[②]。童小念和聂珍钊在此所总结的第二、三点在"马克·吐温计划"及其在线平台

[①] 该在线项目所采取的技术手段可参见"Mark Twain Project Online Technical Summary". Mark Twain Project, https://www.marktwainproject.org/about_technicalsummary.shtml. Accessed March 10, 2020.

[②] 童小念、聂珍钊，《互联网与外国文学研究的现代化》，载《外国文学研究》，2003年第1期，第33页。

中体现得尤其充分,下文试结合童小念和聂珍钊二人所言对"马克·吐温在线计划"的价值做出评述。

到目前为止,"马克·吐温计划"的网站已成为"马克·吐温计划"成果最主要的出版形式之一。除了获取便捷的优势,相比于纸质版本的出版,这个项目的电子化可以带来评论、分享、互动相结合的阅读、研究体验,这得益于该网站提供了便捷的联络渠道,任何在使用该平台资料过程中所遇到的技术问题和对该网站资料的意见、评论均可以通过电子邮件的方式进行第一时间反馈,这是纸质版本是无法做到的。除了这些显而易见的好处,它还具有容量大、更新快、编辑方式多样这三大优势。下文围绕这三大特点进行逐一说明。

首先,该网站的信息量极大,最为全面地涵盖了马克·吐温的诸多珍贵文献资料。该网站文献主要由"信件""作品""图片""文件""参考资料"五个版块组成。"信件"版块中,现已可在网站上获取2600多封信件,均为马克·吐温在1853年到1880年期间发出或者收到的信件,网站编辑者还对这些信件的关键信息,例如它们的发出者、接收者、发出地点、信件原保留地等做出了清楚的标注(如图1所示),其中97封信件副本的照片在网站上清晰可见。

Date▼	Writer▼	Addressee▼	Place of Origin▼	MTP Volume▼	
		Acknowledgments, 1853–1866		Letters 1853–1866	text | details
		Clemens and Langdon Genealogies		Letters 1876–1880	text | details
		Description of Texts and Provenance, 1853–1866			text | details
		Guide to the Textual Commentaries, 1853–1866		Description of Texts and Provenance, 1853–1880	text | details
		Introduction, 1853–1866		Letters 1853–1866	text | details
		Photographs and Manuscript Facsimiles, 1853–1866		Letters 1853–1866	text | details
24 Aug 1853	Clemens, Samuel L.	Clemens, Jane Lampton	New York, N.Y.	Letters 1853–1866	text | details

图1 "马克·吐温在线计划"的"信件"版块截图①

"作品"版块包含了1969年至今加州大学出版社所出版的马克·吐温作品,最新出版的《马克·吐温自传》也可在该网站上找到。"图片"版块收录了250张马克·吐温与友人的照片。"文件"版块所收集的主要是马克·吐温书籍的出版合同、书籍广告等材料,构成了文学外部研究的重要材料补充。"参考文献"版块可以看作是目前一般研究者所能获取到的最为详尽的马克·

---

① 截图来自"Letters". Mark Twain Project, https://www.marktwainproject.org/xtf/search?iso-year=1853;iso-year-max=1875;category=letters;style=mtp;brand=mtp;sort=date;facet-availability=text. Accessed March 15, 2020.

吐温研究著作目录，包括2746部书籍、1241篇报纸文章、1214篇期刊文章、587份历史文件（含博士论文）、572家收藏有马克·吐温资料的图书馆（博物馆）①，任何有志于对马克·吐温做进一步研究的学者都可以从中获得最全面、翔实的信息。更为重要的是，以上这些材料都能够提供直接的、自由的、公开的访问，让全世界的马克·吐温学者获得几乎所有重要的一手学术资料，这对于不在美国的马克·吐温研究者来说具有极高的价值，包括中国在内的马克·吐温研究可以不再借助于二手的资料而直接对马克·吐温进行研究，这对于建立全球性的马克·吐温学术共同体具有举足轻重的作用。

其次，该在线平台还可以快速地对马克·吐温文献库进行更新。随着新材料的不断发现，马克·吐温的多部小说例如《艰难时代》《哈克贝利·费恩历险记》等都出现了新的版本，但是不论是在时间成本还是在金钱成本上，想要对旧的纸质版本进行翻新都要付出高昂的代价，很多情况下，这种纸质的出版计划并不能获得出版社的支持，因为它不太可能为出版社创造利润，而电子版本的出现很好地解决了这个矛盾。再者，马克·吐温的信件散落在美国甚至全世界各地，每年都有几十封不为人知的信件曝光，这就可能使一本刚出版没多久的纸质信件全集变得不全面甚至过时。而电子版本的出现则可以避免这个尴尬，出版者不需要再大费周章出版新本，而只需要在电子版本上做简单的订正即可。

最后，该网站上的一些电子版本的文献资料具有纸质版本无法提供的信息，将《马克·吐温自传》的电子版和纸质版做一下对比便能一窥究竟。相比于纸质版本，发布于"马克·吐温在线计划"上的电子版本多出了"Guide to the Textual Apparatus""Textual Commentary"等部分，前者是对该自传编辑者的编辑策略、编辑符号体系的说明，后者则是对自传的各篇章内容所进行的编辑行为，如图2所示。

---

① 该数据来源于"Bibliographic Resources：Reference and Source Interface". Mark Twain Project, https：//www.marktwainproject.org/xtf/search?category=refs；rmode=landing_refs. Accessed October 10，2019.

```
hunky, • classes, hunky, (MS)
joyous and • joyous, (TS4); joyous/ and (TS2-SLC); joyous and (NAR 12pf, NAR 12)
Ex-President Cleveland. • Ex-President Cleveland. (TS1); Ex-President Cleveland/ upon his
sixty-ninth birthday: (TS2-Harvey); ex-President Cleveland upon his sixty-ninth birthday: (NAR
7pf, NAR 7)
```

图 2 "马克·吐温在线计划"编辑策略截图①

上图中出现的"classes"代表了来自马克·吐温真迹手稿中的"classes"被加州大学所出版的《马克·吐温自传》的编辑者做了删除处理，其他的符号例如斜线、补字符等使得马克·吐温的原稿面貌得到了一定程度的展示，同时上图括号中所标注的"TS2－SLC""TS2－Harvey"则代表了不同的修改者对马克·吐温最初的原稿所做修订后的成果，例如"TS2－SLC"中的 SLC 代表了马克·吐温自己（Samuel Langhorne Clemens 的首字母）对其 2 号口述自传文本"Typescript 2"所做修改后形成的文本。这些修改符号被贯彻应用于该自传下文中的《田纳西土地》等章节中，编辑者通过这些符号和文字的说明历史性地还原了马克·吐温自传文件在历史上不同编撰者手中所受到的修改，这种细枝末节的展示和罗列说明马克·吐温文献编辑达到了一丝不苟的程度，同时也表明马克·吐温研究界试图真实还原马克·吐温文献的强烈愿望。

以上对作为一种"超文本"存在的马克·吐温研究文献即"马克·吐温在线计划"的三大特点进行了简要的介绍，其实际带来的可待挖掘的潜能远远要比在此说明和展示的要大得多。面对着这海量的学术信息和如此便捷的获取途径，"无论多么传统的学者都不可能置身事外，更难以抵御这种现代科技成果在统计、检索、文献的处理及相应的智能化操作等方面与传统手段相比所具有的强大诱惑。外国文学研究者必须积极应对这些新的挑战，把握新的时代机遇，谋求外国文学学术方法上的更新和研究领域上的拓展"②。当然，"马克·吐温在线计划"的实施并不能完全取代纸质版本的文献出版工作，在该项目运行之前和之后，马克·吐温研究还是依靠着诸多纸质资料的出版得以前进，本章将在下一节中对此做出评价。

---

① 该截图来自"马克·吐温在线计划"所提供的《马克·吐温自传》英文版 PDF 的第 2 页，可见于 http://www.marktwainproject.org/xtf/tei/works/MTDP20003.pdf. Accessed March 15, 2020.

② 罗昔明，《新媒体时代外国文学研究方法的理论跟进》，载陈建华主编，《中国外国文学研究的学术历程》，重庆：重庆出版社，2016 年，第 105－106 页。

第二节 马克·吐温一手史料挖掘：
书信集、演讲录、笔记本等

根据上文所述，"马克·吐温在线计划"的"信件"版块收集了2600多封信件，"参考文献"版块囊括了2746部书籍、1241篇报纸文章、1214篇期刊文章、587份历史文件（含博士论文）、572家收藏有马克·吐温资料的图书馆名录信息，因此穷尽性地将这些资料逐一介绍既不可能也无必要，下文将对其中最为重要的版本做出遴选和评价。选择标准有三：第一，它的出版曾在美国学界引起较为广泛的关注，表现为美国主流文学评论期刊如《美国文学》《美国文学现实主义》等对其进行了介绍和评论；第二，这些文献书籍还未在我国国内得到过较为深入的述评；第三，它们的出版推动了马克·吐温学术研究的进步，对新观点的产生有着显著的促进作用。

一、马克·吐温书信集的出版与价值

（一）马克·吐温与亲人的书信来往

1949年，迪克森·维克多编辑出版了《马克·吐温的情书》。马克·吐温与奥利维亚相识于1868年，二人于1870年结婚，携手相伴直到1904年奥利维亚去世。二人之间的部分书信已经出现在1917年潘恩编辑出版的《马克·吐温书信集》一书之中，但是绝大多数出现在迪克森·维克多的《马克·吐温的情书》中的书信仍然是首次出版的，全书以主题的方式对各类书信进行了分类编排，包括"蜜月""哈特福德的日子""心碎"等。值得注意的是，该书并非狭义上的"情书"，即男女双方求爱的信件，实际上，该书只有三分之一左右的文章是我们现在所理解的"情书"，其余多数为二人朝夕相处34年的忠实记录，更应该被理解为是一种"家书"。

该书信集最为重要的价值在于它客观地对马克·吐温与妻子奥利维亚之间的关系进行了展示，对所谓的"女性压抑论"进行了反击。范·布鲁克斯指责奥利维亚在马克·吐温的创作中充当了压抑性的"编辑""审查"角色，造成了马克·吐温艺术才能的枯萎。这种观点并不缺少拥护者，因为在他们看来，19世纪的理想女性角色必然是一位贤良温婉、足不出户、相夫教子、唯命是从的形象，但是奥利维亚却可以对马克·吐温的作品发表评论、进行修

改，这对于一部分人而言是不可接受的。一场"污名化"的运动必须要被发动以对奥利维亚的行为做出评判，因此奥利维亚在马克·吐温身上施加的影响就被片面地解读为一种"审查"、一种"压制"。如果要想对这种观点做出严谨的回应和反击，学者们必须要对二人之间最直接的信件往来做出收集、整理和解读，《马克·吐温的情书》一书发挥的正是这样的功能。

但是，指望该书信集能够彻底解决这一争议也是不切实际的。关于现有的针对《马克·吐温的情书》的两篇书评，我们看到的是不尽相同的评论。马克·吐温的女儿克拉拉在该书出版后也给予了评价，她对该书信集的出版做出了高度的正面评价，她充满感激地写信称赞维克多的工作："你把千丝万缕的线索织成一张精细的网，通过你的清晰呈现，妈妈得到了公正的认可……我必须再说一次，你书中的介绍是如此全面且令人满意。"[①] 学者麦基坦（D. M. McKeithan）认为"奥利维亚对马克·吐温的影响的问题在此得到了回答：影响很大，但是绝不是有害的。她改善了他的行为举止和品味，但是并没有损害到他的原创性和他的能力。她多次将他从愚蠢的错误中拯救了出来，但是没有任何证据表明她危害到了他成为一位文学艺术家"[②]。但是，狄金森（N. T. Dickinson）则认为该书信集"没有改变我们对克莱门斯的印象，他是一位全心全意的丈夫和父亲、一位受欢迎的演说家、一位受追捧的名人，也是一位笨拙的商人。但是对莉薇的审查这一问题仍然是悬而未决的"[③]。综合以上多方的评价来看，该书信集的出版虽然并没有完全解决马克·吐温的性别观之争，但是却是迈出解决问题的重要一步，范·布鲁克斯通过心理学理论来建构马克·吐温的性别观，这种方法已经被证明是不切实际的，根据切实的、准确的文献材料来对马克·吐温的思想风貌做出定性研究应该成为未来马克·吐温研究最重要的路径之一。

（二）马克·吐温与友人的书信来往

1. 与特威切尔的书信

特威切尔在马克·吐温人生历程中占据了举足轻重的地位，他是当时颇有

[①] Clara Clemens. "Letters from Clara Clemens Samossoud, December 8, 1949". *Dixon Wecter Papers*, Texas Collection, Box 0249, Vol. 5, Baylor University.

[②] D. M. McKeithan. *The Love Letters of Mark Twain*. Vol. 10 South Central Modern Language Association, 1950, p. 3.

[③] Leon T. Dickinson. *The Love letters of Mark Twain*. Vol. 22, Durham: Duke University Press, 1951, p. 525.

名气的公理会牧师，对宗教事业有着无与伦比的虔诚，二人虽然在宗教观念上有云泥之别，但是这种差异性并没有妨碍二人成为无话不说的好友，二人之间的信件内容的出版和解读可以为推进马克·吐温的宗教观念、晚年思想研究做出贡献。

2017年哈罗德·布什（Harold Bush）、斯蒂夫·考特尼（Steve Courtney）和皮特·孟森特（Peter Messent）联合编辑出版了《马克·吐温和约瑟夫·霍普金斯·特威切尔书信集》（*The Letters of Mark Twain and Joseph Hopkins Twichell*）一书。全书收录了马克·吐温和特威切尔之间的310封信，其中的146封信是马克·吐温所写。该书采取编年体的形式将马克·吐温与其牧师好友特威切尔之间的相识、相知过程分为五个部分。第一个阶段是1868年到1871年，这个阶段是马克·吐温与特威切尔首次在哈特福德会面的时间段，同时该阶段也见证了马克·吐温人生中最重要的事件之一，即向奥利维亚求爱、二人结婚以及婚后定居水牛城的过程；第二个阶段是1871年到1891年，该阶段是马克·吐温定居于哈特福德的阶段；第三个阶段是1891年到1900年，这一阶段中马克·吐温经历了他生意事业上失败、债台高筑、大女儿苏茜去世、环球演讲等事件；第四个阶段是从1901年到1904年，马克·吐温结束了世界巡回演讲回到美国，他的妻子在此期间因病去世；第五个阶段是1904年到1910年，是马克·吐温的晚年时光。该书的价值主要表现在以下两点。

第一，马克·吐温与特威切尔的信件来往可以有效地补足原始资料的空白。在该书信集出版之前，已有几本研究二人关系的专著，包括2008年斯蒂夫·考特尼出版的《约瑟夫·霍普金斯·特威切尔：马克·吐温最亲密朋友的生活和时代》（*Joseph Hopkins Twichell: The Life and Times of Mark Twain's Closest Friend*）、2007年出版的马克·吐温与特威切尔关于上帝、信仰和宗教的辩论话题的图书《马克·吐温和他那个时代的精神危机》（*Mark Twain and the Spiritual Crisis of His Age*）及2009年出版的《马克·吐温和男性友谊：与特威切尔、豪尔维斯和罗杰斯的友谊》（*Mark Twain and Male Friendship: The Twichell, Howells and Rogers Friendships*）。在该书中皮特·孟森特不仅讨论了马克·吐温与特威切尔之间的友谊，还讨论了他们二人之间的友谊是如何改变了性别和男性的观念的。此后，考特尼和孟森特两人又再次参与了《马克·吐温和约瑟夫·霍普金斯·特威切尔书信集》的编撰工作，因此该书信集的出版可以看作是已有书信集的一次延续。第二，该书信集中的部分信件虽然已经在阿尔伯特·潘恩1917年两卷本的书信集中得到出版，但是二者存在很大的差异。读者可以很轻易地发现潘恩无所不在的"编辑"行为，这对于搞清楚潘恩如何参与了马克·吐温形象的构建、如何维护马克·吐温的公众声誉和遗产等话题有着重要的参考价值，并最终帮助学界对马克·吐温形象进行正本清源。

2. 与"天使鱼"的书信

约翰·库莉（John Cooley）于1991年编辑出版了《马克·吐温的水族馆：萨缪尔·克莱门斯与"天使鱼"的通信，1905—1910》（*Mark Twain's Aquarium: The Samuel Clemens-Angelfish Correspondence, 1905 - 1910*）一书。该书的作者库莉是马克·吐温所收养的"天使鱼"马乔里·布雷肯里奇（Marjorie Breckenridge）的表妹。该书信集收录了近300封信件，其中许多是之前没有出版过的。全书共分为五章，反映了马克·吐温这一外界看来极其不寻常的爱好，即马克·吐温晚年热衷于与十几岁的少女交往。年轻女孩对于晚年的马克·吐温到底意味着什么？她们是一种没有创伤、痛苦和眼泪的完美人生的象征？抑或是精神分析批评所言的性冲动投射？这些信件对于回答这些问题是一份弥足珍贵的基础文献材料。

从这些公布的信件内容来看，马克·吐温与小女孩们之间的信件来往确实存在一些容易让人借题发挥的内容。例如马克·吐温在这些信中不知疲倦地奉承甚至是哄着这些小女孩去看望他，他在信中对其中的一位女孩如此说道："亲爱的弗朗西丝卡（Francesca），别让那些朋友说服你和他们一起回家。不，来我这里！"在另外一封信中，他的语气更加直接，显现出了对于女性的高度依赖，女孩的陪伴成了他获得快乐的源泉，他说道："你一走我就上床睡觉了。"他告诉11岁的多萝西·奎克（Dorothy Quick）说："在那之后没有什么可活的了，阳光都消失了。没有你，我怎么活？"[1] 这些话语更像是恋人之间私密的情书，而不像是一个70多岁的老头儿跟十几岁小女孩之间的交谈，但是这是出于一种变态的性心理，或是其他原因？是否超越了正常笔友之间的界限？

库莉在该书信集的后记中对马克·吐温与女孩子们关系的本质进行了评价，她认为，马克·吐温与女孩们形成的是一种健康的友谊，是受到女孩们家庭的允许和鼓励的，并不是什么不当行为或丑闻。库莉强调的是这段友谊的积极一面，她认为在马克·吐温的 段充满痛苦的时期里，"水族馆"给他带来了快乐。但是她也认为，马克·吐温在这件事情上也并非完全清白的，她认为马克·吐温"最大的罪行"，是"对这些年轻人的生活的刻板印象和对女人的

---

[1] Paul Hadella. "Reviewed Book: *Mark Twain's Aquarium: The Samuel Clemens - Angelfish Correspondence, 1905—1910*". *American Literary Realism*, 1870 -1910, 1993（2）: 86.

理想化。他曾经谈到是把她们当作无生命的物体或宠物来进行租买和收集的"[1]。库莉的评价是公允的,对马克·吐温来说,这是一段极其伤痛的时光,他的妻子和大女儿相继去世,为了躲避黑暗,马克·吐温把他的爱寄托在一群聪明的、有教养的少女身上。这些女孩为马克·吐温的晚年生活带来了有限却弥足珍贵的安慰。现在,由于有了约翰·库莉的这一本书信集,这段独特的经历被直观地记录了下来呈现给读者和研究者,重新激起了人们对马克·吐温的晚年心理健康状态、他与女性的关系等话题的讨论。这正是该书信集的价值所在。

3. 与亨利·罗杰斯的书信

亨利·罗杰斯(Henry Rogers)是美国著名实业家、金融家,标准石油公司的创始人之一,马克·吐温58岁时与其成为挚友,二人的友谊持续了16年之久。1969年刘易斯·利里(Lewis Leary)编辑出版了《马克·吐温与亨利·罗杰斯通信集:1893—1909》(*Mark Twain's Correspondence with Henry Huttleston Rogers, 1893 - 1909*)一书,追述了1893年12月13号开始一直到1909年5月11号期间马克·吐温、奥利维亚、亨利·罗杰斯等人撰写的464多封通信,该书信集的价值主要体现在以下两个方面。

第一,本书是对1967年哈姆林·希尔编辑出版的《马克·吐温致出版商书信集:1867—1894年》(*Mark Twain's Letters to His Publishers, 1867 - 1894*)一书的有效补充。相比之下,刘易斯·利里所编辑的书信集不但涉及与马克·吐温合作的出版人、出版公司,例如美国出版公司(The American Publishing Company)的交往,还涉及他与他的债权人们之间的纠纷,更加全面地反映出一位作家在新兴的产业革命和商业写作浪潮中的浮浮沉沉。第二,该书信集是马克·吐温晚年思想研究、投资债务研究的重要参考资料。正是在罗杰斯的建议之下,马克·吐温将所有财产转移到妻子奥利维亚的名下,从而成功地保住了他的作品版权,防止了它们落入债权人之手,也正是在罗杰斯的帮助下,陷入潦倒的马克·吐温解除了巨额的债务麻烦[2]。在马克·吐温的自传中,他表达了自己的感激之情:"我十分感谢他(罗杰斯)对我的种种帮助与善意,但最使我感激的,是他保住了我的著作版权。这拯救了我和我的家人,保证了我

---

[1] Paul Hadella. "Reviewed Book: *Mark Twain's Aquarium*: The Samuel Clemens - Angelfish Correspondence, 1905 - 1910". *American Literary Realism*, 1870 - 1910, 1993 (2): 86.

[2] Mark Twain, Benjamin Griffin, Harriet E. Smith, et al. *Autobiography of Mark Twain*, Vol. 2, Berkeley: University of California Press, 2013, p.80.

们日后生活的舒适与富足。"① 该书信集所收录的大量信件不但可以为二人之间的交往做出生动的解释，而且对于从事文学外部研究、马克·吐温晚年研究乃至文学与经济跨学科研究的学者而言，这些信件让我们看清马克·吐温身上的商人属性，对马克·吐温形象做出更加全面的了解。

4. 与豪尔维斯的书信

1960年，在亨利·史密斯和威廉姆·吉布森的努力下，马克·吐温与豪尔维斯之间的通信内容在《马克·吐温－豪尔维斯书信选集：1872—1910》(*Selected Mark Twain - Howells Letters*, 1872 - 1910) 一书中得到结集出版。马克·吐温与豪尔维斯都是美国19世纪文学中举足轻重的文学人物，他们的友谊持续了大约40年，马克·吐温在豪尔维斯身上找到了一位富有共鸣的评论家、一位知心的伯乐，二人彼此欣赏、互相信任。因此鉴于二人在美国文学史上的重要地位和亲切交往，二人的书信集自然很早就得到了研究者的重视，1917年潘恩编辑出版的《马克·吐温书信集》收录了二人之间的部分书信，而亨利·史密斯的这个新版本则进行了更加穷尽性的收集，总共集合了681封信件，虽然其中绝大部分很早就被人所发现，但是其中一半以上是第一次以纸质的形式得以出版的。其中有两封信件是20世纪60年代之后才被发现的最新信件，分别写于1873年3月和1874年12月。除此之外，该书还附有19页的附录和详尽的注释，显示出两位编者试图最高程度地还原这些信件的历史语境和真实意义的巨大努力。具体来说，这一书信集的价值主要体现在以下两个方面。

第一，对"豪尔维斯压抑了马克·吐温艺术才能的实现"这一假说提供了第一手的反驳资料。我们知道，从范·布鲁克斯那里开始，豪尔维斯就被认为是东部斯文传统的代表②，并且在布鲁克斯的眼中，这种传统对马克·吐温的艺术潜力形成了巨大的压制，阻碍了后者艺术才能的最大限度发挥，那么事实是否如此？作为美国文坛的"院长"③，豪尔维斯对马克·吐温的艺术创作到底起到了什么样的作用？如果只依靠弗洛伊德式的心理学分析来对这些问题进行回答，答案并不会让人信服。因此，二人之间的信件往来就成了最可靠的

---

① Mark Twain, Harriet E. Smith, Benjamin Griffin, et al. *Autobiography of Mark Twain*. Berkeley: University of California Press, 2010, p.171.

② 关于布鲁克斯对豪尔维斯的评价，还可参考 Van Wyck Brooks. *Howells: His Life and World*. New York: Dutton, 1959.

③ 豪尔维斯的中间名是 Dean，意为"系主任"或"院长"，又因为他乐于提携美国文坛作家，因此被称为"美国文学的院长"。

证据，哈姆林·希尔就根据这些信件得出了这样的结论："这些信件确实摧毁了曾经被广泛接受的想法，即认为豪尔维斯作为一名编辑削弱了马克·吐温的表达的活力，部分地阻止了他去实现艺术的圆满。"①

第二，这个版本所收录的信件形成了与阿尔伯特·潘恩版本的对照，从而揭示出了潘恩对马克·吐温书信内容的修改。作为马克·吐温晚年最亲近的人之一，潘恩在后世的研究中一直占据了一个重要却尴尬的地位。在马克·吐温去世之后，潘恩编辑出版了马克·吐温遗留的大量文献，是名副其实的马克·吐温御用传记作家，是后来的马克·吐温学者无法绕过的一座大山。但是，潘恩对马克·吐温作品的编辑是否准确、忠诚呢？他是在最大限度地保留马克·吐温的原貌，还是在极力维护、呈现一个理想化的马克·吐温呢？这个问题吸引了大量学者的注意，而《马克·吐温－豪尔维斯书信选集：1872—1910》的出现则再次为这个问题提供了可资比较的资料，只要通过该书信选集和潘恩版本书信集做简单的对比，我们就能发现潘恩对马克·吐温作品做出修改的蛛丝马迹，这一问题已经在《马克·吐温和约瑟夫·霍普金斯·特威切尔书信集》中有所论述，本书在此试举一例以做进一步说明。潘恩为了让马克·吐温的用词显得没那么粗俗和不那么具有攻击性，他在第429页中将"一个叫作斯托达德的傻瓜"改成了"一个叫作斯托达德的男人"②，即将"idiot"一词改为了"man"。只要将两个版本进行仔细对比，这样的例子还可以发现更多。马克·吐温研究在美国已经发展了100多年了，随着解构主义等"后学"观念的普及，现代学术的追求已经不再沉迷于某种形式的造神运动，尽可能真实地呈现和还原作家形象和作品内容已经成为马克·吐温学术界的发展方向和共同追求。

5. 与威尔·鲍文的书信

1941年德州大学出版社出版了西奥多·霍恩伯格（Theodore Hornberger）教授所编辑并做注的马克·吐温写给威尔·鲍文（1836—1893）等人的书信集《马克·吐温给威尔·鲍文的信："我最初、最老、最亲爱的朋友"》（*Mark Twain's Letters to Will Bowen: "My First & Oldest & Dearest Friend"*）。该书信集收录了从1866年5月7号到1900年6月6号之间的16封信件，其中的13封

---

① Hamlin Hill. *Mark Twain–Howells Letters*, Vol. 58. Chicago: University of Chicago Press, 1960, p. 142.

② Mark Twain, Albert Bigelow Paine. *Mark Twain's Letters*, Vol. 1. London/New York: Harper and Brothers, 1917, p. 429.

信是首次出版。该书信集虽然只有短短的 34 页，其中正式的信件部分只占据了 27 页，剩余部分为西奥多·霍恩伯格为这些信件所做的注释，但是正如亨利·伯奇曼（Henry Pochmann）在书评文章中所声称的那样，"这本小册子纸质封面下的朴实无华与它的内容的重要性并不相符"①。那么，为何这本薄薄的小册子在一些马克·吐温研究者看来具有重要的价值呢？其重要性体现在何处？

其价值主要体现在它可以部分地对《汤姆·索亚历险记》以及《哈克贝里·费恩历险记》等小说中的人物原型做出解释。威尔·鲍文是马克·吐温童年时期的亲密玩伴，是马克·吐温口中的"我最初、最老的、最亲爱的朋友"，两人的交情颇深。1844 年麻疹暴发期间，年幼无知的马克·吐温故意地爬上已经染病的鲍文的病床，被感染后几乎致死。到了 1857 年春天，鲍文已经是一名持证上岗的汽船领航员，而在马克·吐温获得了执照后，于 1859 年两次和鲍文合作成为联合领航员②。二人之间的友情和共同的经历被艺术化地保存、记录到了马克·吐温的《汤姆·索亚历险记》和《哈克贝里·费恩历险记》之中。以 1870 年 2 月 6 号马克·吐温写给鲍文的信件为例。在信中，马克·吐温以温情的笔触回忆了两人昔日的美好时光，回忆起了小时候鲍文是如何得了麻疹并传染给了马克·吐温，两人是如何扮演罗宾汉的游戏，又是如何在河流之上嬉戏打闹甚至结伙叛逆、不服从大人的管教，等等。这些回忆对于马克·吐温的作品解读具有"发生学"的意义。例如《汤姆·索亚历险记》中第八章汤姆扮演罗宾汉、第十四章写淹死人的河流、第二十二章写到汤姆患上了麻疹、第三十五章描写哈克在破旧的屠宰场后面的一只空桶中过夜等，这些情节和马克·吐温写给鲍文信件中的内容高度吻合，这种吻合让我们至少可以下这样的结论：马克·吐温部分作品中的人物，例如汤姆·索亚和哈克贝里·费恩都是基于或部分基于威尔·鲍文等人创造的③。

---

① Henry A. Pochmann. *Mark Twain's Letters to Will Bowen*："My First & Oldest & Dearest Friend", Vol. 14, Durham: Duke University Press, 1942, p. 94.

② 威尔·鲍文的生平简介可见于 "Short Biography." Mark Twain Project, https://www.marktwainproject.org/biographies/bio_bowen_william.html. Accessed December 15, 2019.

③ Mark Twain. *Mark Twain's Letters to Will Bowen:* "My First & Oldest & Dearest Friend". Austin: The University of Texas, 1941, p. 31.

(三) 马克·吐温与报社、出版商的书信来往

1. 与报社的书信

2014年由加里·沙恩霍斯特（Gary Scharnhorst）主编的《马克·吐温给编辑的信》（*Mark Twain on Potholes and Politics: Letters to The Editor*）一书出版。"给编辑的信"是一种当时报纸常用的文章文体，撰写者通常为指定的通讯员，往往以用个人的语气对广泛的社会现象进行观察和评论。在应用范围上，该文体在19世纪的应用范围比现在我们所看到的更为宽泛，使用这种文体的文章也占据了马克·吐温的期刊文章的很大一部分，尤其是见于那些地方报纸的文章，例如该书中出现的《密苏里民主党人报》（*Missouri Democrat*）、《加利福尼亚人报》（*Californian*）等。在选择标准上，加里·沙恩霍斯特关注的是那些"被忽视甚至未知的作品"①，包括19世纪60年代马克·吐温在旧金山当记者时候的作品，一直到1910年4月马克·吐温去世前几周所写的健康记录。在这些信件中，马克·吐温主要是在对当时的重大社会、政治、民生热点问题发表观点，涉及国际版权、警察执法、女性选举权、总统竞选等。

这样的一部包罗万象的书信集，除了能够较为全面地体现马克·吐温在各类社会问题上的立场，它的价值还主要体现在该书可以增进我们对"作为品牌的马克·吐温"这一新兴话题的研究。所谓的"作为品牌的马克·吐温"研究是指去研究马克·吐温如何通过写作、媒体等手段塑造自身的公共形象。在加里·沙恩霍斯特之前，早在1983年路易斯·巴德所著的《我们的马克·吐温：他的公众人格的塑造》（*Our Mark Twain: The Making of His Public Personality*）一书就对此问题有过一定的阐发，而"作为品牌的马克·吐温"这一话题的产生则要稍晚一些，它来自朱迪斯·李2012年的专著《马克·吐温的品牌：现代美国文化中的幽默》（*Twain's Brand: Humor in Contemporary American Culture*）、2014年的文章《品牌经营：塞缪尔·克莱门斯、商标和马克·吐温产业》（"Brand Management: Samuel Clemens, Trademarks, and the Mark Twain Enterprise"）等。朱迪斯在作品中讨论了克莱门斯对自己的笔名"马克·吐温"所进行的品牌化的经营，其中自然也包含了他对自己的作品版权利益的争取和维护，以及他在避免盗版侵害上所做出的巨大努力，这些版权保护的意识和行动在加里·沙恩霍斯特的这本书信集中得到了充分的材料支

---

① Mark Twain. *Mark Twain on Potholes and Politics: Letters to the Editor.* Columbia: University of Missouri Press, 2014, p.1.

撑，例如1875年6月25号，马克·吐温用他惯有的幽默、反讽、调笑的口吻给《哈特福德报》寄去了一封短信。

> 致《哈特福德报》编辑：一位受人尊敬的波士顿出版人通知我说，一位叫格里尔的人要求把某些我所写的文学垃圾卖给他和其他一家或几家哈特福德的出版公司……我在此告知所有相关方面，我的垃圾已经被充分保护了。格里尔先生和任何人都无权对此进行买卖。①

在其他的场合和时间点，他又多次给不同的编辑写了多封信，比如1981年12月20号他给《斯普林菲尔德共和党人报》（*Springfield Republican*）的信②，强烈要求对方更坚定地执行国内、国际的版权保护法。马克·吐温对于自身版权保护的坚定程度和努力程度在当时的作家群体和普罗大众中都是极为突出甚至是超前的，而对于研究马克·吐温的自我成就（self-making）、自我营销甚至是版权保护史的学者来说，该书中所提供的第一手的历史材料都是必不可少的。也正是因为马克·吐温的这些努力，"马克·吐温"这个名字不论是作为一个名字、一种形象，还是作为一个品牌都将"仍然是，而且可能永远是一项持续的关注"③。

2. 与出版商的书信

1967年马克·吐温的著名研究专家哈姆林·希尔编辑出版了《马克·吐温给出版商的信：1867—1894》（*Mark Twain's Letters to His Publishers, 1867 - 1894*）一书，该书包含290封马克·吐温写给他的出版商的信件，这些信件的价值主要体现在以下两个方面。

第一，它能够破除我们对马克·吐温简单化、标签化、单一化的解读和阐释，使得马克·吐温的形象更加语境化和复杂化。在这些信件中，马克·吐温不但是以一名作家的身份，更是以一位谈判者，甚至是一位商人的身份来与这些出版商对话。马克·吐温的"商人"属性在我国的学术界较少被讨论，因为在我们的印象中，马克·吐温一直是一位"金元帝国"的批评者，《镀金时代》更是成了他批判腐朽堕落、贪得无厌的美国资本主义社会的代表作，而

---

① Gary Scharnhorst. *Mark Twain on Potholes and Politics: Letters to the Editor*. University of Missouri Press, 2014, p. 88.
② Gary Scharnhorst. *Mark Twain on Potholes and Politics: Letters to the Editor*. University of Missouri Press, 2014, pp. 136 - 138.
③ Garrett Morrison. "Review", *The Mark Twain Annual*, 2015（1）: 201.

在美国学术界，他的"商人"属性却一直以来是研究者们颇为纠结的一个问题。传统的文学谱系中并没有像马克·吐温这样的一位显赫的"文学家－商人"人物的存在。作为一位"文学家"，马克·吐温的性格特征是多愁善感、悲天悯人的，但是作为一位商人，他的考虑则是如何通过精明的谋略让自己的作品成为畅销书、让自己笔下的文字为自己和自己的公司带来更多的财富，简而言之，如何迅速获利。例如罗伯特·里斯（Robert Rees）就发现他在信中让他的合作伙伴查尔斯·韦伯斯特去和亨利·克鲁斯（Henry Clews）签订条款，而这些条款是"恶意的"（vindictive）[1]，这些条款帮助他们获得所有的利润。因此，这些书信文献的出现真实地还原出了一个多面的马克·吐温形象，当我们说他是"金元帝国"的批判者的时候，马克·吐温自身是否可以成为批判的对象呢？这是这些书信给我们带来的第一重启示。

第二，除了对马克·吐温的"文学家－商人"的双重身份展开解读和批评，这些信件能揭示出的另外一个更为重要的话题是19世纪工业革命背景下的现代作者转型的问题。置身于19世纪产业化革命之中，马克·吐温作为幽默演讲家、严肃作家和畅销作家的三重身份为其提供了从古典作家转型为现代作者的有利条件，也是我们观察市场机制下现代作者身份形成过程中所需动力、所遇阻碍、所做努力的绝佳样本。马克·吐温开办出版公司、对喜剧作品进行资本化操作、对文学作品版权的保护以及对"马克·吐温"这一笔名进行品牌化管理的行为是否可以被看作是一种马克·吐温式的"幽默的经济学"？再进一步看，回到我国当下文学市场，市场机制下"作为产业的文学"早已经成了一大热点，那么马克·吐温在100多年前的经历足以为我们今天研究这一话题提供宝贵的借鉴，可以帮助我们更加理性地看待目前文学生产过程中出现的新问题，这是哈姆林·希尔所编辑的《马克·吐温致出版商书信集：1867—1894》留给我们的第二个重要启发。

（四）综合性书信集的出版：从纸质到电子版本

1988年到2002年的14年时光见证了加州大学出版社《马克·吐温书信集》（*Mark Twain's Letters*）六卷的出版，该书信集耗时多年、体量庞大，即使是页数最少的第一卷也达到了惊人的616页，不论是从数量还是从质量角度看，都要比阿尔伯特·潘恩1917年的精选版本和查尔斯·奈德（Charles

---

[1] Robert A. Rees. "Reviewed Book: *Mark Twain's Letters to His Publishers: 1867–1894 by Hamlin Hill*", *Nineteenth-century Fiction*, 1968（1）：114.

Neider) 1982 年的选本更加全面。这样的时间跨度和体量如果没有了"全美人文社科基金会"（National Endowment for the Humanities）以及诸多个人资金的支持，断然无法完成。而随着该系列的完成，马克·吐温研究跨上了一个新的台阶，其重要性体现在以下三个方面。

第一，它最大限度地还原了马克·吐温早期经历的历史现场，这主要是得益于本书编辑所采用的一种新的文本誊录方法。书中信件均来自马克·吐温的手稿，手稿与我们最终看到的打印版本的最大差别在于前者是充满了各种各样的涂改、修正的痕迹，如何处理这些创作痕迹是编辑们要考虑的一个重要的技术性问题，一种方法是采用"洁本"（clear text）的思路，即抹去涂改痕迹、隐去修改过程、去除掉那些语法表述上的错误，最终将"正确"的版本呈现到读者的面前，以最大限度地提高阅读的流畅度。另一种思路是采取"生成文本"（genetic text）的方式，通过各种各样的修改符号将作者创作过程的修改如实地呈现给读者，这种方法显然能够最大限度地反映出作者复杂、纠结的创作过程，但是其弊端在于它仅适合于极少部分的专业研究者。该书信集采取了一种折中的方法，我们不妨称之为"明本"（plain text），这种方法虽然采用了一定的修改符号，但是并没有复杂到影响阅读。例如 1858 年 6 月 21 日马克·吐温的弟弟亨利·克莱门斯在宾夕法尼亚号汽船上因船而丧生，在一封给亨利妻子的信中，马克·吐温写道：

> 人们握着我的手，一边还恭喜我，他们说我运气好，因为当船爆炸之际我幸好不在宾夕法尼亚号上……（原文为：Men take me by the hand and congratulate me, and lucky because I was not on the Pennsylvania when up!）[①]

这段引文是来自潘恩 1917 年编辑出版的《马克·吐温的信件》，但是在加州大学的这个版本中，原文则是"Men take me by the hand and congratulate me, and lucky beg because I was not on the Pennsylvania when up!"二者之间的细微差别在于"beg"一词的处理上，潘恩直接对文本进行了"净化"处理，删掉了马克·吐温在写信过程中情急之下的笔误，但是加州大学的版本还原了这个笔误，因为这个笔误自有其还原语境的价值，它可以真实地还原出马克·

---

① Mark Twain, Albert Bigelow Paine. *Mark Twain's Letters*, Vol. 1. London/New York: Harper and Brothers, 1917, p.40

吐温失去弟弟而自己又逃过一劫后悲痛至极、惊魂未定的状态。这一编辑方法的运用贯穿于后面的四卷本中，成为该系列的一个重要特色。

第二，从体例上来说，该系列的书信集具有自身独特的结构。以第一卷为例，全书616页，但是和马克·吐温相关的信件本身只占到了大约三分之一的篇幅，另有三分之一则是编者所做的详细的注释，这些注释的详细程度使得它本身就可以被看作是一部美国19世纪的社会风俗史。读者可以从中看到在纽约举办的1853年世界博览会的描述，甚至可以了解到马克·吐温领航的蒸汽船的路线图。该书的最后三分之一以附件的形式出现，包含和马克·吐温的领航等活动相关的各类日历、地图、照片。此后的各卷基本上延续了这样的格局，通过文字和图片的多重展示，这个书信集系列展示出了其再现历史的宏大计划，因此它不但对于马克·吐温研究是不可或缺的材料，也是美国19世纪文化研究的重要参考资料，正如马克·吐温研究专家阿兰·格里本（Alan Gribben）评价的："这本新书对研究马克·吐温、美国现实主义、美国文明的学生来说都是必不可少的。"①

第三，从内容上来说，六卷本是按照时间顺序进行编排的，这对于马克·吐温各个阶段的思想来源、演变和影响研究来说具有珍贵的文献价值。第一卷出版于1988年，收录了马克·吐温1853年8月（17岁）到1866年12月（31岁）期间的书信往来，主要记录了他青年时期事业起步的阶段，包含127封书信，其中40多封是以前从未发表过的。第一封信是关于马克·吐温第一次独立进行的长途旅行，他在这次旅行中参加了纽约的世界博览会，到访了华盛顿和费城。此后的信件记录了马克·吐温作为打字员、密西西比河流蒸汽船领航员的生涯，以及他在弗吉尼亚城、旧金山和夏威夷度过的记者阶段。在这段时间，他作为一位文字工作者事业稳步前进，逐渐从一名矿镇记者变为旅行记者、幽默演讲家，写出了早期的成名小说《卡拉维拉斯县驰名的跳蛙》（*The Celebrated Jumping Frog of Calaveras County*）等，等到1866年12月15日他离开加利福尼亚时，他已经在西部积攒起了一定的名声，整个阶段可谓是其思想、个性、理想和价值观形成的关键时期。

第二卷出版于1990年，收录了马克·吐温于1867年1月12日到达纽约之后，一直到1868年12月31日这段时间的活动，在此期间马克·吐温正在

---

① Alan Gribben. "Reviewed Work: *Mark Twain's Letters*, Vol. 1: 1853 – 1866 by Edgar Marquess Branch, Michael B. Frank, Kenneth M. Sanderson". *American Literary Realism*, 1870 – 1910, 1989（1）: 84.

着手安排他的第一本作品《〈卡拉维拉斯县驰名的跳蛙〉及其他幽默短篇小说》(*The Celebrated Jumping Frog of Calaveras County, and Other Sketches*) 的出版，并在美国东部城市成功地进行了巡回演讲，同时《傻子出国记》的大部分内容也是在这段时间内创作完成的。其中的一些活动，例如在东部地区的幽默演讲、《傻子出国记》的出版等一直延续到了第三卷的书信集中，因此在第三卷书信集中，我们依然能够看到马克·吐温继续在准备《傻子出国记》的出版事宜，也依然在马不停蹄地进行他的公共巡回演说，而第三卷的注脚中所收录的大量的新闻评论摘要，即媒体对马克·吐温在埃尔梅拉等地的演讲的评论和报道，则可以为我们研究"马克·吐温幽默演讲的接受反应研究""马克·吐温的公共形象塑造与经营"等提供第一手历史资料。

第三卷出版于1992年，收录了马克·吐温1869年期间的188封书信，比起前两卷来说，它的时间跨度更小，但是所收录的信件更多，这足以说明这个年份对于马克·吐温个人很重要。这一年无疑是马克·吐温春风得意的一年，他一方面继续进行演讲、出版等活动，另一方面他于1869年与奥利维亚订婚。他在这一年里给未婚妻写了大量情意绵绵的书信，在这些书信中，他对奥利维亚充满了无限的爱慕甚至是女神式的崇拜，将她神化为"来自上天的探访精灵……不属于人类黏土所创造出来的普通物种"[①]。在这些信件中，马克·吐温由衷地甚至是自我贬低地对奥利维亚进行讴歌和赞美，将她看作是罪恶世界中最纯洁的化身，这对于我们研究"马克·吐温的性别观念"以及研究他的《圣女贞德的故事》等小说中所蕴含的"女性崇拜"等问题具有重要的参考价值。

第四卷和第五卷分别出版于1995年和1997年，前者涉及的时间范围是1870年到1871年，后者则是1872年到1873年。在这两段时间里，他与奥利维亚成婚，开始了在哈特福德的婚后生活。此后他游历欧洲，大多数时间他选择待在英国，并借此结识了包括安东尼·特罗洛普（Anthony Trollope）、赫伯特·斯宾塞和托马斯·休斯在内的诸多文化界名流。英美文化虽然内在有着不可分割的联系，但是在19世纪的语境中，英美之间的文化关系并非铁板一块，相反美国在19世纪仍然在寻求文化身份，那么马克·吐温在英国等欧洲国家的经历、他与这些国家的文化名流进行的交往活动将能帮助我们回答这样的一些问题，例如马克·吐温"欧洲观"的形成与演变、马克·吐温如何在对欧

[①] Brian Harding. "Reviewed Book: *Mark Twain's Letters*: 1869 Edited by Victor Fischer, Michael B. Frank, Dahlia Armon". *Journal of American Studies*, 1993 (3): 463.

洲文化的凝视中进行自我文化身份的更新和重塑、马克·吐温早期的英国游历经验对《康州美国佬大闹亚瑟王朝》中的"英国观"产生了什么样的影响，等等。

在1997年第六卷的马克·吐温日记（即1874年到1875年的日记）出版之后，加州大学出版社改变了出版策略，它不再以纸质的形式出版马克·吐温的书信集，而主要转向了电子版本，并于2003年出版了马克·吐温从1876年到1880年五年间的书信内容，一年一卷，共五卷，共收录了700多封信。在1876年到1880年的这五年时期里，马克·吐温的《汤姆·索亚历险记》于1876年在英国和美国出版，这一作品虽获得了市场的成功，但是同时也在加拿大遭遇了盗版的影响。同样是在1876年，他与哈特（Bret Harte）合作创作出了《阿辛》（Ah Sin）这一剧作，并于1877年在华盛顿进行了首秀，但是这一剧作不论是在市场还是艺术上最终都被证明是一部不太成功的作品，马克·吐温与哈特之间的争端以及二人友谊随后的瓦解也成为研究者颇为关注的一个焦点。1877年的12月，马克·吐温参加了《大西洋月刊》为约翰·惠蒂尔（John Whittier）主办的生日晚宴，马克·吐温在晚宴上发表了一通不合时宜的演说，表现出了对爱默生、朗费罗等知名作家的不敬，这一突发事件成了马克·吐温一生中一次难以抹去的尴尬表演，是研究"马克·吐温的性格特征""马克·吐温幽默中的冒犯"等话题不可缺少的材料。

总的来看，随着马克·吐温这些私人信件的逐步公开，加之加州大学所获得的稳定财政资助和本身强大的人力、智力支持，加州大学的这套六卷本的《马克·吐温书信集》无论是从编辑理念和技术，还是材料的全面性来说都是马克·吐温研究必备的参考文献。但是，新的未被加州大学收藏的马克·吐温信件仍然有零散发现，可对这一套权威书信集做出不断的增补，下文就对近年来所获得的新信件做出必要的补充性说明。

（五）新发现的信件及其价值

由于加州大学出版社在过去50多年来的努力，绝大多数现存的马克·吐温信件都得到了有效的转录，以纸质或者电子的形式呈现在读者和研究者的面前。但是，马克·吐温的信件到底有多少，现在学界依然没有一个准确的答案。近几年来，新发现的信件不断地出现在美国学术界，这些信件对马克·吐温信件收集工作的进一步完善起到了查缺补漏的作用。其中，美国新墨西哥大学的英文系荣誉退休教授加里·沙恩霍斯特（Gary Scharnhorst）的发现最为丰富，它们不断地出现在《美国文学现实主义》（American Literary Realism）等美国文学学术期刊之上,是马克·吐温信件收集和研究领域的最新收获。

加里·沙恩霍斯特于2008年和2018年分别发表了《两封重获的马克·吐温信件》("Two More Recovered Mark Twain Letters")、《五封重获的马克·吐温信件》("Five Additional Recovered Letters by Mark Twain")两篇文章,对新发现的七封马克·吐温短信进行了简要的介绍,书信涉及马克·吐温对文学剽窃、参选总统等问题的看法以及对一些活动邀请的回复,它们可以帮助我们更进一步地解决马克·吐温研究中的一些仍然悬而未决的问题。例如,马克·吐温于1886年1月18号被邀请前往纽约参加"印刷业同业协会"("Typothetae")[①]主办的庆祝活动并做主旨演讲,他最先提交给主办方的稿件被拒绝了,因为他在演讲稿中大力呼吁人们拥抱新的机器的到来,这对于那些依靠工作岗位维持生计的工人听众来说并非悦耳的声音,因此他更换了他的演讲稿件和演讲主题。研究者只知道这个演讲稿件更换的结果,但是对于更换的原因还只是停留在猜测的阶段,目前的文献资料也还未能对此做出一锤定音的答复,正是由于有这样的插曲,马克·吐温研究者对与这次活动相关的信件有着浓厚的兴趣。加里·沙恩霍斯特所发现的新信件揭示出的是马克·吐温与主办方负责人道格拉斯·泰勒(Douglas Taylor)之间就发言顺序安排所做出的磋商,马克·吐温在信中说道:

> 亲爱的泰勒先生,你有力地打动了我。这次演讲是常规的敬酒词还是志愿式的演讲?不管是哪种情况,如果你认为我必须被叫上去,我可以被早一点被叫上去吗?我不能久坐在那里等待即将到来的讲话,我会很痛苦的。[②]

这一封信件的发现虽然不能完全披露出马克·吐温为什么更换演讲主题,但是我们至少可以从中知道,双方在演讲之前有过通信交流,这种交流可能会影响到马克·吐温对宴会上的演讲内容的选择。

2019年,加里·沙恩霍斯特又发表了《马克·吐温论棒球:一封给编辑的信》("Mark Twain on Baseball: A Recovered Letter to the Editor")、《一些重新发现的马克·吐温信件》("A Sheaf of Recovered Mark Twain Letters")两篇文

[①] 关于该组织的介绍,详见 Leona M. Powell. "Origin and Background of the United Typothetae of America", *The University Journal of Business*, 1925 (1): 1-20.

[②] Gary Scharnhorst. "Five Additional Recovered Letters by Mark Twain", *American Literary Realism*, 2018 (2): 183.

章，这两篇文章中所披露的马克·吐温信件内容有着较大的价值。在《马克·吐温论棒球：一封给编辑的信》这篇文章中，马克·吐温于 1877 年 1 月 12 号写给《哈特福德时代》（*Hartford Times*）杂志编辑的简信被重新发现，信件内容只有短短的两句话，谈论了他对棒球比赛中的赌博现象的排斥①。马克·吐温对于棒球的态度，看上去只是一个无足轻重的信息，但是如果我们将之与《康州美国佬大闹亚瑟王朝》第 40 章加以平行阅读的话，就可以发现该小说中所描写的棒球队的现实来源了。正是出于对棒球这项运动的喜爱，马克·吐温才选择了在这一章节中让康州美国佬通过棒球训练的方式来训练他的骑士们，以使得他的骑士们的"那种吃苦耐劳、争强好胜的品质保存下来"②。

加里·沙恩霍斯特的《一些重新发现的马克·吐温信件》一文刊登于在美国文学研究界颇有影响力的《美国文学现实主义》期刊上，在这篇文章中，加里·沙恩霍斯特节选了 13 篇他新发现的马克·吐温信件，涉及马克·吐温对蒸汽船操作规则、在华的美国传教士争议、基督科学派、刚果民族运动等议题的看法。这些信件内容虽然并非独立的长篇大论而只是只言片语，但是却有着不可忽视的价值。例如，我们知道在马克·吐温生命的最后十年里，他一直是一个积极且直言不讳的反帝主义者，他于 1904 年 10 月加入了"刚果改革协会"（"Congo Reform Association"）以反对比利时在刚果的殖民统治，但是，随后他于 1906 年 2 月从该协会辞职，学界对于他辞职的原因众说纷纭。而在 1909 年 10 月他的一封回复"刚果改革协会"的二次邀请的信件中，研究者可以得到部分答案，马克·吐温说："如果我能积极参加你的改革运动，我会很高兴的，但是我不得不制止我自己。我的健康状况使我的医生建议我不要参加任何公众活动，特别是像现在这样正在影响着刚果的运动，它无疑会扰乱我的精神和身体状况。"③ 这封信件的内容不言自明，根据这封信件所陈述的理由，我们知道了马克·吐温在晚年退出和拒绝再次加入"刚果改革协会"，很大一部分原因是出于健康的考虑。

---

① 原文为："I enjoy a good game of baseball. When it becomes evident that companies are formed for betting purposes and that each sells out, as the insiders desire, in order to secure bets or pools, I begin to feel that time and money are lost in attending the 'games'."署名为"An Innocent at Home"。可见于 Gary Scharnhorst. "Mark Twain on Baseball: A Recovered Letter to the Editor", *American Literary Realism*, 2019 (2): 180 – 181.

② [美] 马克·吐温,《马克·吐温十九卷集·第十一卷·亚瑟王朝廷上的美国佬》, 林文华、陆钰明译, 石家庄：河北教育出版社, 2002 年, 第 365 页。

③ 转引自 Gary Scharnhorst. "A Sheaf of Recovered Mark Twain Letters", *American Literary Realism*, 2019 (1): 93.

马克·吐温与宗教的关系这一话题也可通过新发现的信件得到进一步的讨论，主要涉及他与基督教科学派（Christian Science）之间的关系。马克·吐温一度是基督教科学派最坚定的批评者之一，他对该教派的创始人玛丽·贝克·埃迪（Mary Baker Eddy）的批判集中体现在他1902年12月和1903年2月发表于《北美评论》（*North American Review*）的文章之中。在马克·吐温的文章连载完毕之后，他的观点遭到了他的二女儿苏茜的朋友路易丝·德丽丝·拉津斯基（Louise Delilse Radzinski）的反驳，信中援引了大量基督科学派教友的捐赠善举以消除马克·吐温对他们的刻板印象，四天后马克·吐温回复了此信：

> 亲爱的拉津斯基小姐，我非常感谢你的来信，你的来信我非常重视。我对埃迪女士有着许多强烈、真诚而又愤怒的敌意观点。我很高兴我能从你这样一个智慧、有担当的人身上找到了相反的观点。[①]

马克·吐温的回信非常简短，并没有对他一向反对的玛丽·贝克·埃迪做出任何的评价，但是他似乎意识到了基督教科学派内部并非铁板一块，该教派中某位代表人物的观点并不能完全代表内部其他人的信仰，这个信件的发现使得马克·吐温与宗教的关系的话题更加复杂化了，我们从中不妨得出这样的一个结论：马克·吐温固然对宗教中招摇撞骗的行径嗤之以鼻，但是对于那些真正符合博爱、平等观念的宗教行为，他始终抱着开放和接纳的态度。

二、马克·吐温演讲录、采访录的出版与价值

（一）马克·吐温的演讲录

1976年保罗·法图特（Paul Fatout）重新编辑出版了《马克·吐温的演讲》（*Mark Twain Speaking*）一书。在该书出现之前，曾经有过两个不同版本的马克·吐温演讲集，分别是1910年由豪尔维斯撰序的版本以及1923年由阿尔伯特·潘恩撰序的版本。相比于之前的两个版本，法图特的这个版本在学术界享有更高的声誉，其创新性和价值主要体现在以下三个方面。

第一，材料收集更加全面。法图特的版本在书籍末尾制作了一份马克·吐

[①] 转引自 Gary Scharnhorst. "A Sheaf of Recovered Mark Twain Letters", *American Literary Realism*, 2019 (1): 91.

温演讲的编年表，提供了一份长达 34 页的马克·吐温演讲目录，该目录下的演讲文章来源渠道具有多样性，包括报纸报道、备忘录、信件和笔记本等。这些演讲的发表时间开始于 1856 年 1 月 17 号，截止于 1909 年 9 月 21 号，而该书总共收集的马克·吐温演讲稿件达到了 195 篇。由于年代久远，一份完整的马克·吐温演讲文稿名单显然已经不可能得出，法图特教授在此所编撰的演讲录就是目前为止最为翔实的版本，因此马克·吐温的著名研究专家托马斯·坦尼（Thomas Tenney）在书评中认为"我们有信心相信，他已经找到了所有重要的演讲，以及绝大部分次要的演讲稿件"[①]。

第二，是对马克·吐温幽默研究的补充。在作家群体中，马克·吐温可能是唯一的一位既具有高超的文学素养，同时也具备强大的幽默演讲能力的作家。过去针对其文章中的幽默进行研究的学术论文中，大多聚焦于他的文学作品，但是实际上，他人生中的至少一半的时间是花费在全国各地甚至是世界各地的幽默演说上的。他的第一次较为成功的公共演说在 1867 年，前一年他刚刚前往三明治岛即现在的夏威夷岛进行新闻报道活动，在顺利完成报道并于 1867 年回到加利福尼亚之后，他通过公众演讲的方式对所见所闻做了栩栩如生的描述，此后便开始了在加利福尼亚州、内华达州等地长达六周的幽默演讲之旅，这为他后来的小说的畅销积累了很高的人气。在接下来的长达半个世纪的时间里，虽然他多次宣称不再进行此类的演讲活动，但是由于各种各样的原因，例如 1894 年出版公司陷入破产窘境，他于 1895 年开始重操旧业进行环球演讲之旅，以缓解债务危机。因此，鉴于他在幽默演讲上所花费的大量时间和精力，以及所保留下来的大量稿件，如果研究者不对他的演讲稿件进行研究的话，马克·吐温的幽默研究必然是存在巨大缺憾的。

第三，马克·吐温幽默演讲稿件的出版还将有助于我们发现马克·吐温的幽默演讲和幽默小说之间的细微差异，加深我们对幽默的理解。幽默演讲稿和小说之间既有其相似性又有着巨大的差异，这是研究者容易忽略但又是十分重要的一点。幽默演说和小说一样是利用语言引起读者发笑和思考，但是演说具有非语言的另外一层维度，正如威廉姆·贝克（William Baker）敏锐意识到的那样，绝大部分幽默演说的魅力会在演说的文字版本中丧失掉，包括"节奏的改变，强调的遮蔽，因为观众已经预料到他的观点而使得句子显得不完整，

---

① Thomas A. Tenney. "Mark Twain Speaking", *American Literary Realism*, 1870 – 1910, 1977 (4): 427.

以及判断观众性情的能力"①，这些方面的丧失构成了幽默研究者所要面临的真正考验，它要求我们在讨论到底什么是幽默的时候，不但要注意到那些言语的现象，更要注意到那些非言语的、沉默的、文字背后的要素。

（二）马克·吐温的采访录

马克·吐温的采访研究领域的学者主要包括路易斯·巴德和加里·西亚恩霍斯特。路易斯·巴德于1977年做了一篇综述式的文章②。该文章对1874年到1910年期间的报纸、杂志、期刊上所刊登的马克·吐温采访进行了囊括式的总结，收录了278个采访报道的梗概信息，并对其中的一些重要采访文本进行了节选和刊登。到了2006年，在加里·西亚恩霍斯特的努力之下，《马克·吐温采访全集》（*Mark Twain: The Complete Interviews*）一书得到编辑出版，该书按照时间顺序，总共收集了258篇针对马克·吐温的采访文章，这已经非常接近巴德所收集的278篇的总量了，而且该书将最早的采访文章上溯到1871年，是目前为止最为全面的马克·吐温采访文章的详细收录。不过，西亚恩霍斯特的工作也并非终点，在接下来的2007年、2008年和2018年里，包括西亚恩霍斯特在内的多位学者又三次对其进行了补充③。经过这些学者的共同努力，目前马克·吐温接受采访形成的文献已经得到了较为全面的恢复，对于这些采访文章的收集、整理、研究的价值，本书将之主要概括为以下三个方面。

第一，总体来说，马克·吐温接受采访的文章数量庞大、信息量丰富。根据路易斯·巴德的说法，"从1879年到1910年，塞缪尔·克莱门斯接受所接受的记者采访比起任何人——也许某些政治人物例外，都要来得多"④，分布在各种各样主流新闻媒体例如《纽约时报》上。除了数量庞大，采访中所涉及的问题还具有很强的时效性，采访者既会根据当时的社会活动、政治议题提出问题，还会让他对自己出版的书籍进行评价等。路易斯·巴德认为，通过采访这种方式所得到的马克·吐温的观点甚至比他通过其他渠道发表的观点更能

---

① William Baker. "Mark Twain Speaking", *The Antioch Review*, 1977 (2): 319.
② Louis J. Budd. "A Listing of and Selection from Newspaper and Magazine Interviews with Samuel L. Clemens 1874-1910", *American Literary Realism*, 1870-1910, 1977 (1): 93-100.
③ 分别详见于 Rache Harmon, Gary Scharnhorst. "Mark Twain's Interviews: Supplement One", *American Literary Realism*, 2007 (3): 254-275; Joe Webb, Harold K. Bush. "Mark Twain's Interviews: Supplement Two", *American Literary Realism*, 2008 (3): 272-280; Gary Scharnhorst. "Mark Twain's Interviews: Supplement Three", *American Literary Realism*, 2018 (3): 275-279.
④ Samuel L. Clemens, et al. "A Listing of and Selection from Newspaper and Magazine Interviews with Samuel L. Clemens 1874-1910", *American Literary Realism*, 1870-1910, 1977 (1): ix.

"作为马克·吐温研究的核心部分",作为一位公众人物,他很好地利用了媒体抛给他的、不断微妙变化的线索,这使得他被人们誉为美国主义的典型代表。

第二,采访较为完整地保存了他对时事政治的看法,对我国学者全面了解其政治观点大有裨益。以我国学者较为关注的反帝国主义言论为例,目前的研究结论的材料依据尚不完整,甚至带有一定的选择性,而那些广泛地分布于访谈中的言论则未受到重视。例如1900年10月马克·吐温从海外返回美国本土之后接受了多家媒体的采访,如1900年10月14号接受《纽约世界报》(*New York World*)的采访、1900年10月16号接受《纽约先驱报》(*New York Herald*)、《纽约论坛报》(*New York Tribune*)等的采访,从中我们可一窥马克·吐温从不反对帝国主义思想到坚定的反帝主义者的思想演变过程及其原因。他在1900年10月16号的《纽约论坛报》的采访中说:"我曾经不是反帝主义者。我以为从政府手中营救出那些遭受了300年苦难的岛屿对我们来说是件好事。但我没有研究过巴黎条约。当我发现这让我们有义务去保护那些修士和他们的财产的时候,我改变了主意。"① 这段表述应当引起马克·吐温研究者的注意,因为它让我们意识到了马克·吐温反帝思想形成的动态过程。

第三,采访内容对马克·吐温作品研究的帮助。马克·吐温访谈文章的一个特别之处在于,他会在访谈之中谈论对其他作家及其作品的评价,甚至还会难得地对自己的文学创作进行评价,这是在其他文献中无法获取的。例如我们都知道他的《哈克贝里·费恩历险记》的一大特色是信手拈来的美国方言,那么这些方言是如何进入他的创作中的呢?为什么其他作家没有达到他的熟练程度?马克·吐温在1891年的一次采访中说道:

> 我出生在其中一个州,我小时候的很大一部分时间是在我叔叔的种植园里度过的,那里有四五十个黑人,全部都是属于他的。这些黑奴是从两三个州里挑选出来的,所以我逐渐吸收了他们携带而来的不同方言。通过研究和观察去学习方言一定是非常困难的。在绝大多数情况下,获得方言只能是通过慢慢地沉浸和吸收,如我所体会到的那样。所以一个孩子可能会通过无意识地吸收去学会方言中的差别,而

---

① Mark Twain, Gary Scharnhorst. *Mark Twain: The Complete Interviews*. Tuscaloosa: University of Alabama Press, 2006, p.358.

一个有经验的作家却无法在20年之后通过近距离的观察来做到。①

马克·吐温在此谈到的童年经历对于我们研究《哈克贝里·费恩历险记》是一个很有价值的补充，因为他不但交代清楚了他的作品的方言成分来源，更强调了这种方言的使用必须是建立在作家对这些方言的长期浸润、耳濡目染的基础之上，它是不可能通过快速的学习获得的，而这正是马克·吐温的小说语言为何能够如此与众不同的根本原因之所在。

三、马克·吐温笔记本、自传的出版与价值

（一）马克·吐温笔记本的出版与价值

马克·吐温生前有写日记的习惯，去世之后留下了大量的笔记本，这些笔记本很早就引起了研究者的注意。1935年，即马克·吐温100周年诞辰之际，阿尔伯特·潘恩编辑出版了《马克·吐温的笔记本》(Mark Twain's Notebook)一书，这是马克·吐温留下的笔记本第一次得以结集出版。潘恩在该书的序言部分中对其价值做了这样的说明：

> 不久前我写了一本马克·吐温的传记。在那本书里面，我断断续续地引用了一些他保存了将近50年时间的日记、日常书籍等，这些材料都不可思议地都被保存完好。这些小书现在完整地呈现了出来。在日记里，一个人是有很多话要说的。他在日记中自言自语，他的思想和他的语言完全是他自己的。②

潘恩在其版本中重点强调自己对马克·吐温日记本内容为真实呈现，这使得该日记的出版受到了当时评论家的好评。例如德兰西·弗格森（DeLancey Ferguson）就说这些日记"提供了一些一直缺乏的东西，即马克·吐温最隐秘的思想的横截面，它们没有编辑的修修补补和删删减减，它们所揭示的并不是

---

① Samuel L. Clemens, Louis J. Budd. "Listing of and Selections from Newspaper and Magazine Interviews with Samuel L. Clemens: A Supplement", *American Literary Realism*, 1870–1910, 1996 (3): 80.

② Mark Twain, Albert Bigelow Paine. *Mark Twain's Notebook*. New York: Harper and Brothers, 1935, introduction.

布鲁克斯先生的想象中的分裂的个人,而是一个整体"①。而从 1975 年开始,弗雷德里克·安德森等人开始先后于 1975 年和 1979 年重新编辑推出了三卷本的《马克·吐温的笔记本和日志》(Mark Twain's Notebooks and Journals),分别覆盖了 1855 至 1873 年、1877 至 1882 年以及 1884 至 1891 年三个时间段中马克·吐温所记下的各式各样的日记。相比于潘恩的版本,安德森版本的价值体现在以下三个方面。

第一,马克·吐温笔记本内容第一次得到了全面曝光。潘恩在其版本中强调他的版本是马克·吐温原稿的完整呈现,但是这并不符合实际。根据麦克斯·韦斯特布鲁克(Max Westbrook)的统计,潘恩的版本"实际上只包含大约四分之一的笔记本以及日记"②,霍华德·贝茨菲尔德(Howard Baetzhold)也认为"潘恩绝对没有完整地呈现笔记本,他的版本包括相对简短的社论评论,大约有 12 万字。目前马克·吐温文献的正文在剩余部分完成之后将有约 45 万字"③。两相对比之下,潘恩的马克·吐温日记立刻就遭到了研究者的强烈质疑。

第二,编撰者对日记内容详细的注释是对马克·吐温的历史和知识语境的极力恢复。马克·吐温的日记内容并不算长,有时候仅仅是寥寥数语,但是在每一节的日记摘选前面都有一篇介绍性的论文,将文本所涵盖的材料放在其历史、政治、社会和个人背景中,这样读者就能清楚地看到这些材料对马克·吐温的生活、艺术和思想发展的影响。除此之外,无比详细的脚注也是该丛书的一大亮点,它可以帮助读者对马克·吐温日记中所提及的历史人物、地点和事件做出甄别。从体量上来说,这些注释占据了全书一半以上的篇幅,可以说达到了穷首皓经的程度,通过这样的注释,马克·吐温研究已经上升到了一种"经学"的程度。

第三,为马克·吐温人生中的一些重要阶段的思想形成过程提供了的证明。从这些日记所覆盖的时间段来看,第一卷日记开始于马克·吐温的 19 岁,记录了他在 1855 年夏天从圣路易斯旅行到巴黎和汉尼拔,然后再到艾奥瓦州的基奥库克期间的各种社会观察。这些日记的内容很短,往往只是几句话,记下来的目的仅仅是让他想起他打算写的东西,或者是他正在接触的东西,比如

---

① DeLancey Ferguson. "Reviewed Work:Mark Twain's Notebook by Albert Paine", *The Mississippi Valley Historical Review*,1936(4):594.

② Max Westbrook. *Western American Literature*,1977(1):73-74.

③ Howard G. Baetzhold. "Mark Twain's Notebooks and Journals", *Modern Philology*,1979(3):307.

他的第一本笔记本上就涉及法语课笔记、颅相学、神学争论等。这些琐碎的记录有何作用呢？罗伯特·里根（Robert Regan）认为，"它虽然是碎片化的，但是它构成了知识领域的一种迷人的地理学，年轻的山姆·克莱门斯就要很快从这些领域出发了"①。罗伯特·里根在此的评价是公允的，以第一卷开篇处所呈现出的马克·吐温对神学论争的关注为例，我们知道，马克·吐温的一生都对神学、宗教、上帝话语充满了兴趣，而这种兴趣来源于何处？是从什么时候开始的呢？对这些问题的回答可以在马克·吐温的笔记中找到。19 岁的马克·吐温在笔记本中做了这样的一段笔记：

Hopson's notion of hell—between 〈 Heav 〉 the sun and eartli—Manford's reply—〈 Sodom & Gomorrah 〉 Says "Hell is there, for it sprung a leak and 〈 [bu] 〉 the drippings set fire to Sodom and Gomorrah and burnt them up."②

这段笔记中提到的人物"Hopson"的全名是温特罗·哈特利·霍普森（Winthrop Hartly Hopson, 1823—1889），是基督教基要主义（fundamentalist）的拥护者，与拥护基督普遍主义的伊拉马斯·曼福源（Eramus Manford, 1815—1884）有观点上的直接冲突和论争，马克·吐温在此对双方就"地狱"问题展开的论争进行了简短的记录，虽然马克·吐温在此并未表态他对此问题的立场，但是从这一小段的日记内容中，我们已经可以瞥见马克·吐温对宗教问题的关注的萌芽。

第二卷记录了马克·吐温 1877 年到 1883 年 2 月间的活动和观察。这段时间中的两个旅程显得比较重要，第一段是 1878 至 1879 年期间，他访问欧洲国家，包括德国、瑞士、意大利、法国、英国等，这为他 1880 年出版的《海外流浪记》（*A Tramp Abroad*）奠定了基础。第二段是他于 1882 年 4 月至 5 月回到密西西比河，这次回访帮助他收集了《密西西比河的生活》的写作素材，并促使他完成了《哈克贝里·费恩历险记》全书的创作。第三卷的马克·吐温笔记本所涉及的时间段是他一生中最关键的一段，《密西西比河上的生活》

---

① Regan Robert. "Reviewed works: *Mark Twain's Notebook and Journals*, Vol. 1". *CEA Critic*, 1975 (3): 17.

② 马克·吐温的笔记内容多较为简要，甚至采用缩写等，此处保持了原来风貌，可见于 Frederick Anderson, Michael B. Frank, Kenneth M. Sanderson, et al. *Mark Twain's Notebooks and Journals*. Berkeley: University of California Press, 1975, p.25.

一书在1883年出版，1884年马克·吐温成立的"查尔斯·韦伯斯特公司"接连出版了获利颇丰的《哈克贝里·费恩历险记》和美国前总统尤利西斯·格兰特的个人回忆录，但是随后他在佩奇打字机的投资上失败，资金枯竭，开始了长达九年的欧洲游历生活。因此，深入马克·吐温在日记中所记录的只言片语，从中寻找他的创作灵感、创作资源，描绘出他的知识图谱，是美国学者花费大量精力和时间对体量巨大的笔记本进行修缮的动力所在。

（二）马克·吐温自传的出版与价值

马克·吐温的自传存在多个版本，按照出版时间顺序，目前被广为认可的包括《北美评论》（*North American Review*）、潘恩、德·沃托、查尔斯·内德和哈利特·史密斯的五个版本。《北美评论》于1906年到1907年分25期刊登了马克·吐温的部分自传内容[①]，潘恩的《马克·吐温传记：塞缪尔·朗霍恩·克莱门斯的个人和文学生涯》出版于1912年，该书虽然没有冠以"自传"之名，但是由于潘恩和马克·吐温之间的亲密关系，该传记历来被看作是马克·吐温自传研究的重要材料之一。德·沃托于1938年接替潘恩成为马克·吐温文学财产的负责人，他从中摘取了十多万字的材料，大部分来源于吐温本人在晚年的口述记录，这些材料经整理后于1940年出版为《愤怒的马克·吐温》一书。查尔斯·内德于1959年把马克·吐温庞杂的自传内容按照时间顺序进行了重新编排，并增添了三万字左右的新材料出版了《马克·吐温自传》[②]一书，但是正如哈德森·隆（E. Hudson Long）指出的那样，"这个新的版本也省略掉了大量材料，它远不是完整的"[③]。从以上三家的编排来看，他们在内容的选择上各有侧重和取舍，未能对马克·吐温的创作全貌做出全面的说明。正是在这样的背景下，诞生了加州大学三卷本的《马克·吐温自传：权威完整版》（*Autobiography of Mark Twain: The Complete and Authoritative Edition*），这一版本是目前最为权威的马克·吐温自传版本，他的出版是马克·吐温研究中一件具有里程碑意义的事件，该套丛书的特点和价值主要表现在以下两个方面。

第一，是马克·吐温自传第一次完整的亮相。马克·吐温在去世之前就留

---

① 这25期自传的完整合集可见于 Mark Twain. *Chapters from My Autobiography*. Auckland: The Floating Press, 1907.

② 该自传已经由许汝祉翻译出版，见《马克·吐温自传》，许汝祉译，译林出版社，1994年。

③ E. Hudson Long. "Reviewed work(s): *The Autobiography of Mark Twain* by Charles Neider", *American Literature*, 1960 (4): 494.

下遗言，经其口述形成的完整自传需要在他去世100年之后才能够出版，因此，一直到2010年，经过加州大学班克罗夫特图书馆的"马克·吐温在线计划"的努力，权威的《马克·吐温自传》才得以陆续于2010、2013、2015年分三卷结集出版，从这个版本的副标题中的"完整、权威"（"complete and authoritative"）的字样，我们也可以感受到编撰者对这套丛书的自信。

第二，该版本保持了对马克·吐温自传最大限度的忠实，这种忠实不但表现在内容上，更表现在编排方法上。马克·吐温是一位对自传创作有着高度自觉意识和方法意识的作家，从1876年开始，他就对自传的创作提出了构想。他说道："我只想尽可能多地按照自己的心愿说下去，漫游式地说，不会在意它会给未来的读者带来什么结果。"① 马克·吐温也确实没有按照传统的时间顺序来对自传进行编排，而是漫游式地、兴之所至地、主题式地进行他的自传书写，所以我们看到，他的自传内容经常从一个主题跳到另一个主题，从一个时间段跳到另一个时间段，而丝毫不关心事物出现的正确顺序。但是，这种方法对于阅读者来说就显得过分随心所欲了，在阅读上会给普通读者造成一定的难度甚至是障碍。不过以哈利特·史密斯为代表的学者并不对这种障碍过分忧虑，相反，他们坚持的是"作者意图"优先的编辑方针，试图最大限度地还原马克·吐温心中的理想自传，而非读者或者研究者臆想中的自传应该有的体例。正如富尔顿在该书评价中所说的那样，这种自传编辑哲学"对于那些要去追溯吐温说了什么、他什么时候说的学者来说，肯定是很有帮助的。这个版本最大的贡献就在于，它试图把'马克·吐温计划'要纳入进来的口述和其他材料以一个合适的顺序进行了编排"②。编辑的策略也从读者、市场的反应中被证明是成功的，虽然《马克·吐温自传》是一部大部头作品，50多万字，包含了详细的注释、附录等偏学术性的内容，但是在美国出版之后却出人意料地广受读者的欢迎，该书甚至登上了《纽约时报》畅销书的排行榜，足见马克·吐温的热度在去世百年之后依然不减。

---

① Mark Twain, Harriet Elinor Smith, Benjamin Griffin, et al. *Autobiography of Mark Twain*. Vol. 1. Berkeley: University of California Press, 2010, p. 283.

② Joe B. Fulton. "Reviewed work（s）: *Autobiography of Mark Twain* by Mark Twain and Edited by HarrietElinor Smith", *Nineteenth-century Literature*, 2011 (3): 389.

小　结

马克·吐温作为美国 19 世纪的一个文化符号，围绕着他展开的文献出版和学术研究俨然成了美国的文学研究中的"经学"。首先，加州大学伯克利分校的"马克·吐温文献"和"马克·吐温在线计划"经百年辗转、建设和补充，保存了最权威、最全面的马克·吐温资料，并已走向了可持续发展的电子化、网络化出版道路。其次，在过去百年之中，纸质版本的马克·吐温书信集、演讲录、笔记本、采访录、自传等的出版发挥了不可或缺的作用。它们的出版首先自然得益于美国丰富的第一手文献材料，这些材料在过去的百年之中不断推陈出新，不断刷新人们对马克·吐温形象的认知，更重要的是，它们不断地解决或者说接近于解决马克·吐温研究中的遗留问题。最后，本章以马克·吐温的性别研究问题为例，对一手文献如何解决该题域中的历史遗留问题并拓展出新的学术空间进行了回顾。性别问题作为马克·吐温研究中的"老大难"，始于布鲁克斯利用精神分析方法进行研究所引发的争论，这一争论绵延至今已历经百年，我们看到，随着相关文献材料的相继曝光，马克·吐温的性别研究争议不但得到了妥善的回应，同时也延伸出了包括"马克·吐温的纯情女性研究""马克·吐温的易装癖描写""马克·吐温的同性恋研究"等与性别问题息息相关的研究领域，出现了以哈姆林·希尔、安德鲁·霍夫曼、特朗布莉为代表的马克·吐温性别研究中的有生力量，他们开始更加注重运用新发现的史料以对马克·吐温问题做出新的解读，理论和文献产生了更好的结合，形成了更良好的互动，这推动了美国的马克·吐温研究走出早期的主观臆断、理论先行的窠臼，而走向更加扎实、更具史料支撑的研究模式。

第三章　英语世界马克·吐温研究的新方法

经过100多年的文献积累,"马克·吐温学"在美国已经累积起来了大量具有巨大潜在价值的史料,但是文献和方法是学术的"两翼",文献必须要和新方法配合才能够将学术材料的价值最大化,但是新方法的产生也并非"平地起惊雷"式的爆发,它一定需要可靠的文献才能够发挥出它最大的潜能,二者之间看似泾渭分明实则互为联络。目前来看,材料和方法的配合在马克·吐温研究中所取得的新突破和价值主要在于对一些重要的老问题的"重访"。这些老问题包括马克·吐温的种族观、宗教观和反帝国主义观等,它们之所以"老",是因为它们一直以来都备受关注且一直充满争议,而吊诡的是争议双方各持己见几十年后依然无法解决其中的矛盾,亟待新方法的介入以提出新的解决方案。在众多的新方法中,本章着重对文本发生学方法和历时研究法做出述评,在述评过程中,本章更为看重的是新方法的作用到底解决了什么问题,以及在多大程度上解决了问题。

第一节　马克·吐温研究中的文本发生学方法及其价值

一、文本发生学研究方法概说

文本发生学方法又被译为发生学、生成批评、生成论、或起源学批评等。法国研究者德比亚齐将这一研究方法比作让读者进入作家私人的工作场所中。在这片秘密的空间里,研究者可以获得大量未完成的珍贵原始资料,通过这些材料,研究者有可能发现作品创作过程中鲜为人知的秘密,也就是说,"这是一项关于材料符号标记的研究,这是一项深入写作过程中的真正的调查"[1]。

---

[1] [法]皮埃尔-马克·德比亚齐,《文本发生学》,汪秀华译,天津:天津人民出版社,2005年,第3页。

具体来说，文本发生学是一种分析作家从创作原型到作品的产生、发展过程的一种文本研究方法。在这个过程之中，它既包括对作家创作过程中生活素材的来源的考察，例如作家写作的事件、人物、生活经验等是如何经过夸张、变形等进入作者的写作之中的。更重要的是，它注重对作家头脑中构思情况的动态变化的关注，比如说作家所最先设想的故事情节是否在前后发生了变化、发生了什么样的变化等。总而言之，此类研究是对作家的创作过程进行动态探究的研究范式，研究者通过观察作家手稿前后的修改和批注、作家平时阅读书目的收集等，对作者的创作动机、创作影响等问题进行推测。因此，作家的各类手稿，例如初稿、修改稿和定稿之前的细微差异的比较就成了研究者观察作者的创作过程心态、思想变化的重要证据，所以在文本发生学研究中，哪怕是一个小小的用词的选择、修改、替换、增减等，都会在研究中得到详尽的考察、假设和求证。在这种研究思路之下，最终出版的小说文本并非唯一需要拿来进行细读和研究的材料，相反，研究者们更加关注的倒是那些未成形的、修改过的草稿等。上文提到的"马克·吐温文献"中就包含了大量的马克·吐温作品的初稿等材料，这使得运用文本发生学方法进行马克·吐温研究具备了坚实的基础。

二、文本发生学研究方法在马克·吐温研究中的成果

在马克·吐温研究领域中，文本发生学的方法从 20 世纪 40 年代开始得到了初步应用，在 90 年代达到高潮，并一直延续到 21 世纪，代表学者包括约翰·赫本（John Hoben）、霍华德·贝茨菲尔德、维克多·多依诺、乔·富尔顿、阿兰·格里本等人。赫本在 1946 年发表的《马克·吐温的〈康州美国佬〉：发生学研究》（"Mark Twain's *A Connecticut Yankee*: A Genetic Study"）一文中对于马克·吐温为何从一开始的"亲英"转向对英国制度鞭笞进行了考究，认为 1883 年马克·吐温与来纽约访问的英国诗人马修·阿诺德（Matthew Arnold）之间的争论是促成马克·吐温对英态度从温和的比较转向犀利的讽刺的关键原因。① 此后，1961 年贝茨菲尔德在《〈康州美国佬〉的创作历程》（"The Course of Composition of *A Connecticut Yankee*: A Reinterpretation"）一文中对于该小说的写作历程进行了一定的修正，认为除了马修·阿诺德对于马克·吐温态度转变的影响，马克·吐温还"似乎几乎很确定地是受到了乔治·凯

---

① John B. Hoben. "Mark Twain's *A Connecticut Yankee*: A Genetic Study", *American Literature*, 1946 (3): 197-218.

南（George Kennan）就俄罗斯和西伯利亚所写的文章的影响"①。此后，在多依诺、富尔顿、格里本等人的努力之下，文本发生学研究在马克·吐温研究中展示出了强大的活力和解决问题的能力。

多依诺是20世纪90年代马克·吐温的文本发生学研究领域的重要代表。多依诺拥有哈佛大学硕士学位和印第安纳大学博士学位，于1969年加入纽约州立大学布法罗分校。他在马克·吐温研究领域采用文本发生学批评的方法写成了《〈哈克贝里·费恩历险记〉的创作：马克·吐温的创造性过程》一书。他在书中明确说道："我的批评方法主要是发生学式的，将之与某一段落的一版、二版和后续版本的细读相结合，再援引必要的一些其他的确凿材料。"②他还对这种研究方法进行了一定的说明。他认为，文本发生学研究是这样的一种方法，"它专注于，但并不局限于最早可获得的草稿和打印版终稿之间所发生的可见变化。主要的对象包括可能获得的潦草记录、笔记、探索性或发现性的草稿、手稿、删除、插入、修改、重新排序、副本、样张、终稿前的修改和最终文本"，总而言之，就是"通过分析吐温实际上写了什么，以研究他的创作过程，即使这些文字或思想在写作的高潮中被立即删除，或者在经过一段时间后，在重新阅读的冷静和精确化中被改变"③。

进入21世纪之后，文本发生学研究取得了新进展，其中的代表研究者是乔·富尔顿和阿兰·格里本。富尔顿于2000年出版了《边缘处的马克·吐温：采石农场的旁注与〈康州美国佬大闹亚瑟王朝〉》一书，正如该书标题所展示的，该书是利用马克·吐温所记录下的旁注来对马克·吐温《康州美国佬大闹亚瑟王朝》一书的创作过程进行还原和分析。阿兰·格里本则是奥本大学蒙哥马利分校的英文文学教授，他是"美国马克·吐温联合会"（"The Mark Twain Circle of America"）的联合创办人，2012年他开始担任《马克·吐温期刊》（*Mark Twain Journal*）的期刊主编，他在2011年推出了删减版的《哈克贝里·费恩历险记》，这在当时引起了很大的争议，但是他的最大贡献在于1980年出版的文本发生学研究的《马克·吐温的图书馆》（*Mark Twain's Library: A Reconstruction*）一书。该书可以看作是一种文本发生学研究方法的

---

① Howard G. Baetzhold. "The Course of Composition of *A Connecticut Yankee*: A Reinterpretation", *American Literature*, 1961（2）: 207.

② Victor Doyno. *Writing Huck Finn: Mark Twain's creative process*. Philadelphia: University of Pennsylvania Press, 1992, pp. xii - xiii.

③ Victor Doyno. *Writing Huck Finn: Mark Twain's creative process*. Philadelphia: University of Pennsylvania Press, 1992, p. 10.

有效应用。它分为三卷,这三卷书的价值在于包含了马克·吐温生前实际拥有或阅读过的书籍目录、版本期刊、注释等,通过这种方式,这套丛书希望能够对马克·吐温的阅读历史进行全面的回顾,以探讨这些书籍对他的创作和思想的形成起到的作用和影响。必须要承认,"马克·吐温文献"的阅读过程远比我们想象的复杂,格里本所进行的努力和所搜集到的材料,也许并不能对马克·吐温的思想来源、影响关系做出定论,但是,相比于"拉郎配"式的平行研究下的"大胆假设",它无疑是前进了一步,而且无疑也将为"小心求证"奠定更加坚实的基础。下面我们就以文本发生学在《哈克贝里·费恩历险记》的应用为例,来说明这种新方法所带来的新契机。

三、文本发生学研究方法对马克·吐温作品研究争议的解释

(一) 学界对《哈克贝里·费恩历险记》小说结尾的争议

马克·吐温的《哈克贝里·费恩历险记》存在诸多争议,其中一点是我们应该如何评价该小说的结尾部分,该部分是否偏离了主题而成为鸡肋。所谓的小说的结尾,实际上其是从 32 章开始,即哈克来到了费尔贝斯农场,汤姆·索亚再次出现,一直到文章最后的大结局,一共 11 章的内容。哈克在 31 章中发誓不惜下地狱也要帮吉姆实现自由,但是汤姆在知道吉姆已经重获自由的情况下,仍然费尽周折用闹剧的方式去解救吉姆,于是解放黑奴的宏大命题沦为孩子过家家式的儿戏。同时,马克·吐温将吉姆自由的获得寄希望于白人主人的怜悯和恩慈,而不是其艰苦卓绝的个人奋斗和反抗,是对以吉姆为代表的广大黑奴的人格和主体性的贬低,也使得哈克所经历的磨难失去了价值。这个显得冗长而又闹剧般的结尾,在美国本土发表的第一篇评论文章中就被注意到了,这篇文章对小说的评价基本上是以正面为主,唯对结尾存有疑虑,它认为"我们可能会感到,汤姆·索亚人为地模仿越狱的冗长的叙述,从中获得的乐趣显得很生硬 (forced)"[1]。这种"生硬"的感觉即使在德·沃托这样马克·吐温的忠实拥护者那里,也受到了批评。德·沃托对该小说第 30 章开始后的内容的评价是,"故事走了下坡路,因为故事的不可信度不断增加。吐温写到了鬼魂、对萨莉阿姨和西拉斯叔叔的欺骗,还有将吉姆从监狱中送出来的

---

[1] Thomas Sergeant Perry. "The First American Review", *Adventures of Huckleberry Finn: An Authoritative Text, Backgrounds and Sources, Criticism*. New York: Norton, 1977. p.302. 原载 1885 年 5 月的 *Century* 杂志,第 171-172 页.

片段，所有这些都远低于该书前文所取得的成就"①。如果说此处的指责还算客气的话，那么德·沃托之后的评价就更加直言不讳了，他说"在英语小说的全部范围里，也没有更加唐突且令人胆寒的倒退了"②，而用海明威的话说，小说的结尾就是一种"欺骗"③。

时至今日，部分学者依然对小说的结尾持保留意见，但是已经脱离了单纯的为否定而否定，而是试图从历史中寻找原因。我们知道，1876年不但是《独立宣言》（United States Declaration of Independence）发表100周年的年份，同时也是美国内战之后的重建时期（Reconstruction Era）结束的时间，随着"海耶斯－蒂尔登妥协案"（Hayes-Tilden Compromise）的通过，联邦军队退出南部，美国进入历史学家所说的"低谷"，标志着美国种族关系的最低点。菲斯金认为这个时代"既是梦想，又是对梦想的否定；既是这个国家以'人人生而平等'为前提而进行的试验中惊人的魄力，又是我们无法兑现承诺的瞠目结舌的失败"④。菲斯金认为这种时代背景"可以解释为什么吐温决定砸烂木筏并搁置了文稿。接下来的七年时间里，恐惧感得到了确认，这很可能引导他去用那种不令人满意的、滑稽模仿式的、刻意的结尾来作为他的小说的选择。吐温无法解决在小说第一部分中所设定的道德困境，这凸显了这些问题令人烦恼的复杂程度，以及哪怕100年后的今天我们要解决它们时的难度，这也许就是为什么结尾部分持续困扰我们的原因之一"⑤。

不同于菲斯金"小说结尾有争议但是情有可原"的论调，学界的另外一种声音，尤其是以艾略特和特里林等为代表的文学界、批评界巨擘们，在20世纪四五十年代对该小说的结尾进行了完全正面的解读，这直接奠定了该小说在文学经典行列中的殿堂级地位。在艾略特的诗学体系中，马克·吐温的小说中的密西西比河是具有能动的、超越性的、形式性的存在，正是对于"形式"/"河流"的关注，使得艾略特对于其他评论家所关注的河流之外的宏大主题，例如黑奴的解放事业、哈克和吉姆的人物性格的发展等显得并不在意，这也是为什么他对于该书备受争议的结尾的缺憾表现得并不那么义正词严，而

---

① Bernard DeVoto. "Mark Twain: The Artist as American", *Adventures of Huckleberry Finn: An Authoritative Text, Backgrounds and Sources, Criticism.* New York: Norton, 1977, p.302.
② Bernard DeVoto. *Mark Twain at Work.* Cambridge: Harvard University Press, 1942, p.92.
③ Ernest Hemingway. *The Green Hills of Africa.* New York: Scribners, 1935, p.22.
④ Shelley F. Fishkin. *A Historical Guide to Mark Twain.* New York: Oxford University Press, 2002, p.144.
⑤ Shelley F. Fishkin. *A Historical Guide to Mark Twain.* New York: Oxford University Press, 2002, p.143.

仅仅认为"该书结尾的情绪应该把我们带回到书的开头。或者说，如果这不是该书正确的结尾的话，什么样的结尾才是正确的呢?"① 相比之下，特里林的评论则显得更加详细。他将马克·吐温的小说与法国剧作家莫里哀的作品《贵人迷》(Le Bourgeois Gentilhomme) 比较，认为小说的结尾具有一种"形式上的灵巧"(formal aptness)，他认定哈克是一位"各方面都平庸，无法很好地承受伴随着一位英雄应该有的关注度和光荣"的人，因此，"小说需要某种机巧能够让哈克返回到无名状态，放弃英雄的角色，跌入到他更愿意的那种背景角色之中"，而要实现这种状态的回归，汤姆就必须要出现，通过他所臆想出来的浪漫主义式的英雄冒险行为，他取代了哈克在这之前所扮演的英雄角色。而这种叙事的模式，特里林将之归源于"流浪小说"的传统之中，正是在这样的叙事传统之下，《哈克贝里·费恩历险记》的结尾不但不显得突兀，反而如特里林所说的，不论在形式还是风格上，都是一部完美的作品。②

两位大牌作家、文学评论家的意见也遭到了众多的批评，其中，马克斯的反对声音最为尖锐，他对艾略特和特里林的观点进行了逐一反驳。首先，对于艾略特含糊其词、一语带过的"该书结尾的情绪应该把我们带回到书的开头"的观点，马克斯反驳认为小说中的哈克从一开始就厌倦了汤姆领导下的小流氓帮派行径，在小说第三章结束之际，哈克就与汤姆分道扬镳，那么一年之后哈克怎么可能重新听从汤姆恶作剧一样的安排以帮助吉姆走向自由呢？其次，他将该小说结尾处的失败归结为"情节上毫无价值的策略、不和谐的闹剧般的声调以及主要人物角色的瓦解"③，马克斯特意强调这三点本质上所涉及的"并不仅仅是形式的问题而是意义"④。也就是说，相比于艾略特对形式的强调，马克斯更加关注闹剧般的结尾对于小说所传达的意义和主题的致命伤害。马克斯认为这个主题是人类重要的道德信念，他引用小说第 19 章中的一段话来阐述了这种信念，"在木筏子上，人家图的就是一个能感到心情愉快，对别

---

① T. S. Eliot. "Introduction to *Adventure of Huckleberry Finn*". London: Cresset, 1950, pp. vii – xvi; 后收录进 Sculley Bradley et al. *Norton Critical Edition of Adventures of Huckleberry Finn*, 2nd ed. New York: Norton, 1977.

② Lionel Trilling. "The Greatness of Huckleberry Finn", *Adventures of Huckleberry Finn: An Authoritative Text, Backgrounds and Sources, Criticism*. New York: Norton, 1977, p.331.

③ Leo Marx. "Mr. Eliot, Mr. Trilling, and Huckleberry Finn", *Adventures of Huckleberry Finn: An Authoritative Text, Backgrounds and Sources, Criticism*. New York: Norton 1977, p.341.

④ Leo Marx. "Mr. Eliot, Mr. Trilling, and Huckleberry Finn", *Adventures of Huckleberry Finn: An Authoritative Text, Backgrounds and Sources, Criticism*. New York: Norton 1977, p.341.

人友友善善，和睦相处"①，这种木筏之上的种族乌托邦的短暂实现构成了该小说最重要的主题和意义，那就是对于自由的寻求。这个主题也为多数批评者所一致同意，例如另外一位重要的马克·吐温学者亨利·史密斯也认为哈克和吉姆的木筏之旅是一种"对自由的追寻"（quest for freedom）②。那么，在马克斯看来，小说的结尾无疑是对自由问题、奴隶解放问题的逃避，是明显地脱节于小说的其他部分的，是作者失控的产物，是对道德信念的背弃。不难看出，小说的"道德观"是马克斯评判小说失败与否的重要标准之一，艾略特和特里林两人基本上是"形式主义观"，即抛开小说的道德意蕴而挖掘小说的形式和结构，这种匹配方法构成了一种逃避，所以他质疑道："两位批评家都基本上是道德主义者，但是在此我们发现，为了赞美一个逃避了一个含糊不清的结构的统一性，他们抛弃掉了一个道德议题，他们努力为克莱门斯的小说所进行的开脱显示出了某种狭隘性，这对于任何熟悉他们工作的人来说都是令人吃惊的，这些事实表明了，在现代批评中，我们可能身处于一种批评家们自身没有完全意识到的趋势之中。"③

可以看出，在马克斯对马克·吐温小说的批评的背后，马克斯实际上的批评对象乃是当时整个学术界的批评生态，他借此表明了他自己的"道德批评"主张："如今，我们尤其需要一种批评，它对道德观念的被忽视要保持警惕。"④ 但是，马克斯的"道德主义"批评范式并没有终止学术论争。詹姆斯·考克斯在 1966 年发表的《哈克贝里·费恩让人不舒服的结尾》（"The Uncomfortable Ending of Huckleberry Finn"）一文以及大卫·伯格（David Burg）1974 年发表的《哈克贝里·费恩的另一种观点》（"Another View of Huckleberry Finn"）的矛头直指马克斯和史密斯的观点。在考克斯看来，以马克斯为代表的读者，是在用"道德化"的眼光误读哈克贝里·费恩的本质身份，而"道德化"正是马克·吐温本人极力抵制的。首先，在哈克的身份上，他指出了一个马克斯论述中的一个重要漏洞，那就是马克斯没有意识到"因

---

① Gerald Graff, James Phelan. *Adventure of Huckleberry Finn: A Case Study in Critical Controversy*. Boston：Bedford Books of St. Martin's Press, 1995, p.131.

② Henry Nash Smith. *Mark Twain: The Development of a Writer*. Cambridge：The Belknap Press of Harvard University Press, 1962, pp.114, 120.

③ Leo Marx. "Mr. Eliot, Mr. Trilling, and Huckleberry Finn", *Adventures of Huckleberry Finn: An Authoritative Text, Backgrounds and Sources, Criticism*. New York：Norton, 1977, p.345.

④ Leo Marx. "Mr. Eliot, Mr. Trilling, and Huckleberry Finn", *Adventures of Huckleberry Finn: An Authoritative Text, Backgrounds and Sources, Criticism*. New York：Norton 1977, p.345.

为哈克的整体身份是基于价值的倒序之上的"①，这里所谓的"价值的倒序"是指哈克在小说中最本质的存在是对文明的逃避，"他是在寻求一条出路，他肯定不是一个反叛者"②；其次，驱使着哈克去帮助吉姆的力量源泉，他并非意识到自己在做着一件高尚的道德事业，而是觉得这是一件让自己舒坦的事情。在这里，考克斯和马克斯表现出了明显的批评哲学观念上的分野，由于这种分野的存在，造成了考克斯与马克斯在解读小说中相同段落的时候给出了完全不同的阐释。例如，19章中出现的"在木筏子上，人家图的就是一个能感到心情愉快，对别人友友善善，和睦相处"，在马克斯那里，可以被解释为种族乌托邦的短暂实现，构成了该小说中最重要的意义，但是在考克斯看来，哈克更注重的是身体所感受到的舒坦，"在几乎所有的情况下，哈克都把用惬意、满意和舒服这些词语来畅想美好的生活"③，按照考克斯在这里所提供的"舒坦"逻辑，那么文章的结尾，马克·吐温的某种所谓的"闹剧式"的转向，不但不是不和谐，反而是一种人物性格的自然发展了。

伯格的观点和考克斯的观点有相似之处，他和考克斯一样都认为不应该用"道德"来要求小说故事的结局，这种"反道德"的立场也可以在马克·吐温本人戏谑的玩笑中找到。马克·吐温在该小说的开头就告诫读者说，"试图在这个故事中寻找一个主题的人们都会被控告，试图从中寻找一种道德的人们将会被驱逐"④。这种"反道德"的倾向也可以在马克·吐温其他作品中的人物塑造中找到，例如《康州美国佬大闹亚瑟王朝》中的汉克·摩根，还包括马克·吐温后期的《该死的人性》（*The Damned Human Race*）等作品。因此，伯格将马克·吐温对道德的看法归结为"压迫的、错误的，指引着我们的选择，同时让我们变得虚伪。因此马克·吐温著作中的真正的道德是：没有一套有效的道德准则，即使有，人们想要靠它生活也不可能"⑤。从这个"反道德"的基本观点出发，上文提到的小说第19章中出现的"在木筏子上，人家图的就是一个能感到心情愉快，对别人友友善善，和睦相处"，在伯格看来就是马

---

① James M. Cox. "The Uncomfortable Ending of Huckleberry Finn", *Adventures of Huckleberry Finn: An Authoritative Text, Backgrounds and Sources, Criticism*. New York: Norton 1977, p.350.
② James M. Cox. "The Uncomfortable Ending of Huckleberry Finn", *Adventures of Huckleberry Finn: An Authoritative Text, Backgrounds and Sources, Criticism*. New York: Norton 1977, p.350.
③ James M. Cox. "The Uncomfortable Ending of Huckleberry Finn", *Adventures of Huckleberry Finn: An Authoritative Text, Backgrounds and Sources, Criticism*. New York: Norton 1977, p.350.
④ Mark Twain. *Adventures of Huckleberry Finn*. Berkeley: University of California Press, 1985, p.xxv.
⑤ David F. Burg. "Another View of Huckleberry Finn", *Nineteenth-century Fiction*, 1974 (3): 303.

克斯先入为主的泛道德式的解读了,马克斯这种无所不在的对小说道德指向的强调,"至少是放错了重点"①。这一论点已经在考克斯的论述中得到了类似的表述,因此并不新鲜。

伯格的文章的真正贡献在于,虽然他推崇马克·吐温小说的结尾,但是他比艾略特、特里林和考克斯等人的论述更加进了一步,也更加大胆且宏大,这就要求他首先要认识到这些人论述中的不足,对于艾略特和特里林的形式主义方法,他认为"虽然它基本和本论文对该小说的观点相容,但是它不幸地模糊了一个重要而简单的事实,那就是该小说的主题、形而上学和形式是统一的,这就偏离了我们的解读了"②。为何伯格称"该小说的主题、形而上学和形式是统一的"呢?他进一步通过引用法国哲学家加缪对"荒谬"的分析来将该小说解读为一部"荒谬推理"式的形而上学小说,伯格所引用的加缪的分析如下:

> (荒谬的推理方法)是分析的方法,而不是认识的方法。因为这些方法都包含着形而上学,它们不知不觉地背离那些它们有时声称尚未认识的结论。因而,一本书的结局已经寓于它的开头部分。这个难题是不可避免的。我在此确立的方法致使感情坦白说,任何真实的认识都是不可能的,惟有显象能被揭示出来,惟有相应的气氛能让人感受到。③

加缪对于真理不可能、荒谬本质、传统道德观与现代形而上学观之间的分野的认识给予伯格巨大的启发。其中"一本书的结局已经寓于它的开头部分"的看法更是可以被用来直接解释马克·吐温小说结尾的争议,马克·吐温没有让哈克如读者所期盼的那样经过艰难的跋涉走向真理,也没有让吉姆通过抗争获得真正的自由(在批评家看来,以华森小姐赦免吉姆的方式赋予吉姆自由并非真正的自由,而是一种对自由难题的疏解的逃避),而是回到了汤姆·索亚历险记式的插科打诨,回到了起点,去重新出发寻求真理。这正是西西弗斯式的悲剧,是"真理不可获得"的体现,也是小说的荒谬主题和回环式叙事形式的统一。因此,伯格认为《哈克贝里·费恩历险记》是一部在本质上更

---

① David F. Burg. "Another View of Huckleberry Finn", *Nineteenth-century Fiction*, 1974 (3): 304.
② David F. Burg. "Another View of Huckleberry Finn", *Nineteenth-century Fiction*, 1974 (3): 312.
③ [法] 加缪,《西西弗神话》,杜小真译,北京:人民文学出版社,2011 年,第 22 页。

加接近于现代派小说哲学的作品。其探索的是人类世界中的"荒谬",该小说也就可以被看作是"现代小说的原型,例如那些视黑色幽默为金科玉律的现代小说"①。

(二) 文本发生学研究方法对争议的解释

为什么马克·吐温让汤姆·索亚重新回到了故事之中?为什么马克·吐温让小说的最后五分之一的篇幅都沦为一种插科打诨和孩童式的嬉戏打闹?这是否破坏了这部本应该可以更加伟大的小说在主题上的统一性?如果小说是以这种方式结束的话,那么这部小说是否还能称得上是一部伟大的小说呢?根据前文,我们知道已经有无数学者对这些问题进行了论争,但是不论是马克斯从道德哲学的角度,还是伯格从加缪的荒谬哲学的角度来进行的解释都存在着一个漏洞,即他们都是采用一些马克·吐温本身之外的理论资源来阐释马克·吐温,而非从马克·吐温本身来看马克·吐温。相比之下,文本发生学的研究方法能够有效地对这一不足进行弥补,下文以多依诺《〈哈克贝里·费恩历险记〉的创作:马克·吐温的创造性过程》等材料为例来对文本发生学方法进行评价。

多依诺对小说的争议持正面的态度,他注意到马克·吐温对文学和版权问题的兴趣,并且从中探索出了一个对小说结尾的"失败"问题的新解释。他认为《哈克贝里·费恩历险记》是在"讲述一个文化程度低下的男孩试图与社会打交道的、统一的故事,这个社会是通过识字和书籍来对自身加以定义并行使控制的"②。对于18、19世纪的美国人来说,大多数的识字的读者的书单中无不充斥着来自欧洲文学的书目,这种"影响的焦虑"在马克·吐温的这本小说中也得到了很好的体现,具体的书目以及"书"这个单词在小说中就出现了49次,这里面被提及最多的包括《圣经》《天路历程》《罗密欧与朱丽叶》《理查三世》《哈姆雷特》《李尔王》以及各种各样的欧洲历史和欧洲传统的浪漫故事等。这些书籍出现的场景耐人寻味,在不同的段落中,我们发现不同的人都在利用书籍作为一种说教材料以树立自身的道德权威、以行使自身的控制权力。因此,我们可以看到,道格拉斯寡妇依靠《圣经》来统治哈克,沃森小姐则是使用拼写课本,连同为玩伴的汤姆·索亚都在用二手的欧洲强

---

① David F. Burg. "Another View of Huckleberry Finn", *Nineteenth-century Fiction*, 1974 (3): 316.
② Victor Doyno. *Writing Huck Finn: Mark Twain's Creative Process*. Philadelphia: University of Pennsylvania Press, 1992, pp. 198-199.

盗、海盗故事来对哈克的拯救计划进行指导和干预。对这种状况，多依诺总结道，"人都有被读过更多书的人控制的经历，或其他书，或特别重要的书，而哈克在该书中努力地把书中告诉他的关于现实的东西付诸实践，他了解到这些书可能是骗人的，也可能是不可靠的"①。

多依诺得出这样的结论并不足为奇，美国学者认为《哈克贝里·费恩历险记》一书展示的是对欧洲文学传统的讽刺，这样的说法在马克·吐温研究中也绝非创新观点。也就是说，多依诺的以上观点并非创新，但是他真正与众不同的地方是在于他论证的方法。一般的学者会将研究的重点放在马克·吐温最终呈现出来的故事情节、人物张力等方面，以阐明马克·吐温揭示欧洲文学传统迂腐性的解构和讽刺的目的，但是多依诺的做法是，他利用马克·吐温未发表的期刊、信件，以及最重要的一点——马克·吐温的亲笔手稿，对马克·吐温的原稿和终稿进行比较，对马克·吐温在亲笔手稿中所做的修改进行了分析，以说明马克·吐温在创作过程中的创作动机和批判指向。通过稿件的比较，研究者可以从中发现有哪些修改。德比亚齐在《文本发生学》中将之归纳为"删除""替代""移动或转移""暂缓"等类型②，多依诺对马克·吐温的《哈克贝里·费恩历险记》原稿中的"替代"类型做出分析。

在小说的第34章中，代表着欧洲文学传统势力的汤姆和代表着批判者的哈克贝里就营救吉姆的计划展开了讨论，汤姆提议：

> 好啊——我们按侦探的那个路子——查清了这回事，这叫我挺高兴的。我是不会按别的路子去查了。现在你来开动开动脑筋，设想出把杰姆给偷出来的方案来，我呢，也要设想出我的方案来，然后我们从中挑选一个最佳方案。③

在原稿的英文版本中，"现在你来开动开动脑筋，设想出把杰姆给偷将出来的方案来"的原文为"now your sail in and study out a plan to steal Jim"，但是在最终的版本中，多依诺发现这句话被马克·吐温改为了"now your work

---

① Victor Doyno. *Writing Huck Finn: Mark Twain's Preative Process*. Philadelphia：University of Pennsylvania Press，1992，p.199.

② [法]皮埃尔-马克·德比亚齐，《文本发生学》，汪秀华译，天津：天津人民出版社，2005年，第57-61页。

③ [美]马克·吐温，《马克·吐温十九卷集·第十卷·哈克贝里·费恩历险记》，石家庄：河北教育出版社，2002年。

your mind and study out a plan to steal Jim"。二者的区别在于"sail in"和"work your mind",多依诺对前者的解读是,它代表了汤姆语气中的中性色彩,因此哈克和汤姆的两个计划在地位上可能具有大致相同的重要性,但在小说付印之际,这一段被作者修改了,多依诺由此对马克·吐温当时的创作心理进行了猜测,认为这个修改"反映出汤姆已经控制了局面,并居高临下地对哈克说话,认为哈克智力不如自己……汤姆把哈克的思想想象成某种需要加以开动的东西"[①]。也就是说,通过个别字词的改变,马克·吐温无形中加强了汤姆和哈克之间所代表的文学传统之间的对抗关系,前者认为后者是一种低级的、粗俗的、没有文化教养的新兴事物。那么,马克·吐温对欧洲文学传统的态度如何?他的态度是如何在小说的修改过程中体现出来的呢?多依诺举了这样的一个例子,即汤姆和哈克在讨论为吉姆挖越狱的通道的时候到底是应该使用铁锨和镐头还是应该使用小刀的问题,哈克在对话中首先问汤姆:

"既然我们不要铁锨和镐头,那我们究竟要些什么呢?"
"要几把小刀。"
"用来在小屋地基下面挖地道?"
"是的。"
"啊哟!这有多蠢!汤姆。"
"蠢不蠢有什么关系,反正该这么办——这是规矩。此外并没有什么别的办法,反正我从没听说过。关于这些事,能提供信息的书,我全都看过了。人家都是用小刀挖地道逃出来的——你可要注意挖的可不是土,而总是坚硬的石头。"[②]

马克·吐温将原来手稿中的"看上去多么愚蠢"直接修改为了定稿中的"这有多蠢"。汤姆试图以欧洲传统为模板,并将之复刻到现实世界中来,对此,如果原稿中的"看上去"在态度和语气上还显得稍微有所保留的话,那么"这有多蠢"则是直接干脆地"减少了表象与现实之间存在差异的可能

[①] Victor Doyno. *Writing Huck Finn: Mark Twain's Creative Process*. Philadelphia: University of Pennsylvania Press, 1992, p.205.

[②] [美] 马克·吐温,《马克·吐温十九卷集·第十卷·哈克贝里·费恩历险记》,石家庄:河北教育出版社,2002年。

性"①，通过这样的修正，马克·吐温最终把汤姆行为及其来源打上了明确的愚蠢的记号。这种借由哈克之口表现出来的对欧洲浪漫主义文学的批评在小说的第36章中得到了最强烈、最直接的暴露。在这一章中，汤姆和哈克顺着避雷针滑到了关押吉姆的小屋中，在纠结该如何救吉姆出去的时候，一向言听计从的哈克表示了强烈的反对，并如此评价汤姆迂腐的计划："这样可使不得，这种办法可是最笨不过的办法。"通过前后文稿的比较可以发现，马克·吐温把"derned"和"dum'd"修改成了"jackass"。"jackass"的轻蔑口气更重，否定色彩更浓，它使得哈克听起来更加独立，表现出了对汤姆的计划的挑战，这种挑战不但是作为小说人物的哈克的声音，更是作为作者的马克·吐温的声音。另外，虽然哈克据理力争，但是汤姆表现得异常顽固，因此汤姆模仿欧洲传统故事情节的欲望、他的自信自负的傲慢压倒了哈克的善意的、更加合理的意见，也使得哈克基本上是以反对者、被迫追随者的身份参与到荒唐的逃亡计划中去的，哈克对于"解放奴隶"这一艰巨任务的态度是需要和汤姆划清界限的。

除了小的词语的修改，大篇幅的内容的增加也是文本发生学关注的对象之一。一位作家在写作之际，并不可能做到文不加点、一气呵成，特别是像《哈克贝里·费恩历险记》这样的长篇小说，作者更不可能做到一蹴而就，相反，作家会随时随地在写作过程中增添很多段落。那么，这些增添的段落就很有可能会是由于作者随着后期写作的推进而及时做出的补充，这些补充往往事关小说主题的和谐统一。这种接近于创作心理学的假设，在文本发生学中占据一席之地，也成为研究者对作家手稿中的增添、插入部分尤其关注的原因之一。在《哈克贝里·费恩历险记》一书中，这样的增添、插入的部分也并不罕见，其中一处最为明显的增添和插入是马克·吐温撰写"沃尔特·斯科特"号沉船的部分，在原稿中的页码被标记为"8i－A－i到81—60"页，现行的版本则是从小说的第12章到第14章。在这部分中，哈克和吉姆在河边漂流，一边是密苏里州，另一边是伊利诺伊州，他们在雷雨中遇到了一艘失事的轮船，哈克不顾吉姆的反对登上了这艘"沃尔特·斯科特"号轮船，偷听到三个劫匪的对话，其中两个准备杀死第三个人，哈克在惊恐中偷偷溜到轮船的尽头，找到了劫匪用来转移赃物的小船。他们趁着两名劫匪回去搬货不注意的时候跳进小船逃走了，而当沉船在河上漂向他们的时候，似乎没有劫匪能够幸免

---

① Victor Doyno. *Writing Huck Finn: Mark Twain's Creative Process.* Philadelphia: University of Pennsylvania Press, 1992, p.211.

于难,哈克和吉姆也阴差阳错地从沉船上获得了部分赃物和一大堆书。①

马克·吐温为什么要增添这一部分的情节呢?相比于小说末尾汤姆执意要进行的花哨的冒险举动,此处的情节也是一种冒险,但是不同的是:第一,这里的冒险并非一种幻想的、不切实际的、浪漫主义式的行为,而是一种真实发生的、惊心动魄的事件;第二,在对待汤姆的态度上,哈克前后的区别更加明显。如前文所述,在小说末尾中,哈克直截了当地批评汤姆,说汤姆的想法是"最笨不过的办法",但是在第 12 到 14 章的冒险过程中,哈克处处表现出来的是对汤姆理念的赞同,例如在第 12 章中,在纠结要不要登上沉船之际,吉姆利用汤姆的行事方法来说服哈克:

> 汤姆·索亚要是在,你以为他会放过它吗?才不会哩,他管这叫历险——他就是这么叫的;他会不顾死活上这破船。他还要讲究个排场——摆出一副大模大样的架子,什么事他干不出来?你大概以为这是克里斯多弗·哥伦布发现了未来的王国。我真巴不得汤姆·索亚在这儿。②

如果将这段话与第 36 章中吉姆对汤姆的怨言"不过我的话他只当耳边风,还是他干他的。一旦主意已定,他就是按他的老路子办"③ 进行比较的话,我们就会赞同多依诺的看法,该小说前后存在的这种明显的分野乃是由于"吐温强调了哈克在小说开头对汤姆价值观的崇敬与小说结尾哈克更为现实的观点之间的强烈对比"④。因此,我们是否可以设想马克·吐温经历了这样的一种创作心理演变过程:他在文章末尾处情节的设计的意图是为了对欧洲的文学传统,例如那些不着边际的历史故事和浪漫传奇进行犀利的讽刺,但是这种讽刺不可能是一步到位的,马克·吐温采用的策略是在发展中将哈克对汤姆·索亚为代表的欧洲文化、文学的崇敬和幻想进行破坏和解构,让汤姆·索亚从最初的被哈克所仰慕、所效仿的形象变为哈克所不满、鄙视和反抗的靶子,如

---

① [美]马克·吐温,《哈克贝利·费恩历险记》,成时译,北京:人民文学出版社,2004 年,第 67-85 页。

② [美]马克·吐温,《哈克贝利·费恩历险记》,成时译,北京:人民文学出版社,2004 年,第 70 页。

③ [美]马克·吐温,《马克·吐温十九卷集·第十卷·哈克贝里·费恩历险记》,石家庄:河北教育出版社,2002 年。

④ Victor Doyno. *Writing Huck Finn: Mark Twain's Creative Process.* Philadelphia:University of Pennsylvania Press,1992,p.211.

果从这个角度来看的话，那么小说末尾让汤姆·索亚重新出现在故事之中，让他主导一场荒唐的拯救计划，并借此让哈克的幻想破灭、让美国读者对欧洲传统不再抱有幻想就成为一种有意为之的设计了。

从美国学界对多依诺的研究成果的反应来看，多依诺的研究方法及其成果受到了很大的关注和很多正面的评价。包括《美国文学》《19世纪文学》《美国西部文学》在内的多家主流学术杂志发表了托马斯·沃瑟姆（Thomas Wortham）、劳里·詹姆皮恩（Laurie Champion）等人所撰写的评论文章，他们基本上都对多依诺的成果表示赞赏。托马斯·沃瑟姆的评价稍显简单，但却不吝啬溢美之词，他旗帜鲜明地认为多依诺的研究"对这一重要课题的贡献自始至终都是见多识广的、明智的、学术严谨的，而且非常有帮助。没有人如此仔细和具体地研究过小说中重要的艺术关注点，例如语调、人物塑造、幽默、描述和意象，以及情节""自始至终都是娴熟的，并且做了优秀的文学批评应该做的事情：增加我们对文学对象的欣赏"[1]。劳里·詹姆皮恩的评价更为具体，他首先也认为多依诺"引人入胜的文本分析和他才华横溢的观察有效地告诉了我们小说是如何演变的，他以一种清晰、简洁的风格进行研究写作……这本书对吐温的学者和任何一位对艺术家创作过程感兴趣的人来说都是一笔财富"，除了这种对于研究成果的可信度、严谨度和简洁度的评价，劳里也意识到了该书对于解决《哈克贝里·费恩历险记》争议的巨大价值，相比于将马克·吐温的《哈克贝里·费恩历险记》看作是一部有缺陷的小说，多依诺认为它是一部统一的小说，多依诺的论证令人信服地揭示了《哈克贝里·费恩历险记》的结尾是"对现实主义、本土主义和实用个人主义所进行的爱国式的、高潮式捍卫，而不是对外国价值观的捍卫"[2]。

从以上论述可以看出，文本发生学研究最有价值的地方是在细微处暴露大问题。马克·吐温在第12章中所做的增添、插入的操作、在第36章等处对词语的替换、对汤姆·索亚的批评语气的加强，这些手稿之间客观存在的或大或小、或明或暗、或直接或间接的修改，如果没有文本发生学的介入，如果没有像多依诺这样的学者去苦心比对、解读的话，并不会得以在我们现在看到的最终版本中展示出来。这些创作过程中思想变化的细枝末节和微小的思绪变化，很可能就会彻底地消失于大众读者和文学评论家的视野之中了。对于大众读者

---

[1] Thomas Wortham, G. B. T. "Recent Books", *Nineteenth-century Literature*, 1992 (3)：396.

[2] Laurie Champion. "Reviewed Work：*Writing Huck Finn: Mark Twain's Creative Process* by Victor A. Doyno", *American Literature*, 1992 (4)：826.

来说，他们当然只需要看到最终的成品，并享受这个成品给他们带来的阅读的乐趣，但是对于专业的读者和研究者来说，如果忽略了这些不易觉察的变化，也许就会影响到对于文学史、对于马克·吐温，以及对于他的作品的恰当、公允的评价。但是这种方法极其考验研究者获取一手文献的能力，这对于中国的学者来说无疑是一大鸿沟，当然这一鸿沟也并非不可跨越。本书在"美国马克·吐温研究的一手文献"一章中已经就我国学者可以获得的马克·吐温一手文献进行了一定的说明。随着互联网技术和电子化书籍的普及，外国作家一手文献的获取已经并非天堑，关键在于我们是否能够转变观念，摆脱只将外国文学看作是"意识形态的构造物"的看法，而走向更加求真务实的学术之路。

第二节 马克·吐温研究中的历时研究方法及其价值

一、马克·吐温种族、帝国、宗教观研究中的争议

如上文所言，任何一种研究方法的引入都必须是以问题为出发点的，历时研究方法在马克·吐温研究中的价值也是如此。本节将首先对马克·吐温种族观、帝国观、宗教观三个研究领域内存在的争议进行简要回顾，然后对历时研究方法如何介入这些争议甚至解决这些争议做出评论。

在马克·吐温的种族观问题上，"马克·吐温是否是种族主义者"这一问题不但是萦绕在《哈克贝里·费恩历险记》研究中的问题，更是马克·吐温传记研究中的重要争议问题之一。在我国学术界，这一问题似乎并没有成为问题，因为在我们的印象中"马克·吐温反对一切种族歧视。他的许多作品都以黑人为主要人物，赞扬了黑人奴隶争取自由的正义斗争，强烈谴责了黑奴制度"[1]。确实，在马克·吐温成年后的大部分作品及其所作所为中，他都表现出了对非白人的弱势种族的同情和支持，但是，马克·吐温研究是否能够仅仅以他成熟时期的思想作为代表概括他的全部面貌，这种做法是否忽视了他成长过程中可能存在的观念转变甚至是不为人知的黑暗一面呢？换言之，他对种族问题的看法是否前后一致、贯彻始终呢？这些问题很早就引起了美国学界马克·吐温研究者的注意。

---

[1] 邵旭东，《国内马克·吐温研究述评》，载《外国文学研究》，1984年第4期，第133页。

在帝国主义问题上，不论是美国还是国内学者都十分关注马克·吐温的反帝国主义思想内涵，认为他是中国人民反帝事业的支持者。崔丽芳发现"吐温的同情态度往往被中国学界片面地夸大了，有学者甚至采取二分法简单地将他视作同美国等帝国主义进行不懈斗争的国际英雄、伟大的民主主义战士、中国人民在美国的最真诚的朋友……这种话语表述实质上是被政治化、绝对化的思维方式所禁锢，是以'为我所用'为目的，对文本材料进行主观上的取舍裁剪之后所作出的结论"①。作为对这种"为我所用"论的反驳，崔丽芳将马克·吐温视作一位受"西方中心论"思想局限，用"他者"的眼光观看中国的"东方主义"者。此观点自萨义德《东方主义》《文化与帝国主义》等书籍在20世纪末传入中国并掀起"东方主义"热以来，一直延续至今，影响深远。它摆脱了人们对马克·吐温神圣化的解读倾向，意识到马克·吐温反帝思想中的多面性和局限性，把马克·吐温拉下神坛，使得他从伟大的反帝主义斗士变成一位西方中心主义者，马克·吐温的形象也因此在两个极端之间摇摆。本书认为，造成这种摇摆的一个重要原因在于目前的研究在对材料的占有上还有不足之处，例如在讨论到马克·吐温反帝国主义观的时候，我国学者文章所涉及的国家多为中国，而较少涉及南非、印度、刚果等，此外研究覆盖的时间段也稍显不足，多聚焦于1900年左右的马克·吐温晚年阶段，而对马克·吐温在19世纪六七十年代等早期阶段的关注稍嫌不够，这一"窄化"的视野会笼统化马克·吐温思想演变过程的动态特征，从而造成马克·吐温学术研究停滞不前的风险。

在马克·吐温的宗教观问题上，研究者使用了五花八门的称谓，例如无宗教信仰者（unbeliever）、无神论者（atheist）、异端者（heretic）、异教徒者（infidel）、社会批评家（social critic）等，这些词语在美国学界有微妙的差异，暗含着研究者对待马克·吐温宗教观念不同的态度。第一种是无宗教信仰者和无神论者，这是一种尚属于中性的描述，强调的是马克·吐温"不信神"，第二种包括异端者、异教徒者，强调的是马克·吐温的"异端邪说"，这种命名在美国学界中带有明显的贬义和敌意，第三种是社会批评家，强调的是"批评者"这一身份。具体来说，第一种较为温和、中性，持这种观点的人也斩钉截铁地认为，马克·吐温与宗教信仰基本无缘，例如威廉姆·菲尔普斯就宣称"马克·吐温没有任何一丝一毫的宗教信仰"②，在《克莱门斯先生和马

---

① 崔丽芳，《马克·吐温的中国观》，载《外国文学评论》，2003年第4期，第123页。
② William Phelps. "Mark Twain", *Yale Review*, December 1935, p.295.

克·吐温》一书中，凯普兰断言马克·吐温"他从来没有成为一名基督教徒"①，在《马克·吐温的发明》（*The Inventions of Mark Twain*）中，约翰·劳伯（John Lauber）也认为马克·吐温是一位"完全没有宗教信仰的人"②。第二种称谓也不乏支持者，一直以来就是美国学界给马克·吐温贴的一个醒目的标签，早在20世纪30年代，这种声音就出现在报纸、期刊评论上。美国作家麦克斯·伊斯特曼（Max Eastman）将马克·吐温称为"那位伟大的不信教之人"（the great infidel）③，体现在这个称呼里面的矛盾修辞法很好地反映了一部分人对马克·吐温宗教观既爱又恨的态度。人们一方面欣赏他为美国文学留下的充满本土气息的作品，但是也对他不敬神甚至是侮辱神的话语心存芥蒂。第三种声音也甚嚣尘上，例如方纳于20世纪60年代出版的传记《社会批评家马克·吐温》一书的第四章，直接以"宗教"为标题，对马克·吐温的早期宗教熏陶、共济会和他的妻子的影响等问题进行了讨论，在最后，他提出了这个被之前以及后来的学者所广泛论证但依然争论不休的问题，那就是马克·吐温到底是不是异教徒。他的回答是否定的，并在该书中为马克·吐温特殊的宗教观做了辩护。他并不否认马克·吐温对正统宗教的排斥情绪，他说到"确实，在他生命的很早阶段，吐温就开始质疑他所受的宗教教育的真实性了，并且，随着他对基督教教义信仰的消失，他就拒绝了正统的宗教了"，但是，方纳也提醒我们要注意马克·吐温对宗教现象的强烈的、终生的关注，也就是说，马克·吐温与宗教这一人类特有的社会现象之间存在着斩不断理还乱的恩怨，他认为马克·吐温特别感兴趣的是去"调和基督教伦理和他所处时代的社会结构"之间的关系，他排斥的是"束缚任何社会的"宗教，呼吁的是"帮助人和社会的宗教和教堂"，期待的是"一个真诚、勇敢、重要、现实、活力的宗教"，因为它能够"鼓励人们去创造一个新的世界"④。总的来看，方纳试图将马克·吐温描述为一位对传统宗教的成规戒律和丑陋罪恶不吝批评、鞭笞的批评家、人文主义者，他的宗教批评并非针对宗教本身，而是针对腐朽的宗教教义，针对宗教制度在发展过程中与其初衷的严重背离。上述三方观点基本上都能够获得充分的实证材料和文本支持，反映了目前美国学界对马克·吐温宗教身份问题的复杂认知现状。

---

① Justin Kaplan. *Mr. Clemens and Mark Twain: A Biography*. New York: Simon and Schuster, 1983, p.80.
② John Lauber. *The Inventions of Mark Twain*. New York: Hill and Wang, 1990, p.16.
③ Max Eastman. *Harper's Magazine*, 5 May 1938, p.621.
④ Philip S. Foner. *Mark Twain: Social Critic*. New York: International Publishers, 1966, p.153.

从上文论述中可以看出，贴在马克·吐温身上的标签有很多，如种族主义者、西方中心论者、异教徒等，不论是支持者还是反对者都可以引用马克·吐温的部分言论和行为来进行论证，研究者试图通过某个"名"得出一个可靠的"实"，从而对马克·吐温进行认知和定位。本书无意于对这些"名"的确切含义进行语义或者语用上的辨析，因为这种贴标签式的研究无益于对马克·吐温纷繁复杂、千头万绪甚至是自相矛盾的宗教观做出客观的描述，并不适用于马克·吐温这样具有复杂人格的作家。那么，唯一的出路就只能存在于以一种历时的眼光、采取一种历时的方法去考察他的思想演变，去了解他的种族观、宗教观、帝国观是如何随着环境而不断发生演变的，这也正是本小节要完成的目标，我们试图在历史方法的视角下，结合马克·吐温的一手文献材料——他的文学作品、书信、笔记等——对马克·吐温的争议身份做出线性的描述。我们并不追求对他的角色进行正"名"，相反，历时性的研究反而使单一的"名"相对化、复杂化和片段化了，不过好在也许对于像马克·吐温这样的作家来说，复杂化才是他真正的特征，也只有经过了这种复杂化的过程，"实"也许才有了浮出水面的可能。有鉴于此，下文中我们将看到美国学者是如何采用历时研究的方法和材料进行马克·吐温研究的，需要重点关注的是历时研究的方法是否能够解决目前存在的问题和争议以及如何解决。

二、历时研究方法对马克·吐温研究争议的解决

（一）历时研究方法在种族主义研究中的应用

如上文所述，马克·吐温的种族思想并没有看上去的那么简单，在英语世界中马克·吐温也并非一位完美无瑕的"反种族主义斗士"，对此争议的研究和回应已经从"本质主义"走向了"相对主义"，研究者开始意识到回答"马克·吐温是否是种族主义者"这样的问题的关键首先在于要弄清它到底针对的是什么阶段的马克·吐温。这也就意味着马克·吐温的思想本质不断地被精细化地、片段化地进行研究了，其中的代表学者包括迪克森·维克多、亚瑟·佩蒂特、菲斯金、邓普西等人。

首先我们来看迪克森·维克多的《汉尼拔的萨缪尔·克莱门斯》一书。汉尼拔是马克·吐温童年的家乡，当地的种族风貌如何、马克·吐温家庭内部如何看待奴隶制度以及如何对待奴隶等问题是该书重点关注的问题。在该书的第六章"汉尼拔的法官克莱门斯"一章中，我们可以看出克莱门斯的父母对他的种族观的影响。他的父亲从事黑奴买卖的工作，并且经常对黑奴拳打脚

踢，而他的母亲在奴隶制上的态度尤其耐人寻味，她"受到赞成奴隶制的《旧约》文本和布道的教育"①，将奴隶制度看成是天经地义的事情。但是另一方面，我们也可以发现她时常以一颗善良的心对这个罪恶的制度做调和。当时他家的一位黑奴男孩成天到晚在家引吭高歌，这使得小小年纪的克莱门斯无法忍受，他的母亲则这样开导他："你想想，他从他的母亲那里被卖掉，母亲在马里兰，离这里有一千多英里，他再也见不到她了，多么可怜啊。当他唱歌的时候，就说明他并没有那么伤心；他的吵闹声让我几乎无法专注，但是我一直在听，我一直很感恩，如果桑迪不唱了，我才会伤心呢！"② 在这个故事中，黑奴小男孩与母亲分别的痛苦和克莱门斯母亲对于黑人痛苦的感同身受讽刺性地并置、交织在了一起，这一方面培养了克莱门斯对奴隶制度的默许，另一方面又引起了他对奴隶的同情。在马克·吐温离开汉尼拔开始在东西部各地闯荡之后，这种童年时期的潜移默化如何影响到马克·吐温成年之后的种族观，这是另一位重要的研究者佩蒂特所关注的。

佩蒂特从20世纪70年代开始对马克·吐温种族观的历时描写做出了很大的贡献。③ 佩蒂特的两篇文章《马克·吐温在西部时对黑人的态度》("Mark Twain's Attitude Toward the Negro in the West, 1861—1867")、《马克·吐温与黑奴：1867—1869》("Mark Twain and the Negro, 1867—1869")分别发表于《西部历史季刊》(*Western Historical Quarterly*)和《黑人历史期刊》(*The Journal of Negro History*)这两本历史学期刊上。我国学界的吴香兰已经注意到了佩蒂特对于马克·吐温早期种族偏见及其来源的研究，包括马克·吐温在19世纪70年代对自己早期种族观念的反省等。④ 但是美国学界对于马克·吐温成年前的种族环境的研究并没有结束，就佩蒂特来说，他在1974年又结集出版了《马克·吐温与南方》(*Mark Twain and the South*)对这一问题进行了更加详细、全面的探讨。除此之外，2002年，菲斯金的《马克·吐温历史指南》中的《马克·吐温与种族》("Mark Twain and Race")一节是另一篇重要的论文，菲斯金提纲挈领地概述了"吐温与种族"下的重要议题，包括他早期的种族偏见、他的父亲约翰·克莱门斯的黑奴买卖工作、他早年的见闻对他

---

① Dixon Wecter. *Sam Clemens of Hannibal*. Boston：Houghton Mifflin, 1952, p. 73.
② Dixon Wecter. *Sam Clemens of Hannibal*. Boston：Houghton Mifflin, 1952, pp. 73 - 74.
③ 佩蒂特的论文包括"Mark Twain, Unreconstructed Southerner, and His View of the Negro""Mark Twain's Attitude Toward the Negro in the West, 1861 - 1867""Mark Twain and the Negro, 1867 - 1869"。
④ 吴兰香，《马克·吐温早期游记中的种族观》，载《解放军外国语学院学报》，2010年第04期，第107 - 112, 128页。

日后创作的影响、他的岳父家族的反奴隶制事业、他晚年对印第安人态度的转变，等等。

在佩蒂特的《马克·吐温与南方》一书以及他的三篇论文中，佩蒂特对马克·吐温与南方、与奴隶制的关联进行了接近于逐年逐月的、事无巨细的描绘，这种描绘像显微镜成像一样，使得我们清晰地看到了马克·吐温一点一滴累积而形成的思想变迁。佩蒂特的研究确认维克多对马克·吐温家庭内部的种族环境的观察，他发现克莱门斯的母亲"喜欢提醒她的孩子们，她的父亲在大革命之前曾经是弗吉尼亚山麓地区一位富裕的奴隶主。在她的两位成年的儿子与北方家庭联姻之后，不管是出于后天养成，还是出于本能，她的举手投足都还是像一位南方贵族"，而马克·吐温的父亲"约翰·克莱门斯在奴隶制度的践行上并非总是仁慈的，1823年他把一个17岁的男孩以250美元的价格卖给了密西西比的一个男人，而在边界的南方人看来，密西西比州的奴隶制度就是地狱般的存在"[①]。而从大的环境来看，根据马克·吐温创作于19世纪80年代但是未发表的一篇文章，当时"聪明的、善良的、神圣的人都同意奴隶制度是正确、公正且是神圣的"[②]。在综合了马克·吐温已经发表和未发表的文献之后，佩蒂特认为至少马克·吐温在1853年之前对于奴隶制度的态度是默许的，而他的态度的改变则是要等到1862年："在1862年初，突然之间，克莱门斯开始重新选择他的立场了。他明显是被内华达高涨的联邦情绪所震惊了，他第一次开始对自己的南方的信念产生动摇，接着就将它们抛却了。"[③]而在论文《马克·吐温在西部时对黑人的态度》《马克·吐温与黑奴：1867—1869》中，佩蒂特将马克·吐温的19世纪60年代分为两段，原因在于1861到1867年之间，马克·吐温主要是在美国西部的内华达、加州和夏威夷岛等地从事新闻报道工作，佩蒂特观察到马克·吐温在政治态度上已经开始从拥护南方转变为拥护北方，但是矛盾的是他对待黑人的态度基本一样，他表现出来的对黑人的种族偏见在这个时期里达到了巅峰，成为"长期存在的歌舞表演传统中的愚蠢、笨拙、轻浮的黑人的白种人的代言人"[④]。而1867年之后的三

[①] Arthur G. Pettit. *Mark Twain & the South*. Lexington: University Press of Kentucky, 1974, pp. 16-17.

[②] Arthur G. Pettit. *Mark Twain & the South*. Lexington: University Press of Kentucky, 1974, p. 14.

[③] Arthur G. Pettit. *Mark Twain & the South*. Lexington: University Press of Kentucky, 1974, pp. 16-17.

[④] Arthur G. Pettit. "Mark Twain's Attitude Toward the Negro in the West, 1861-1867", *The Western Historical Quarterly*, 1970 (1): 61.

年，佩蒂特认为是克莱门斯人生中虽然不完整但是却很关键的一个分水岭[①]，表现为两方面：首先是在文学创作上，佩蒂特发现马克·吐温 1869 年后半段发表于《水牛城快报》(Buffalo Express) 的一系列短文已经预示着马克·吐温开始意识到黑人人物角色中的两个重要因素，即方言和幽默，这为他多年之后的《汤姆·索亚历险记》和《哈克贝里·费恩历险记》的创作奠定了坚实的基础，而更重要的是，在对待黑人的态度上，马克·吐温已经发生了关键性的转折，佩蒂特将其中的原因简要地归结为 1867 年马克·吐温更加广泛的旅行，这些旅行让他的视野得以拓宽，例如在"桂格之城"号轮船上遇到了新英格兰地区的清教徒、在 1868 年于华盛顿从事新闻记者工作以及他和奥利维亚家族的结识等。[②] 总的来看，佩蒂特的研究是紧密围绕着与马克·吐温相关的历史事件展开的，他通过马克·吐温小时候的经历、他的家庭遭遇的记录，复原了一个种族的"小环境"，这当然是作为一部马克·吐温传记应该具备的，但是当时的"大环境"如何呢？限于专著的重点所在，佩蒂特并没有对当时的大环境做出更多细节的描写，这项工作由特雷尔·邓普西在《寻找吉姆：塞缪尔·克莱门斯世界中的奴隶制》(Searching for Jim: Slavery in Sam Clemens's World) 一书中进行。

相比而言，邓普西的《寻找吉姆：塞缪尔·克莱门斯世界中的奴隶制》一书在侧重点和文献来源上存在着明显的差异。首先，该书的标题已经透露出了它与专门的马克·吐温研究不一样的地方。在这个标题中"吉姆""奴隶制"与"克莱门斯"是并列的，可见该书主题不但是克莱门斯，更是要对克莱门斯所浸润其中的奴隶制度社会进行揭示，因此不同于佩蒂特利用史料对克莱门斯的思想变化进行线性的追溯，邓普西的侧重点倒像是利用克莱门斯作为线索对奴隶制度进行调查。其次，侧重点的差异造成了二者在史料使用来源上的不同。佩蒂特利用的是马克·吐温传记等与他相关的历史资料，而邓普西则更多的是利用《汉尼拔信差》(Hannibal Messenger)、《帕尔迈拉辉格党周报》(Palmyra Weekly Whig) 这样的当地报纸或是政府公文资料。

虽然二者之间不论是在侧重点、视角和资料来源上都有一定的不同，但是，二者却能够在诸多问题上形成有效的互动、互证和互补，从而深化了我们对马克·吐温种族观念成长的历时变化的认识。例如，佩蒂特提到马克·吐温

[①] Arthur G. Pettit. "Mark Twain and the Negro, 1867-1869", *The Journal of Negro History*, 1971 (2): 88.

[②] Arthur G. Pettit. "Mark Twain and the Negro, 1867-1869", *The Journal of Negro History*, 1971 (2): 95-96.

对汉尼拔地区奴隶制的普遍性和残忍性的记忆十分模糊,"像很多边疆南部人一样,马克·吐温对于奴隶制度到底是残忍还是仁慈的记忆是有困难的"①,为何会产生这种记忆上的模糊甚至是缺失呢?邓普西从奴隶主人口统计的角度给出了一个解释。他认为当时支持奴隶制度的合理性存在的原因不但是经济方面的,更是政府的、法律的、宗教的,方方面面的社会制度和机构都卷入了对奴隶制度的支持和美化之中,"密苏里东北部奴隶制度的本质和范围就被模糊和弱化了"。邓普西特别指出了一个重要原因,那就是"人口数据的曲解"。他以1850年马里恩县(Marion)的人口统计为例,发现"马里恩县人口为12182,其中2852人,即24%是奴隶。当年的人口统计列表中出现的奴隶主为732人,占该县白人人口的8%"。乍看之下,奴隶主人口数量是很少的,奴隶制度是很有限地存在的。但是,"人口统计只计算了那些拥有奴隶的奴隶持有者……因此,像克莱门斯家庭这样在1850年前进行奴隶租赁的人就不会被计算为奴隶主"②。这就导致了人们的印象中奴隶主数量稀少的一项,但是实际上,使用奴隶的现象则要比数据统计显示的普遍得多。

　　对马克·吐温的童年所生活的密苏里汉尼拔地区的种族环境进行研究的专著还有很多,我们在这一节中只是以维克多、菲斯金、佩蒂特和邓普西的研究成果作为其中的代表。他们的研究已经足够证明这样的一个观点:如果将观察的视野拉长到马克·吐温的一生,那么实际上马克·吐温的种族观念是非常复杂的甚至是跌宕起伏。他并不是个别人所宣称的臭名昭著的"种族主义者",也不是天生的"反种族主义斗士",任何将马克·吐温的思想观念"污名化"或"圣化"的观点都可能是在未对材料充分占有的基础上得出的。美国马克·吐温研究的一大趋势是在扎实文献的基础之上,更多地吸收历时研究的方法,以追求更加精细化、微观化的学术运作,去寻找马克·吐温的思想观念在时代进程、社会潮流和权力空间之下的不断演变,这正如马克·吐温在《赤道环游记》中解释他父亲对待黑奴的坏脾气时候说的那样:"他打人是由于当时的风气,而不是出自他的天性。"③

---

　　① Arthur G. Pettit. *Mark Twain & the South*. Lexington: University Press of Kentucky, 1974, p. 14.

　　② Terrell Dempsey. *Searching for Jim: Slavery in Sam Clemens's World*. University of Missouri Press, 2003, pp. 78 - 79.

　　③ [美]马克·吐温,《马克·吐温十九卷集·第十三卷·赤道圈纪行》,潘辛等译,石家庄:河北教育出版社,2002年,第298页。

(二) 历时研究方法在帝国主义研究中的应用

抛弃了本质主义的研究路线，吸收历时的视角，美国马克·吐温研究对其反帝思想的路径做出了以下三个阶段的划分：夏威夷岛之旅阶段、美西战争和第二次布尔战争阶段和加入和退出"刚果改革协会"阶段，具有代表性的研究者是兹维克、方纳等。

1. 第一阶段：夏威夷岛之旅阶段

第一个阶段是在 1866 年，当时加利福尼亚和夏威夷之间的第一条轮船航线开通，马克·吐温受《萨克拉门多联合报》（*Sacramento Union*）的派遣，前往夏威夷①进行考察，评估这些岛屿的状况和未来商业前景。他以信件的形式发回报道，对当地风土人情、社会经济状况做了绘声绘色的叙述，使得读者们产生了强烈的兴趣。等他结束考察之后，他利用自己的所见所闻从 1866 年 10 月 2 号开始，在旧金山的马圭尔（Maguire）音乐学院进行了第一次公开演讲，从此开始了在加利福尼亚州、内华达州等地的公共演讲之旅，受到了极大的欢迎。在演讲中，他所讨论到的一个重要议题是美国是否应该吞并夏威夷岛，这是当时美国本土特别是美国西部的民众甚为关心的话题。如吉姆·兹维克所言，"在吐温进行他的岛屿之旅的前两个月，新的客船已经开始在旧金山和火奴鲁鲁之间穿行了，夏威夷的美国人和旧金山的商业领袖们都希望这些能够带来的不但是更加密切的商业关系，而且是对夏威夷的兼并。他们将马克·吐温关于夏威夷的演讲视作一个推进实现这一目标的机会"②。具体而言，研究者已经注意到从 1866 年到 1873 年期间，马克·吐温对美国是否应该兼并夏威夷的态度经历了一个戏剧性转变："在他从夏威夷发给《萨克拉门多联合报》的信件以及他早期的演讲中，他是支持吞并夏威夷的，他强调，通过和夏威夷的糖业生意伙伴的结盟，西海岸可以获得利益，他还畅想将旧金山的金门（Golden Gate）打造为一个全球性的亚洲和太平洋财富得以流入的港口"③。由于马克·吐温的早期演讲文稿特别是第一次演讲的内容已经无法得到完整的确认，因此我们只能从阿尔伯特·潘恩的记录进行佐证。潘恩在传记中引用了马克·吐温的演讲内容：

---

① 当时还叫作"三明治岛"（Sandwich Island）。
② Jim Zwick. *Confronting Imperialism: Essays on Mark Twain and the Anti-imperialist League*. West Conshohocken: Infinity Publishing, 2007, p.79.
③ Jim Zwick. *Confronting Imperialism: Eessays on Mark Twain and the Anti-imperialist League*. West Conshohocken: Infinity Publishing, 2007, p.83.

> 我不知道现在全世界的糖的产量如何，但是十年前，根据商务部专利局的报告，是 800 000 大桶。夏威夷岛，在那些富有进取精神的美国人的合理培育之下，能够提供三分之一之多。随着太平洋铁路的修建，"中国邮政专线"（China Mail Line）蒸汽船到达火奴鲁鲁，我们可以让美国人填满这些岛屿，为三分之一的文明世界提供糖……这些财产势必要落到一些继承人身上，那为什么不是美国呢？①

除此之外，潘恩也明确指出，马克·吐温第一次演讲时，"他支持的想法是美国拥有这些岛屿，他详细地阐述了这个观点"②。因此，总的来说，马克·吐温对于美国兼并夏威夷这一问题的考量是从经济发展的角度出发的，看中的是夏威夷的制糖业能够为美国带来的可观经济效益。

但是，这种纯粹从经济角度出发为美国拓展提供理由的主张很快就发生了改变。方纳认为这一"巨大的转变"（volte face）早于 1867 年就已经发生了，"吐温在好几年里重复着夏威夷岛的演说，但是他很快就删除了支持吞并的那些段落"③。方纳所援引的例子是马克·吐温发表于 1867 年的讽刺性短篇小说《信息通缉》（"Information Wanted"）。文中，马克·吐温塑造了一个四处寻求安生之所却不断遭遇厄运的叔叔形象，讽刺了美国政府四处兼并领土的行为，方纳甚至认为马克·吐温的讽刺文章"帮助人们挫败了国务卿威廉姆·苏厄德（William Seward）兼并丹麦圣托马斯岛（Danish Island of St. Thomas）的计划"④。而在反对兼并夏威夷岛的例子中，马克·吐温所扮演的反吞并者的角色就更加充分了。1872 年夏威夷岛的国王卡赫哈梅拉五世（Kahehameha V）去世后，吞并主张的拥护者的声浪更高，而这个时候马克·吐温接连在《纽约论坛报》（New York Tribune）上发表了两篇重磅讽刺文章，抨击拥护者虚伪的道德立场和欲盖弥彰的经济目的，"文明"的弊端及其引发的灾难成为马克·吐温反对吞并的最重要的依据。在发表于 1873 年 1 月份的文章中，他写道：

---

① Albert Bigelow Paine. *Mark Twain: A Biography*. 3 Vols. New York：Harper and Brothers，1912，p. 1601.
② Albert Bigelow Paine. *Mark Twain: A Biography*. 3 Vols. New York：Harper and Brothers，1912，p. 293.
③ Philip S. Foner. *Mark Twain: Social Critic*. New York：International Publishers，1958，p. 311.
④ Philip S. Foner. *Mark Twain: Social Critic*. New York：International Publishers，1958，p. 311.

贸易者带来了劳动力和花里胡哨的疾病，换句话说就是慢性的、蓄意的、精准的毁灭。传教士们带来的是各种恩惠的手段，让它们准备就绪。两股力量和谐地协作，任何对数字有所耳闻的人都能够准确地告诉你什么时候最后的那位卡纳卡人（Kanaka）① 会倒在亚伯拉罕的怀中，他的岛屿会落入白人的手中。②

对于马克·吐温在挫败吞并夏威夷岛的计划中所发挥的作用，媒体和学者给予了高度的评价，方纳认为，"当吞并运动被挫败之后，伦阿尔诺王子（Lunalilo）正式宣布成为夏威夷岛的国王之后，《纽约论坛报》称赞吐温在这一结果中扮演了重要的角色"③，而《纽约论坛报》更是直言，"事实就是他的文章毫无疑问地将比尔王子推向了宝座"④。

以上的第一段经历很能够说明马克·吐温的思想转折问题。根据上文所述，他对兼并领土可以带来的巨大经济效益比任何人都心知肚明，但是，经济贸易交流引发的文明冲突和弊端逐渐胜过了单纯的经济考量。这个巨大的转变在一年的时间里面就在马克·吐温的身上发生了，其原因何在？这是否是一位作家良心的突然发现和良知的自发觉醒？内在的因素固然不可忽略，但是外因一样重要。兹维克同样有此疑问并对此进行了探讨，"他往东部移居，远离了兼并夏威夷的狂热支持者们。在他的第一次演说中，他畅想加利福尼亚州会在美国与亚洲的贸易中扮演重要角色，这一想法不太可能会被东部和中西部的听众们所接受，他似乎将之从讲稿中删掉了"⑤。兹维克的论述虽然还未深入，但是已经抓住了马克·吐温1866年到1870年这五年人生环境的改变对他的思想变化的巨大影响。如果我们回顾马克·吐温的人生轨迹，我们就会发现，在1866年之前，他的活动范围基本是在美国西部，而当时的美国西部弥漫着开疆拓土、积累财富的炽热氛围。在结束了密西西比河上无忧无虑的水手生活之后，他于1861年跟随哥哥奥里昂·克莱门斯来到内华达州，目的也毫不例外地是通过淘金快速致富，身处这样的时代洪流之中，经济目的压倒了其他一切

---

① 即夏威夷原住民。
② Mark Twain. "The Sandwich Islands", *The Complete Essays of Mark Twain*, Garden City: Doubleday & Company, 1963, p.16.
③ Philip S. Foner. *Mark Twain: Social Critic.* New York: International Publishers, 1958, p.313.
④ Philip S. Foner. *Mark Twain: Social Critic.* New York: International Publishers, 1958, p.313.
⑤ Jim Zwick. *Confronting Imperialism: Essays on Mark Twain and the Anti-imperialist League.* West Conshohocken. PA: Infinity Publishing, 2007, p.84.

并不足为怪。而到了1866年之后,他重心东移,并于1869年与来自东部的奥利维亚订婚,一年后顺利结婚。身份、环境的改变之下,马克·吐温逐渐开始了从经济至上主义向人道主义的转向,他天性中拥有的同情弱者的本能开始复苏。但是与其说此时的马克·吐温已经成为一名坚定的反吞并、反帝国主义者,不如说他开启了矛盾复杂的思想斗争的下半生,在接下来的40多年里,他周游列国,更加广泛地接触到殖民地国家的生活和人民,他的反帝思想也一直处于多种因素、力量的激荡之下。

2. 第二阶段:美西战争与第二次布尔战争阶段

第二个阶段是美西战争和第二次布尔战争阶段(1898年4月—1902年5月)。在该阶段,马克·吐温反对美国政府采取的扩张政策并逐渐走向了反美帝国主义阵营,而对该阶段所发生的第二次布尔战争(1899),他的态度也经历了从支持英国到支持布尔人的转变,这一阶段的一个重要事件是马克·吐温于1901年当选"纽约反帝国主义联盟"(New York Anti-imperialist League)副主席一职,他开始通过组织的力量发出反帝的声音。在该阶段,世界局势发生着深刻的变化,欧洲列强、日本和美国在亚非拉国家进行军事竞赛和巧取豪夺。对于马克·吐温来说,他对1898年爆发的美国-西班牙战争的态度变化是他的反帝思想转变中的一个标志性事件,他从帝国战争正义性的美梦中醒来,发现了隐藏在所谓正义、自由、民主之战背后的野心。他在1898年夏天写给自己的朋友兼牧师特威切尔的信中还在表达对美国的支持,他写道:"我从来没有喜欢过一场战争,包括写在历史书上的,但是我现在很喜欢目前的这场战争。因为据我的了解,这是最值得为之而战的一场战斗。为个人自由而战是一件值得的事情。"[①] 但是很快,他就开始对自己的乐观主义反悔了,"当美国对西班牙说古巴的暴行必须要终止的时候,美国占据了全能的上帝创造地球以来一个国家能够占据的道德的最高点。但是当她争夺菲律宾的时候她就玷污了这枚旗帜"[②]。而对于美西之后的美菲战争,"刚开始他根本没注意到发生在菲律宾的战争,他只把它当作是古巴自由之战的一个阶段"[③]。但是随着时间的推移,到了1900年之后,即马克·吐温回到了美国本土之后,我们才发现他开始从不同的角度来看待美菲战争,他在信中写道:"很明显,我们没有打

---

① Arthur L. Scott, "Mark Twain: Critic of Conquest", *The Dalhousie Review*, 1955 (1): 50.
② Arthur L. Scott, "Mark Twain: Critic of Conquest", *The Dalhousie Review*, 1955 (1): 50.
③ William M. Gibson. "Mark Twain and Howells: Anti-imperialists", *The New England Quarterly*, 1947 (4): 442.

算让菲律宾人自由,也不打算把岛屿还给他们。"①

这种思想上的转变的原因来自何处呢?为什么他在欧洲的时候就没有能够看到帝国主义者发动的战争的非正义性呢?吉布森提出了三个理由,首先是"没有获取不带有偏见的新闻的渠道,而读到《巴黎协定》之后,他才相信美国的仁义战争已经演变成了一场征服的战争",《巴黎协定》在他的思想转变过程中发挥的作用随后也得到了马克·吐温本人的确认,在《纽约先驱者报》(New York Herald)的采访中,他说:"我认真地阅读了《巴黎协定》,我发现我们并不打算让菲律宾人民自由,而是要去征服他们。我们是去那儿征服的,而不是去拯救。"② 其次,是回到美国本土之后,"和豪尔维斯的重聚以及二人在1900年秋天长时间的交流增加了他对帝国主义问题的了解,让他的思路变得清晰了,并牢固了他反帝国主义者的倾向"。最后,马克·吐温在南非的逗留和他对阿非利坎人对英帝国主义的反抗的同情让他将南非的情况与菲律宾做对比,发现了二者身上的相似性,从而将同情转移到了菲律宾人民身上。正是由于这些原因,马克·吐温在正式回到美国本土之后,就通过各大主流报纸发声,表明了自己的反帝主义者身份。在1900年10月15号的《芝加哥论坛报》(Chicago Tribune)上他回答记者他是否是一位反帝主义者的时候说:"嗯,是的,几年前我还不是。我过去觉得把全部的自由给予菲律宾人民是一件伟大的事情,但是现在我估计得让他们自己把自由还给自己了。"③ 在《纽约先驱者报》上他说:"对于我来说,让这些人自由是我们的荣幸和义务,让他们按照自己的方式处理他们自己的国内问题。所以我是一名反帝主义者。我反对把老鹰的爪子放在任何其他的土地上面。"④

这一阶段的另外一场重要战争是1898年爆发的第二次布尔战争。马克·吐温在美帝扩张的问题上持坚定的反对立场,他在第二次布尔战争的态度上则更加耐人寻味。在这场战争中,布尔人是17世纪就来到南非建立起殖民地的荷兰人后裔,并在历经百年之后成为当地的主要民族;而英格兰在这场战争中充当的是后来的入侵者和资源争夺者的角色。马克·吐温支持布尔人,因此英

---

① William M. Gibson. "Mark Twain and Howells: Anti-imperialists", *The New England Quarterly*, 1947 (4): 442.

② William M. Gibson. Mark Twain and Howells: Anti-imperialists, *The New England Quarterly*, 1947 (4): 445.

③ Mark Twain. "Anti-imperialist Homecoming", in Jim Zwick, *Mark Twain's Weapons of Satire*, New York: Syracuse University Press, 1992, p.4.

④ Mark Twain. "Anti-imperialist Homecoming", in Jim Zwick, *Mark Twain's Weapons of Satire*, New York: Syracuse University Press, 1992, p.5.

国方面的战争操盘手塞西尔·罗德斯（Cecil Rhodes）① 自然就成了他的主要攻击对象。在马克·吐温的笔记本中，他不无讽刺地说道：

> 他们（南非人民）认为塞西尔·罗德斯 30 年前就应该被吊死了。我觉得这是夸大其词的感受、恶意、恶毒，这并不公平，我不会对任何人这样不公平，甚至是罗德斯先生这样的人，虽然我不支持他。30 年前他就应该被吊死，这个想法在我看来是一个过于严厉的判决，但是如果你把它定位于 29 年 6 个月的话，那我同意。②

尽管马克·吐温对罗德斯这种到处兜售战争的战争贩子深恶痛绝，但是，在对待这场战争的整体态度上，亨特·霍金斯援引马克·吐温给豪尔维斯的一封回信来说明马克·吐温的反常态度，马克·吐温在信中说："这是一场肮脏的犯罪式的战争，不管从任何角度来说都是可耻的、没有任何理由的。"可是话锋一转，他继续说道："但是我必须不那样做了。因为英格兰必须屹立不倒；它将意味着俄国和德国堕落的政治向我们扑来，它将笼罩全世界，让全世界都陷入一种中世纪的黑夜之中，陷入奴隶制度之中，直到基督再次到来。即使是错的——它就是错的——英格兰也必须要挺住。"③ 在这段话之中，我们可以发现马克·吐温的态度是自我矛盾的。这种矛盾的态度并非孤例，再比如，一方面他不吝对布尔人所创造的文明表示赞美和仰慕，他说："幸福、食物、住所、衣服、大规模买卖的劳动力、适度理性的抱负、诚信、善良……满足于一个谦逊和平的生活，没有疯狂的刺激——我还没有见过一种比这个更高级、更好的文明的形式。"④ 尽管如此，小约翰·达勒姆（John Durham Jr.）却发现"当战争爆发之际，然而，他的仰慕并没有让他公开地同情英国的敌人。他认为英国谋杀式的行为是有罪的，但是他并没有讲出来"⑤，也就是说，马克·吐温对英国发动战争是默许的。

针对这种冲突的观点，诸多学者从当时的世界政治局势、马克·吐温与英

---

① 塞西尔·罗德斯是一位英国商人，南非的采矿大亨和政治家，从 1890 年到 1896 年担任开普殖民地的首相。
② 援引自 Philip S. Foner. *Mark Twain: Social Critic*. New York：International Publishers，1958，p.333.
③ William M. Gibson. "Mark Twain and Howells：Anti-imperialists"，*The New England Quarterly*，1947（4）：442.
④ Albert Bigelow Paine. *Letters of Mark Twain*. New York：Harper and Brothers，1917，p.695.
⑤ John M. Durham. "Mark Twain and Imperialism"，*Revista de Letras*，1965（6）：69.

国的亲密交流等方面进行了分析。1873 年德国、俄国、奥匈帝国组成"三皇同盟",1887 年德国、俄国签订条约,这些都让英美感受到了威胁,亚瑟·斯科特(Arthur Scott)认为马克·吐温也有这种受威胁的心态:"看起来马克·吐温拥有着一种政治家式的权力—政治观点,把英格兰和美国看作是亲戚式的共和体,为了保持世界权力的平衡,他们必须要不惜一切代价紧密团结在一起"①,这其中的代价自然包括支持英国卷入第二次布尔战争。除国际层面的考量之外,马克·吐温个人与英国之间的亲密互动也被认为是原因之一。斯科特认为:"吐温长时间地相信智力和情感可以互相独立地行动。1899 年他展示出了这套理论,告诉所有来询问他意见的说他的理智是和英国人在一起的,但是他的心却是和受压迫者布尔人同在。"②

马克·吐温第一次正面支持布尔人则要等到他 1900 年 10 月回到美国接受《纽约先驱者报》采访的时候,"他第一次公开赞扬布尔人,并且称赞克鲁格总统,后者被英国人胁迫离开南非前往欧洲。吐温很确定'这位老英雄'和他所代表的事业终将成功"③。随后,同年 12 月 12 号,当时还是《伦敦早邮报》记者的温斯顿·丘吉尔(Winston Churchill)来美国讲述他在南非的战地故事,马克·吐温利用这个接待活动的机会发表演说,将美国在菲律宾的战争和英国在南非的战争相提并论,"我认为英格兰犯下罪行,踏入了南非的一场战争之中,它本可不失信誉和尊严地加以避免,而我们也一样将我们自己填进了菲律宾的一场战争之中……"④ 因此,我们看到,无论是菲律宾战争还是第二次布尔战争,当马克·吐温于 1900 年结束环球旅行回到美国本土之后,他的反帝意识开始逐渐坚定了起来,他开始抛弃诸多顾虑,更加毫不留情地对英美等国在世界范围内发动的战争进行批判。这个转变的背后的重要原因之一在于马克·吐温所获得的信息的渠道的变化。在环球旅行的日子里,他处于漂泊不定的迁徙之中,还要考虑到自己如何能够尽快地还清债务,因此,虽然他还保持和美国本土的好友豪尔维斯之间的信件联系,也通过阅读书报等了解国际局势,但是并没有办法直接接触到美国本土声势渐隆的反帝运动,这可以从 1900 年 10 月 6 号他回答纽约《世界报》记者问题时看出,他在被问到对于帝国主义的立场的时候说道:"你问我什么叫作帝国主义,好吧,我曾经有过一

---

① Arthur L. Scott. "Mark Twain: Critic of Conquest", *The Dalhousie Review*, 1955 (1): 49.
② Arthur L. Scott. "Mark Twain: Critic of Conquest", *The Dalhousie Review*, 1955 (1): 49.
③ Philip S. Foner. *Mark Twain: Social Critic.* New York: International Publishers, 1958, p.338.
④ Mark Twain. "Introducing Winston S. Churchill", in Jim Zwick, *Mark Twain's Weapons of Satire*, New York: Syracuse University Press, 1992, p.11.

些看法。对我来说不利的是我不了解我们的人民是赞成还是反对把他们自己播撒到全球各地。如果他们赞成，那我很遗憾。因为我觉得这个进展是不明智的，也没有必要……"① 当他还清债务、心无旁骛地回到美国本土的时候，他听到看到了更多本土的反对声音，信息渠道的拓宽终于能够让他更加坚定地为反帝事业做出更大的贡献。

3. 第三阶段：加入和退出"刚果改革协会"阶段

第三个阶段是1904年到1906年，该阶段的重要活动是他参与和退出"刚果改革协会"（Congo Reform Association），这个阶段他发表了《利奥波德国王独语》（"King Leopold's Soliloquy"）这一政治讽刺文章。该文是马克·吐温的反帝作品中篇幅最长的一篇，其矛头指向的是比利时国王利奥波德二世（1835—1909），他建立了"刚果自由州"（Congo Free State），使其成为自己的私有财产，并实行血腥的统治。1904年亨利·吉尼斯（Henry Grattan Guiness）、埃德蒙德·莫尔（Edmund Dene Morel）和罗杰·凯斯蒙特（Roger Casement）三人创建了"刚果改革协会"，旨在反抗比利时国王统治，并帮助那些受到压迫和剥削的刚果人民获得自由和民主。马克·吐温于1905年11月23号成为该协会的副主席，1906年2月10号他又突然辞掉了这一职务，这引起了人们对他的动机的猜测。

贾斯丁·凯普兰在《克莱门斯先生和马克·叶温》一书中认为其原因应该是马克·吐温害怕该协会会影响到自己知名作家的身份，"到1905年，他的名人身份使得他变得沉溺于名声之中，并且开始让他作为公众良心的意志变得愈来愈迟钝了"②，但是这样的论断显然站不住脚，甚至是自相矛盾的。成立于1898年的反帝国主义联盟及其反战主张，在当时的美国社会中并非主流，1902年5月3号《纽约晚邮报》（New York Evening Post）发表了一篇标题为《烦人的反帝主义者》（"The Pesky Anti-imperialist"）的讽刺文章，可以从侧面证明反帝运动在美国本土所受到的阻力："我们知道，对于反帝主义者而言，假装他们还活着是一件让他们烦恼的事情。他们频繁地死掉。1899年之后，我们就再也没听见过他们的消息了。"③ 因此马克·吐温希望通过加入反

---

① Philip S. Foner. *Mark Twain: Social Critic*. New York: International Publishers, 1958, p. 337.
② Justin Kaplan. *Mr. Clemens and Mark Twain: A Biography*. New York: Simon and Schuster, 1983, p. 366.
③ "The Pesky Anti-imperialist", *New York Eevening Post*, May 3, 1902, p. 4. 该文被收录于 Roger J. Bresnahan. *Time of Hesitation: American Anti-imperialists and the Philippine-American War*. Quezon City: New Day Publishers, 1981, pp. 154 – 156.

帝国主义联盟以增加曝光度的说法显然是无稽之谈。学者霍金斯也不认为马克·吐温对自身名声的爱惜是他退出的主要原因，因为"虽然吐温肯定可以感受到来自一群可敬的少数派的支持，也许甚至他还很享受他的牛虻的角色，但是他一定也意识到了主流情绪是侵略性的"①，因此他将马克·吐温的退出原因归结为该协会对马克·吐温的过高要求，"'刚果改革协会'的领导们把这位深受爱戴的作家当作影响公众意见的最佳工具，他们开始在他身上施加过多的要求。在70岁高龄，吐温缺乏继续下去的体力了。除此之外，作为一位艺术家，他觉得他不能让自己为唯一的政治利益所困"②。

不管出于何种原因，马克·吐温最终还是选择了退出该协会，鉴于马克·吐温并没有直接披露退出的原因，因此学者的争论并没有定论，但是这一具有放弃意味的举动却很大程度上反映出了反帝思想在美国的艰难处境，马克·吐温反对美国对菲律宾的侵略，支持美国政府介入比利时在刚果的横征暴敛行为，但是事态的发展并没有如他所愿，反而是走向了他的反面。因此，在1906年之后，他的反帝思想被蒙上了一层悲观主义的阴霾，"吐温失去了对于人类的勇气和决定自我命运的信仰"③，在1906年到1908年的自述中，他开始不停地表达着对人性的沮丧和绝望，1906年12月13号他说："基于人性，我觉得我们必须要预期到我们会逐渐逐渐地走向君主政治。这是一个让人感到悲哀的想法，但是我们不能改变我们的本性……我们必须要被某些人所鄙视，我们认为这些人高于我们，我们不快乐；我们必须有某个崇拜、羡慕的人。"④我们看到，这个时候的马克·吐温，即使还没有失去反抗帝国主义的决心，也已经没有了对其进行攻击、捍卫自己理想的力量，这标志着马克·吐温持续了11年的反帝国主义事业以悲剧的方式结束了。

（三）历时研究方法在马克·吐温宗教观念研究中的应用

最虔诚的信徒也无法保证从出生到去世都是一位虔诚的宗教徒，渎神者的养成也并非一日之功。马克·吐温对宗教信仰的态度也存在着或强或弱的矛盾冲突，发生过或大或小的各种转向，任何试图在马克·吐温身上贴上某个宗教

---

① Hunt Hawkins. "Mark Twain's Anti-imperialism", *American Literary Realism*, 1993（2）：36.
② Hunt Hawkins. "Mark Twain's Involvement with the Congo Reform Movement: A Fury of Generous Indignation", *The New England Quarterly*, 1978（2）：149.
③ Hunt Hawkins. "Mark Twain's Anti-imperialism", *American Literary Realism*, 1993（2）：43.
④ Bernard DeVoto. *Mark Twain in Eruption: Hitherto Unpublished Pages About Men and Events*. New York/London: Harper and Brothers, 1940, p.64.

身份标签的行为都无法对其思想中的复杂性做出完整的归纳，这同样促成了历时研究方法在马克·吐温宗教观念研究中的运用，学者从马克·吐温童年时期、结婚前后、离开哈特福德后的晚年三个阶段来对他宗教观念的演变做出了历时性的描绘。

1. 马克·吐温童年时期的宗教教育

童年时期，马克·吐温从小就在母亲的引导下参加了主日学校，这些学校是英美国家开办的在星期日为青少年进行宗教、文化教育的免费学校，兴起于18世纪末。在19世纪上半叶，即马克·吐温的青少年时期，这类学校的发展正好达到了鼎盛。根据迪克森·维克多的记载，在1843年，即马克·吐温八岁时，他的母亲成为一个长老会教堂的成员，她经常带着马克·吐温前往教堂或主日学校，他在这些宗教场所受到的教育影响了他的一生。[①] 从负面的影响来看，童年的教堂时光给他留下压抑的印象是不可否认的，这在他的《汤姆·索亚历险记》《哈克贝里·费恩历险记》《傻瓜国外旅行记》等作品中显露无遗，主日学校成了汤姆·索亚最讨厌的地方，马克·吐温小说对主日学校中孩子们机械背诵《圣经》的描写也充满了嘲讽：

> 我的读者中又有多少人，将为此而结结巴巴、一心一意地去背出二千节经文呢？可是，玛丽硬是用这个方法得到过两本《圣经》哩——那可是下了两年苦功啊——而且还有一个德国血统的男孩得到了四五本哩。有一次，这个孩子连背三万节经文，一刻不停，但是，由于他的脑筋紧张得过了度，从那以后，他几乎就成了个白痴——这真是主日学校一个重大的不幸……[②]

在这段描述中，主日学校成为一个摧残孩子天性的地方，而对教会人员的攻击也随处可见。例如在《傻瓜国外旅行记》中，当马克·吐温到达意大利时，他对巨幅宗教壁画的评价是"笔法虽然那么拙劣，痛苦神情也不减丝毫。我们到了教会那套愚民政策的中心和老家——一群幸福、愉快、知足的笨蛋，迷信、堕落、贫困、懒散、胸无大志的废物的中心和老家"[③]。但是，尽管马

---

① Dixon Wecter. *Sam Clemens of Hannibal*. Boston：Houghton Mifflin, 1952, p. 86.
② [美]马克·吐温，《马克·吐温十九卷集·第七卷·汤姆·索耶历险记》，彭嵋森译，石家庄：河北教育出版社，2002年，第44页。
③ [美]马克·吐温，《马克·吐温十九卷集·第四卷·傻瓜国外旅游记》，吴钧陶、叶冬心译，石家庄：河北教育出版社，2002年，第188页。

克·吐温经常性地对《圣经》和教会流露出反感和强烈的批评的态度,他仍然在 15 岁之前就"通读了《圣经》"①,这也为他日后的创作积累了不可或缺的素材②,因此,《圣经》在他思想中的印记也是"不可磨灭的"③,而且这种"不可磨灭的"影响也并非全然负面的。同样是在《傻瓜国外旅行记》中,马克·吐温也会在字里行间闪烁出对于理想的宗教的向往和渴求,例如他写道:"在星光下,加利利漫无边际,只有辽阔的苍穹,真是个舞台,适宜搬演人间大事,适宜兴起一种能够拯救世界的宗教,适宜威严的大人物奉命登台,宣布天意。"④ 这种充满了诗意的浪漫主义期许在马克·吐温的游记中并不常见,但也并非不存在,正因为其少见,因此更容易会被有意无意地掩盖、遗漏,不过还是有包括乐兰德·克劳斯(Leland Krauth)在内的研究者注意到了该小说中马克·吐温时不时流露出来的对宗教的严肃态度,克劳斯就发现这个"文本中严肃的时刻远超过那些搞笑的",甚至认为吐温的道德观念并没有过度的离经叛道之处,相反,"吐温的道德观念几乎是平庸传统的",马克·吐温游记中所展示的"文明的中心依然是老一套的宗教以及起源于宗教的道德观"。⑤

如果说文学作品中的宗教观还带有解读者的主观色彩以及臆测的成分的话,那马克·吐温的生平书信就更能够有力地表明他的态度了。在 1865 年他写给哥哥奥里昂的信中,他十分坦率地说:"现在让我给你布个道吧。我的人生中只有两个强烈的志向。一个是成为一名水手,另外一个是当一名福音牧师。我完成了第一个,但是在另外一个上失败了,因为我没法让我拥有一个必需品,那就是宗教。"⑥ 马克·吐温内心中的这种"想成为牧师但是没有办法实现"的矛盾声音并非昙花一现,一年后,他在写给自己的外甥塞缪尔·墨

---

① Sherwood Cummings. *Mark Twain and Science: Adventures of a Mind*. Baton Rouge: Louisiana State University Press, 1988, p. 18.

② 有关吐温作品中的《圣经》隐喻情况的研究请参见 Allison Ensor. *Mark Twain and Bible*. Lexington: University of Kentucky Press, 1969; Susan K. Harris. *Mark Twain's Escape from Time: A Study of Patterns and Images*. Columbia: University of Missouri Press, 1982; Stanley Brodwin. "Mark Twain's Theology: The Gods of a Brevet Presbyterian", in Forrest G. Robinson, *Cambridge Companion to Mark Twain*. New York: Cambridge University Press, 1995, pp. 220 - 248.

③ Sherwood Cummings. *Mark Twain and Science: Adventures of a Mind*. Baton Rouge: Louisiana State University Press, 1988, p. 18.

④ [美] 马克·吐温,《马克·吐温十九卷集·第四卷·傻瓜国外旅游记》,吴钧陶、叶冬心译,石家庄:河北教育出版社,2002 年,第 472 页。

⑤ Leland Krauth. *Proper Mark Twain*. Athens: University of Georgia Press, 1999, pp. 54, 61.

⑥ Edgar Marques Branch, et al. *Mark Twain's Letters:* 1853 - 1866, Vol. I. Berkeley: University of California Press, 1988, pp. 222 - 223.

菲特（Samuel Moffett）的信中说：

> 亲爱的萨米，保持你的步调，你会在某天变成一位传播福音的伟大牧师的，那么我就心满意足了。我自己想成为一名牧师，这是我唯一有过的真诚愿望，但是不知怎么地，除了这个志向以外，我没有任何资格去实现它。在成为牧师这件事情上我总是无法达到预期期望。那么我就希望我们家族中的某人可以从事并且取得成功。①

从这些信件的表述中，我们可以感受到一个在宗教信仰中苦苦挣扎、自相矛盾的形象。他自己不愿意也没有办法说服自己成为一位虔诚的教徒，但是他不无真诚地劝导身边有条件的亲人按照自身的意愿去努力成为一名牧师。马克·吐温这种希望宗教能够真正帮助到需要的人的自由主义观念即使是在19世纪七八十年代之后，甚至是1904年之际，也依然没有改变，可以说贯穿了他的一生。例如1874年，马克·吐温在针对爱尔兰历史学家威廉·莱基（William Edward Hartpole Lecky）的著作《欧洲的道德：从奥古斯都到查理曼》的评论中说道："如果我没有理解错这本书的话，那么它就毫无疑问地证明了两件事情：第一，基督教就是地狱的产物；第二，基督教是赐予这个世界的最为珍贵可爱、振奋人心且高尚圣洁的恩惠。"② 在19世纪80年代，他又写道："我不会干涉任何人的宗教，无论是加强它还是削弱它……对他来说，它可能很容易成为一种极大的安慰——因此对他来说是一种宝贵的财产。"③ 从中，我们可以看到，马克·吐温非常清楚地意识到宗教可以帮助大多数人应对人生的怀疑、痛苦和死亡等困境，如果要求别人像他自己那样去怀疑，甚至脱离宗教，很可能会给他人的心灵带来巨大的精神真空。

2. 结婚前后阶段马克·吐温的宗教求索历程

在这个阶段，马克·吐温的妻子和他的牧师对其宗教观念影响甚大。马克·吐温在成年后开始身体力行地参加宗教仪式、活动等，这主要得益于他后半生最重要的两个人的影响，即他的妻子奥利维亚以及他的牧师朋友特威切

---

① Edgar Marques Branch, et al. *Mark Twain's Letters: 1853 – 1866*, Vol. I. Berkeley: University of California Press, 1988, p.367.

② Howard G. Baetzhold. *Mark Twain and John Bull: The British Connection*. Bloomington: Indiana University Press, 1970, p.138.

③ Paul Baender. *What is Man? And Other Philosophical Writings*. Berkeley: University of California Press, 1973, p.57.

尔。首先是奥利维亚，她对马克·吐温的影响是巨大的。自从马克·吐温在1867年在"桂格之城"号轮船上第一次看见他未来的妻子奥利维亚的象牙肖像画之后，他就开始了对她的追求。1870年2月2号二人成婚，婚后马克·吐温夫妇于1871年9月移居到哈特福德的鲁克农场（Nook Farm）定居，这段求婚前后的时间被杰弗里·斯坦布林克（Jeffrey Steinbrink）看作一个重要的转型期，正如斯坦布林克的书名"Getting to be Mark Twain"所暗示的那样，原先的那位来自西部还略带着粗野和放荡不羁气息的萨缪尔·克莱门斯是逐渐发展成为马克·吐温的。其中一个重要的外因就是奥利维亚及其家人都是虔诚的基督教徒，这开启了马克·吐温抛弃过去的宗教怀疑论而走上追寻信仰的道路。在马克·吐温1869年的一封写给特威切尔的信中，他说到了宗教氛围这个因素在他婚后生活环境的选择上所占据的重要地位："我未来的妻子希望我的周围是良好的道德和宗教氛围（因为我就可以在定居下来之后和教堂取得联系），所以她喜欢住到哈特福德的这个想法。"① 他的妻子对他的信仰追寻的影响在他所写的带有情书性质的书信中进一步展露无遗。在1869年3月马克·吐温写给奥利维亚的书信中，我们更是发现了一个与"渎神者马克·吐温"完全不一样的马克·吐温形象：

> 莉薇②，在"播种野燕麦"③ 这件事情上，我不再反对。我已经仔细思虑，另一个晚上我还和特威切尔反复聊过，恐怕我一直都在犯错。特威切尔说，"不要播种野燕麦，要烧了他们。"就我而言，我过去是对的，我过去一心想种下它们，确信那是一种把未来的我打造成一个沉着冷静、睿智可靠的男人的方式……但是有一个更加深刻的问题，在我们的生命中，无论何时，将上帝的律法踩在脚下是否是明智可取的呢？我以前没有考虑过。凭借你更高明的智慧，我偶尔得见我的浅陋无知，看见我的偶像和我的挚爱。上帝让你免于见到那些奇形怪状的、狭隘世俗的想象，让我顺从于你甜蜜的影响……④

---

① Jefferey Stenbrink, *Getting to Be Mark Twain*. Berkeley: University of California Press, 1991, pp. 31-32.
② "莉薇"是马克·吐温对其妻子奥利维亚的昵称。
③ 原文为"sow wild oats"，意为生活中的某段时间，尤其是年轻时候的放荡不羁，无所约束。
④ Victor Fischer, Michael B. Frank. *Mark Twain's Letters*, Vol 3. Berkeley/Los Angeles: University. of California Press, 1992, p.153.

在这样非典型性的马克·吐温话语中,我们首先能够读出的是他大量指涉《圣经》话语,利用《圣经》典故和教诲来反思自己的过往生活,时不时地流露出对上帝律法的敬畏,潜藏着皈依基督教的内心冲动。当然,如果我们将之作功利化的解读,依然能够从中闻到一丝为了得到爱情而不顾一切的功利主义味道。也就是说,怀疑论者自然会对马克·吐温的这种宗教情感的本质、它的真诚度、可信度等产生怀疑,认为它并非纯粹的、彻底的、真实的,它只不过是马克·吐温借宗教之名接近奥利维亚以获取她的好感的虚伪行径、权宜之计罢了,恩索尔·艾莉森和苏珊·哈里斯等人就表达了这样的怀疑。艾莉森在描述马克·吐温在婚礼前后这段时间表现出来的宗教行为的时候,用到了"act"一词,我们知道"act"一词有两个义项,既可以指代某种"行动",也可以指某种"表演",二者之间的差别就使得马克·吐温的所作所为显得十分可疑了,艾莉森认为马克·吐温是在"表演浪子回头、罪人痛改前非成为基督徒"[1],哈里斯则认为马克·吐温在写给奥利维亚的书信中展示出了如美国著名神学家乔纳森·爱德华(Jonathan Edward)等人的皈依叙事文本中常用的修辞手法,其目的是利用这种文体操纵奥利维亚的宗教信仰,马克·吐温在信中所记录的自己在信仰追寻道路中的反复和挣扎也只是为了"勾引"(seduce)他心仪的女子,哈里斯在此使用的"seduce"一词,正如艾莉森的"act"一词一样,也颇为耐人寻味,明显是在暗示马克·吐温的老练和心机。但是,矛盾的是,哈里斯紧接着就承认,虽然也许马克·吐温是在有意地利用一种文体,但是"并不意味着克莱门斯(不管如何短暂)不是在真诚地寻求成为一名基督徒"[2]。哈里斯的评论是一个有趣的现象,它似乎表明,当学者在面对着像马克·吐温这样矛盾的人物的时候,其个人的思想和观点也会随着研究对象不断摇摆。

这样的摇摆和怀疑并非没有道理,马克·吐温婚后暂停了他与妻子阅读《圣经》的习惯,潘恩记录了马克·吐温对奥利维亚所说的理由:"莉薇,你也许可以继续保持,如果你想要的话,但是我必须要请求你原谅我不这么做了。它把我变成了一个伪君子。我不相信《圣经》。它有违我的理性。我无法坐在那里听着它里面的话,好让你相信我是尊重它的。"[3] 这就更使得艾莉森

---

[1] Allison Ensor. *Mark Twain and Bible*. Lexington: University of Kentucky Press, 1969, p.39.
[2] Susan K. Harris. *The Courtship of Livia Langdon and Mark Twain*. New York: Cambridge University Press, 1996, p.78.
[3] Albert Paine. *Mark Twain, A Biography: The Personal and Literary Life of Samuel Langhorne Clemens*, II. New York: Harper, 1912, p.411.

确信了马克·吐温被宗教所感化是昙花一现的,在艾莉森的眼中,这位短暂回头的浪子"不久之后,他就再次远离了正统思想,而且一去不复返了"[1]。但是学者们并不完全都在质疑吐温追寻信仰路上的虚伪,孟森特则认为这种指控过于严厉,"因为他是一个多面的、矛盾的人",当马克·吐温试图克服自己的宗教怀疑以建立一种基督徒式的生活方式的过程中,"他毫无疑问是将自己全身心地投入其中"[2],而哈利特·史密斯(Harriet Smith)和理查德·布奇(Richard Bucci)的评价则更加周全,也更加吊诡,"他也许是在进行着一种他自身性格和信仰的欺骗之举,但是,读这些信的时候,我们必须意识到,如果他当时是在欺骗的话,他那个时候自己也并没有察觉到这点"[3]。

如果说上述写给奥利维亚的书信中的马克·吐温还保持着一定的跟上帝的距离的话,那么他在稍早前写给奥利维亚母亲的书信则干脆直接宣称自己是一名"基督徒"了。1869年2月13日马克·吐温在信中说:"但是现在,我绝不会轻言咒骂,我绝不会在任何场合品用酒精;我生活规律,我的行为在世俗的意义上无可指责;终于,我现在可以宣称我是一个基督徒了!"[4] 马克·吐温信中所言的"我现在可以宣称我是一个基督徒了"无疑是石破天惊的,虽然我们不能将之认为是一种皈依基督教的证明,但是至少表明,无论是出于何种目的,他都正在通过宗教来规范、修正自己的言行举止,他的信仰宣言至少代表了他在19世纪70年代之前相当长的一段精神成长过程,有力地表明了他对于宗教信仰的追求的深度和诚意。

在成婚以后,马克·吐温及其家人从1871年开始在哈特福德断断续续度过了20年的时光。那位在婚前信誓旦旦要成为基督徒的马克·吐温在这20年的时光中,出版了他人生中最重要的作品,包括《风雨兼程》(1872)、《镀金时代》(1873)、《汤姆·索亚历险记》(1876)、《密西西比河上的生活》(1883)、《哈克贝里·费恩历险记》(1885)、《康州美国佬大闹亚瑟王朝》

---

[1] Allison Ensor. *Mark Twain and Bible*. Lexington: University of Kentucky Press, 1969, p.40.

[2] Peter Messent. "Mark Twain, Joseph Twichell, and Religion", *Nineteenth-century Literature*, 2003 (3): 376.

[3] Harriet Elinor Smith, Richard Bucci, *Mark Twain's Letters*, Vol.2, p.xxiv, Berkeley/Los Angeles: University of California Press, 1990.

[4] 该信件可见于"马克·吐温在线计划": Mark Twain. "SLC to Olivia Lewis (Mrs. Jervis) Langdon", Mark Twain Project, https://www.marktwainproject.org/xtf/view?docId=letters/UCCL00249.xml;query=christian;searchAll=yes;sectionType1=text;sectionType2=explanatorynotes;sectionType3=editorialmatter;sectionType4=textualapparatus;sectionType5=;style=letter;brand=mtp#1. Accessed December 20, 2019.

(1889)等，这些作品中当然包含了大量对于宗教的揶揄嘲讽，也是在这段时间，他成功地迎娶了奥利维亚，他对宗教信仰的追寻是否会随着这一功利性目标的达成而减弱甚至消失呢？对于这个问题的回答，学界首先注意到的是马克·吐温在哈特福德所生活的社区浓厚的文化和宗教氛围。哈特福德这个地方有着什么样的文化环境呢？哈罗德认为它代表的是"一本正经的东部当权派"（staid eastern establishment），言下之意，其文化、宗教风气相比于自由甚至粗犷的西部而言，应该更为保守、浓厚。马克·吐温所在的社区被称作鲁克农场（Nook Farm），地处美国东部新英格兰地区的康涅狄格州，其清教传统自不必言。而他在那儿生活的20年里，鲁克农场成了一批当时最富影响力的作家、思想家的聚集地，他的邻居里就包括《汤姆叔叔的小屋》的作者斯托夫人，她的弟弟即著名的神学家、社会活动家和废奴派人士亨利·斯托，以及19世纪最著名的自由派神学家代表人物之一霍来思·布什内尔（Horace Bushnell）和他的若干牧师学生如纳撒尼尔·伯顿（Nathaniel Burton）、艾德文·帕克（Edwin Pond Parker），以及马克·吐温最亲近的牧师朋友特威切尔，这些神学人士都是当时的公理会（Congregational Church）的牧师。[①] 马克·吐温愿意移居到此，与一群神学家亲密接触，固然有妻子及家庭文化的影响因素，但是若没有自身内在的意愿，也断然无法长期在此生活下去。实际上，不同于张口闭口强调人的"堕落""罪恶"的传统宗教人士，鲁克农场宗教人士的信仰更为自由化，他们强调的是个人信仰的自由，尊重对宗教问题理解的差异和多元化并致力于社会福音的传播，这也客观上为马克·吐温融入这个社区中的宗教文化制造了条件，也为学者们更加细致、更加深入地观察马克·吐温的宗教观提供了一个窗口，从而让创新观点的产生成为可能。

哈罗德对马克·吐温宗教问题的思路和观点就是这样的一种创新，在哈罗德的眼中，马克·吐温不但不是一名"异教徒"，反而是一位类似于"先知"式的人物，这是马克·吐温宗教身份研究中的一个十分特殊的说法，需要引起我们的注意。哈罗德认为，马克·吐温在移居鲁克农场这一重要事件上做出的选择是一种"冲动"，"这个冲动解释了吐温的各种各样的社会、道德和宗教批评都理应被归入'美国先知告诫体'（American Jeremiad）中"[②]。哈罗德在此所说的"美国先知告诫体"是指美国的政治批判散文（多为散文，有时候

[①] Harold K. Bush Jr. "A Moralist in Disguise: Mark Twain and American Religion", in Shelley Fisher Fishkin. *Historical Guide to Mark Twain*. New York: Oxford University Press, 2002, p.69.

[②] Harold K. Bush. Jr. "A Moralist in Disguise: Mark Twain and American Religion", in Shelley Fisher Fishkin. *Historical Guide to Mark Twain*. New York: Oxford University Press, 2002, p.65.

也为韵文），其内容多涉及对于国家政治、社会、道德堕落的警醒。这种文体构成了美国政治、文化、文学和宗教中具有悠久历史的一种修辞传统，可溯源到清教殖民地时期，最典型的是第三代清教移民时新英格兰地区"大觉醒"运动中的布道辞，后来在美国历史发展过程中的各个紧迫时刻都会出现，是"一种主流，一种带有强烈美国色彩的对于国家的过去、现在和未来进行思考的方式"①。哈罗德将马克·吐温的作品与这一文体相提并论，无疑是看到了马克·吐温的作品中，如《镀金时代》，所具有的同样强烈的批评色彩，因此，尽管马克·吐温的作品在行文色彩上并非宗教布道式的，但是，哈罗德依然将马克·吐温看作一位先知耶利米式的人物，因为"吐温怒斥着他那个时代的社会和伦理的不公正，他不仅仅是一位'伪装的道德主义者'，他实际上成为一种伟大的宗教和灵性的存在"②。

　　哈罗德的论述，表面上看十分大胆，为了反对人们将马克·吐温"异端"化而走向了另外一个极端，即将他"神圣"化、"先知"化，同时也似乎是混淆了宗教和文学、先知和文人之间的分野，但是，如果我们将之置于19世纪的宗教和神学的大变革背景下来观察的话，就会发现他的这一论断实际上恰好反映出了19世纪"自由主义神学"③（Liberal Theology）的兴起，在这一潮流中，神学不再强调个人的罪性，而是积极参与到世俗事务诸如社会福利、伦理道德的建设中，构建起了轰轰烈烈的"社会福音派"运动④，由此，宗教和文化、文学等在社会批判上呈现出求同存异的融合趋势，宗教人士和社会批判者之间的界限也因此变得相对模糊。那么，马克·吐温这样一位指点江山的幽默家、文学家，他与宗教自由派之间还有不可逾越的区分吗？他在宗教议题上慷慨激昂，甚至对宗教中的丑陋现象辛辣、愤怒地指责，到底是一种所谓的"反对宗教"的极端行为，还是一种为了更好地让宗教发挥社会改造作用而进行的个人批判运动？哈罗德的立论无疑为重估马克·吐温的宗教问题、重新评价马克·吐温与宗教的关系打开了新的可能。

---

① Andrew Murphy. *Prodigal Nation: Moral Decline and Divine Punishment from New England to 9/11*. New York：Oxford University Press，2009，p.5. 关于"美国先知告诫体"，详见 Sacvan Bercovitch. *The American Jeremiad*. Madison：University of Wisconsin Press，1978. 该书是该领域研究奠基性的作品之一。
② Harold K. Bush, Jr. "A Moralist in Disguise：Mark Twain and American Religion", in Shelley Fisher Fishkin. *Historical Guide to Mark Twain*. New York：Oxford University Press，2002，p.66.
③ 关于"自由主义神学"，详见 Gary Dorrien. *The Making of American Liberal Theology: Imagining Progressive Religion*，1805 – 1900. Louisville：Westminster John Knox Press，2003.
④ 关于"社会福音派"的思想主张详见19世纪福音派代表人物 Walter Rauschenbusch. *A Theology for the Social Gospel*. Nashville：Abingdon，1945.

除了奥利维亚及其家族的影响，马克·吐温与特威切尔的相识也在他的求索过程中发挥了重要的作用。他们于1868年10月在哈特福德初次相见，孟森特在评价二人日后的宗教层面的关系的时候认为"特威切尔的宗教影响被吐温最为强烈地感受到了"[1]。这样的例子被诸多的信件保留了下来。例如特威切尔的儿子大卫·特威切尔在他的回忆录中记载了马克·吐温第一次访问他们家的情形，"他第一次在我们家参加家庭祷告会的时候，他大声地哭着走进了大厅"[2]。对于这一重要的细节，孟森特认为"在他寻求个人的改造之际，特威切尔家的宗教氛围很明显地、深刻地影响到了吐温"[3]。在针对他们两人关系的研究中，两人之间1878年的通信引起了不小的争论。马克·吐温和家人正在瑞士旅行，他在写给特威切尔的信中说道："乔，我要坦白一件事情。我根本不相信你的宗教。不管我什么时候假装相信，我都是活在一个谎言之中。有时候，刹那之间，我几乎要成为一个信教者了，但是它又再一次地立刻离我远去。我不相信你的《圣经》的哪怕一个单词是受到上帝的启发的……"潘恩认为马克·吐温和特威切尔之间的这段1878年的书信谈话证明了二人宗教层面的联系的破裂，他认为"他们个人之间的宗教探讨结束了，在那以后就没有再重新开始过"[4]，而包括肯尼斯·安德鲁斯（Kenneth Andrews）、利亚·斯特朗、哈罗德·布什、和皮特·孟森特在内的多人并不同意这个论断。

安德鲁斯在《鲁克农场：马克·吐温的哈特福德社圈》（*Nook Farm: Mark Twain's Hartford Circle*, 1960）一书中也对潘恩的这一论断持怀疑态度，认为它"至少是不准确的"[5]。利亚·斯特朗发现，马克·吐温的名字经常出现在支持海外传教事业的贡献者名单之中[6]，哈罗德·布什分析认为"很明显，从现存的通信以及特威切尔的个人论文和杂志来看（大多存于耶鲁大学拜内克图书馆中，即 Beinecke Rare Book & Manuscript Library），再加上特威切尔发给

---

[1] Peter Messent. "Mark Twain, Joseph Twichell, and Religion", *Nineteenth-century Literature*, 2003 (3): 374.

[2] David C. Twichell. "Memoranda on His Mother's Death", *The Twichell Papers*, Box 11, Beinecke Library, 1910.

[3] Peter Messent. "Mark Twain, Joseph Twichell, and Religion", *Nineteenth-century Literature*, 2003 (3): 374-375.

[4] Mark Twain. *A Biography: The Personal and Literary Life of Samuel Langhorne Clemens*, II. New York: Harper, 1912, pp. 631-632.

[5] Kenneth R. Andrews. *Nook Farm: Mark Twain's Hartford Circle*. Cambridge: Harvard University Press, 1960, p. 72;

[6] Leah A. Strong. *Joseph Hopkins Twichell, Mark Twain's Friend and Pastor*. Athens: University of Georgia Press, 1966, p. 120.

吐温的信件（大多存于伯克利）的详细分析，这两个人持续的友谊是强烈地被宗教信仰所影响的"[1]，因此，哈罗德认为在此期间，"总的来说，吐温生活环境中的自由主义基督教思想环绕着他"[2]。

孟森特的《马克·吐温、约瑟夫·特威切尔和宗教》（"Mark Twain, Joseph Twichell and Religion"）一文在前面等人的研究的基础之上，通过补充新的证据，对此问题进行了更加系统、全面的说明。他通过大量的新发现的实证材料，包括各种各样的往来书信，否定了潘恩关于马克·吐温和牧师特威切尔之间的宗教关系破裂于1878年这个观点，他认为"潘恩关于吐温和特威切尔之前精神决裂的意见是有误导性的、是单方面的"[3]。针对上述信件，孟森特直接引用了特威切尔于同样时间写给他的妻子哈萌妮（Harmony）的信件。特威切尔在信中写道："马克今天晚上晚餐后和我谈到了宗教。一次很好的谈话，我说，他说起自己的方式给了我一个向他宣扬福音真理的机会。"信中所言虽然表明马克·吐温确实遇到了精神的危机，例如马克·吐温在信中向特威切尔坦言"没有什么事情让我如此憎恨自己，让莉薇赞美我，说我的好，这让我感觉残忍，我一直知道我是个骗子，她让我成为一个根本不存在的人"[4]，这似乎是在暗指马克·吐温在接受奥利维亚一家的价值观的过程中所经历的痛苦、深刻的自我反省和自我怀疑。但是，这是否如潘恩所说的那样，意味着马克·吐温和特威切尔之间的宗教探讨已经完全结束了呢？纵观那个时间段的信件，可以肯定的是，假设特威切尔没有故意隐瞒的话，他在信中完全没有流露出这样的情绪，二者关系破裂的结论是过度夸大了的。

除了对1878年这一所谓的分道扬镳事件的直接否认，孟森特还将调查的范围扩大到1878年之后的马克·吐温和特威切尔两人的书信或者日记，力图通过追踪马克·吐温在哈特福德参与的宗教活动，来证明他在这个时期持续的宗教求索过程。安德包括马克·吐温在内的哈特福德知识分子圈子一周聚会两到三次，并且马克·吐温还在庇护山（Asylum Hill）的聚会教堂中"租了一

---

[1] Harold K. Bush Jr. "A Moralist in Disguise: Mark Twain and American Religion", in Shelley Fisher Fishkin. *Historical Guide to Mark Twain*. New York: Oxford University Press, 2002, p.71.

[2] Harold K. Bush Jr. "A Moralist in Disguise: Mark Twain and American Religion", in Shelley Fisher Fishkin. *Historical Guide to Mark Twain*. New York: Oxford University Press, 2002, p.73.

[3] Peter Messent. "Mark Twain, Joseph Twichell, and Religion", *Nineteenth-century Literature*, 2003 (3): 391.

[4] Peter Messent. "Mark Twain, Joseph Twichell, and Religion", *Nineteenth-century Literature*, 2003 (3): 381.

个教堂座位……当他和家人都在哈特福德的时候经常参加教堂服侍"①。利亚·斯特朗也说"有证据表明……马克·吐温有规律地参加到庇护山教堂的活动之中，给教堂所支持的事业做出了贡献，也好几次地为教堂服务帮助教堂募集资金"②，孟森特对以上这些学者的概括性的证据做了非常详细、有力且有据可查的补充。这其中既包括1872年12月20日的斯普林菲尔德（Springfield）的《联合报》（Union）的目击者文章，也包括1873年马克·吐温为了帮助特威切尔募集救济资金而在哈特福德的《晚报》（Evening Post）上发表的演讲广告文章，还包括特威切尔于1875年6月13日等时间记下的日记，这些都毫无疑问地"确认了吐温和他在庇护山教堂的访客们有规律地参加教堂活动"③。但是，孟森特也并不赞同马克·吐温的精神求索是严格意义上的基督徒信仰。1906年的《人类生活：今日杂志》（Human Life: A Magazine of Today）的一篇文章记录了马克·吐温参加完教堂的早晨礼拜活动后与特威切尔的交流：

> 早晨礼拜结束之际，他在门口等牧师，他拉他到一旁，说："我无意冒犯，但是我有必要跟你说一下，今天早上的这种布道会是我可以避免参加的那种。我来教堂是追求我自己的想法。但是今天我没有办法做到。你影响到我了。你强迫我一直注意你，整个半个小时里，我都感到迷茫。我恳求这种情况下次不要再出现了。"④

这段文字很好地体现了马克·吐温与特威切尔、与宗教之间若即若离的关系，他一方面十分欣赏特威切尔的为人处世，也同样对自己与宗教之间格格不入、方枘圆凿的切身感受直言不讳。这可以看作他与宗教之间的关系的一个缩影，也给他在哈特福德的这段时期的宗教观下了一个客观的注脚，那就是：他在此期间积极地尝试融入当地的宗教氛围，长期保持着和教堂、牧师的有规律的互动，但是他的宗教活动最多只能算是一位慕道友式的兴趣，或者说只是社交活动的一部分，它或来自亲朋好友之邀，或源于间歇性的个人心理和情绪调

---

① Kenneth R. Andrews. *Nook Farm: Mark Twain's Hartford Circle*. Cambridge：Harvard University Press，1960，p.50.

② Leah A. Strong, *Joseph Hopkins Twichell: Mark Twain's Friend and Pastor*. Athens：University of Georgia Press，1966，p.93.

③ Peter Messent. "Mark Twain, Joseph Twichell, and Religion"，*Nineteenth-century Literature*，2003（3）：386.

④ 见于 *Twichell Family Scrapbooks*，Vol. 4，1906，May，Beinecke Library.

节的需求，对于马克·吐温这样移居到哈特福德的外来者来说，这种需求并不足为奇。

3. 离开哈特福德后马克·吐温的宗教精神危机

在哈特福德断断续续地居住了20年之后，马克·吐温于1891年离开哈特福德，在那之后，他一步步地、跌跌撞撞地进入了人生最灰暗的时期。他人生中的苦难和诸多的重大挫折接踵而至，之前对宗教、上帝带有戏谑性质的讽刺变得更为酸苦、愤懑甚至绝望。德·沃托对他晚年的主要悲剧事件进行了描述："他的出版公司失败了，他和他妻子的财富在佩奇打字机的失败中消耗殆尽，60岁的时候又破产了，他必须要付出心碎的努力来还清债务；他最年长的女儿去世了，他最幼小的女儿又患上了癫痫，他的妻子身体衰退、病患缠身。"① 德·沃托所提的破产、小女儿去世分别发生于1894和1896年，这无疑对他日后的创作实践有着极为重大的影响，也无疑给他的宗教观带来了巨大的改变。

马克·吐温的宗教言论从早期对宗教的揶揄讽刺变成对上帝的强烈攻击。从其早期作品来看，他的"异教徒"形象已经露出端倪，例如收录在《什么是人》一书中创作于19世纪六七十年代的作品，包括《反思安息日》("Reflections on the Sabbath"，1866)、《关于气味》("About Smells"，1870)，等，但是这些前期的文章在特点和效果上表现为利用幽默、嘲讽，以一种可以为他的大部分读者所接受的方式进行，不管这些读者是教徒或者不是教徒。而在他的晚年，他的攻击目标逐渐发生了质的转变，演变成了对基督教教义的攻击，正是在这个阶段，他开始形成为后来学者所重点关注的对人性的绝望和对上帝、对人性的厌恶，因此弗雷德里克宣称，马克·吐温晚年对宗教"绝对的否定……一种虚无主义"②，哈姆林·希尔的《马克·吐温：上帝的傻瓜》一书将1900年作为一个重要的分水岭："到1900年，马克·吐温还能够通过他的艺术能力保持着对他的整个宇宙、绝望情绪、悲观主义、沮丧和麻木的控制……但是1900年之后，散播在《什么是人》《来自地球的信》《神秘的外来者》片段、自传中众多材料以及大部分的短篇政治散文中的痛苦就成了对于不堪的生活的暴怒了。"③ 哈姆林所提到的这些作品，例如《来自地球的信》

---

① Mark Twain, Bernard De Voto. *Mark Twain in Eruption: Hitherto Unpublished Pages About Men and Events*. New York/London：Harper and Brothers, 1940, p. xix.

② John T. Frederick. *The Darkened Sky: Nineteenth-century American Novelists and Religion*. Notre Dame：University of Notre Dame Press, 1969, p.171.

③ Hamlin L. Hill. *Mark Twain: God's Fool*. New York：Harper & Row, 1973, pp.272-274.

中的《大黑暗》("The Great Dark")等文章，根据劳伦斯·伯克夫的观点，其真正要谴责的对象是"全能、冷漠的显微镜式的操纵者"，而马克·吐温的其他文本，例如《夏娃的自述》、《亚当日记》（写于1892年，改于1905年）、《夏娃日记》（1905年）等，"这些文本中隐含的反面人物是一以贯之的，那就是一位没有关爱、没有公正且残忍十足的上帝，他创造了人类，好像只是为了让他受苦受难，他唯一的反击看上去就是按照他被造出来的方式去行动。"[①]

除了这些虚构文本的控诉，他在晚年的口述文本中对上帝的怀疑更显得直截了当、言之凿凿。查尔斯·内德（Charles Neider）于1963年搜集、整理并首度公开了马克·吐温在1906年所口述的对于宗教的激烈批评。根据查尔斯在前言部分的介绍，这些口述大约在马克·吐温去世前四年左右记录下来，在1912年阿尔伯特·潘恩所发布的马克·吐温传记中，这部分内容被故意删去不用，1940年伯纳德·德·沃托试图将之整理公开，但是又在马克·吐温的女儿克拉拉的要求下再度被收回，[②] 这样曲折离奇的出版过程无疑暗示着这部分内容的惊世骇俗，细读之下，其中对于上帝、《圣经》和耶稣基督的指控昭然若揭，首先是对一位邪恶的、恶意的上帝的指认，例如在1906年6月19日，马克·吐温说道：

> 我们的《圣经》以事无巨细、令人发指的准确性向我们披露了我们的上帝的性格……在《旧约》中，他的行为不断地暴露了他的恶意、不公、吝啬、可悲以及睚眦必报的本性。他总是在惩罚——以千百倍的严厉程度来惩罚微不足道的过失，因为父母的错误就去惩罚无辜的儿童，因为统治者的罪恶就去惩罚无反击之力的大众……它可能是任何地方中现存的书面材料里最该被诅咒的传记了。[③]

除了大胆甚至狂妄地将上帝描绘成一个恶的化身，他还怀疑上帝的虚伪："我们公然地称我们的上帝为仁慈的源泉，但是我们也无时无刻不意识到，在他的历史中，没有一个真正的例子表明他在行使着那种美德……我们称他为'天父'，我们会痛恨、指责那些人世间的父亲，而他们所施加于他们孩子身

---

① Lawrence I. Berkove, Joseph Csicsila. *Heretical Fictions: Religion in the Literature of Mark Twain*. Iowa City: University of Iowa Press, 2010, pp. 200-201.
② Mark Twain. "Reflections on Religion", *The Hudson Review*, 1963 (3): 329.
③ Mark Twain. "Reflections on Religion", *The Hudson Review*, 1963 (3): 322.

上的苦痛和悲剧仅仅是我们的'天父'每天施加于他的孩子身上的千分之一。"① 在攻击完了上帝之后,他将矛头对准了《圣经》,他认为这个神圣的文本实际上充满了各种各样恬不知耻的抄袭,有趣的是,他认为包括儒家文化在内的道德准则都成了《圣经》抄袭的对象,他这样说道:

> 《圣经》一书中有一两个奇怪的缺点。它们的一大特点就是缺乏创新,这非常可悲,这是一个让人震惊的缺点。另外一个缺点是它毫无原创性,却假装有。它从其他地方借用却不做感谢,这是典型的不道德的行为……我们从孔夫子那里借来了"道德黄金准则"②,这个准则已经运作几百年了,我们却一点儿也不害臊地抄袭了它。当我们需要一个大洪水的神话的时候,我们就返回到古老的巴比伦神话中去借用它。③

马克·吐温对于耶稣基督的攻击则出现在他晚年的传记中,将他这个时期对耶稣基督的看法与他早年的相比较,更能够看出他思想上的巨大变化。他在生命中的最后一年的弥留之际,对基督下了这样的一个结论,他认为根本没有一个可以和《福音》书中的描述相关联的基督,潘恩对此进行了记录,"它只是一个神话。在世界的每个时代里都有一些救世主。它只是一个童话,就像圣诞老人的童话那样"④。而在1871年的时候,他在一篇文章中说"我们的文明中所有伟大美好的东西都来自耶稣基督之手"⑤,另外,他在1878年写给他哥哥奥里昂的信中说,基督是一个"神圣的人物",人们提及他的时候,绝不应该是"轻巧地、亵渎地"⑥。

如果根据这样一些口述材料对马克·吐温的宗教身份进行定性的话,马克·吐温"异教徒"的名号自然是无法摆脱的。因此,斯坦利·布罗德文将

---

① Mark Twain. "Reflections on Religion", *The Hudson Review*, 1963 (3): 333.
② 即儒家所说的"己所不欲,勿施于人"。
③ Mark Twain. "Reflections on Religion", *The Hudson Review*, 1963 (3): 335.
④ Albert Bigelow Paine. *Mark Twain, A Biography: The Personal and Literary Life of Samuel Langhorne Clemens*, II. New York: Harper, 1912, p.1482.
⑤ 原Mark Twain. "The Indignity Put upon the Remains of *George Holland* by the Rev. Mr. Sabine", *The Galaxy*, February 1871. 后收录于佩恩所著传记 *Mark Twain, a Biography: The Personal and Literary Life of Samuel Langhorne Clemens*, II. New York: Harper, 1912, pp.1625.
⑥ Harriet Elinor Smith, Richard Bucci. *Mark Twain's Letters*, Vol. I. Berkeley/Los Angeles: University of California Press, 1990, p.323.

马克·吐温的神学思想概括为一种"反神学"(countertheology)①,伯克夫将自己专门研究马克·吐温文学中的宗教思想的书籍命名为《异端的小说:马克·吐温文学作品中的宗教》,因为"所有根据《圣经》作为基石的宗教都共同享有三个一样的有关上帝的信仰:他是全知的,他是全能的,并且他是仁慈的。在这三个有关上帝的基本态度之中,吐温同意前两个,而对于上帝的仁慈,吐温持有异端之说"②。伯克夫进一步对马克吐·温的"反神学"的理论主张进行了理论总结:第一,存在上帝,他是权力无限的、无所不知的,但他并不仁慈;第二,存在是一种稍纵即逝、昙花一现的现象,它只是万能的神一念之间,只是有感众生脑中的一个梦;第三,人类不服从上帝造成原罪,其后果是马克·吐温所谓的上帝的"道德观念"的"原初诅咒";第四,由于原罪,人类不但是有缺陷的,更是腐朽的;第五,没有人可以凭借道德行为被拯救,因为若没有上帝的恩泽,就不存在真正的道德行为;第六,上帝的无所不知的一个后果是,所有事物在被创造之前就是已然预定了的;第七,大多数的人都是道德败坏的,也就是说,在被创造之前,他们就已经命中注定要在地狱中接受永恒的惩罚;第八,不论是在整体的设计,还是在具体的细节中,上帝的预定都是不可改变的。③

斯坦利和伯克夫对马克·吐温"反神学"理论的归纳显得全面、系统且有理有据,但是依然无法完整地归纳出马克·吐温宗教观念的全貌,因为研究者同样可以利用马克·吐温晚期的一些不那么黑暗的作品来质疑斯坦利的这套"反神学"理论的系统性,例如《圣女贞德的故事》。该小说在马克·吐温的全部后期作品中占据了很特殊的、富有争议的地位。该小说创作于1893年到1895年之间,在此期间,即1894年的时候,马克·吐温宣布破产,也就是说,他的《圣女贞德传》虽然也同样创作于他人生的不如意时期,但是圣女贞德这一正面的宗教人物却在该书中扮演了主要角色,并未出现如后来那样的灰心绝望。马克·吐温本人对这本书的赞美也无以复加,他说:"在我所有的

---

① Stanley Brodwin. "Mark Twain's Theology: The Gods of a Brevet Presbyterian", in Forrest G. Robinson. *Cambridge Companion to Mark Twain*. New York: Cambridge University Press, 1995, pp. 220 - 248.

② Lawrence I. Berkove, Joseph Csicsila. *Heretical Fictions: Religion in the Literature of Mark Twain*. Iowa City: University of Iowa Press, 2010, p. 11.

③ Lawrence I. Berkove, Joseph Csicsila. *Heretical Fictions: Religion in the Literature of Mark Twain*. Iowa City: University of Iowa Press, 2010, pp. 16 - 17.

书中，我最喜爱《圣女贞德传》，它是最佳的，我非常清楚这点。"① 詹姆斯·威尔逊（James Wilson）在他的论文《寻求救赎的世界》（"In Quest of Redemptive Vision: Mark Twain's *Joan of Arc*"）一文中对该小说的宗教意义进行了较为公正的解读，正如该论文的标题所表示的那样，他将这部小说看作对一个被救赎的世界、景观的追寻。他在文章开头就承认在马克·吐温的绝大部分作品中，一个重要的主题就是宗教机构的虚伪和邪恶，例如我们可以从他的作品中找到当权的宗教机构利用人类的苦难来进行欺诈的行径，也可以在《哈克贝里·费恩历险记》中找到他对于宗教纷争引发家族世仇这一现象的批评，这些非宗教本义和初衷的行为最终都削弱了真正的宗教信仰，尽管如此，"马克·吐温对他那个时代已建立的教会的不足进行着持续的攻击，但是同时，在他的作品中也存在着对真正的宗教信仰的颂扬，以及对一个超越性的世界的潜在的向往，这种超越性，他认为只有宗教可以提供"②。此后，在哈罗德那里，该小说直接被认定为"一份重要的证据，证明了吐温挥之不去的宗教敏感性，以及宗教在他的小说世界中拥有的真实持续的地位"③。

的确，与该小说之后马克·吐温所书写的那些更怒不可遏的政治性散文和黑暗系小说比起来，《圣女贞德传》显得温文尔雅、感情用事，充满了宗教般的、理想的、天使般拯救气息，毫无疑问，它确认了马克·吐温心中尚存的对宗教中天堂般的理想社会和完美人格的向往，这注定了这部作品在他所有作品中的不招人待见。但是，小说中的完美的圣女贞德的刻画，无论如何，已经成为一个无法忽视的"例外"，它使得试图对马克·吐温的宗教观念做出完整的、逻辑一致的、板上钉钉式的归纳的研究变得不那么可靠。马克·吐温的一生，从他年纪尚幼的时候开始，一直到他年过古稀，关于他的宗教思想，我们唯一能够确定的，也许就是不确定本身。

综上，马克·吐温的一生留下了无数和宗教相关的论述所形成的那些史料，在他去世后的一百多年里，不断地被发现、整理和研究，我们从中获悉他曾经自称为一名基督徒，也被人称誉为一位社会批评家，或更被人干脆贬之以"异教徒"之名，根据我们对于这些结论及其史料的历时性回顾来看，这些称

---

① Albert Bigelow Paine. *Mark Twain. A Biography: The Personal and Literary Life of Samuel Langhorne Clemens*, II. New York: Harper, 1912, p.1034.

② James D. Wilson. "In Quest of Redemptive Vision: Mark Twain's *Joan of Arc*", *Texas Studies in Literature and Language*, 1978 (2): 181.

③ Harold K. Bush Jr. "A Moralist in Disguise: Mark Twain and American Religion", in Shelley Fisher Fishkin. *Historical Guide to Mark Twain*. New York: Oxford University Press, 2002, p.81.

谓也许在某个时间节点来看具有其合理性，但是若将一位作家的思想变化考虑在内的话，则难免不尽合理。目前来看，以下这些结论也许是可靠的。

第一，马克·吐温在人生的绝大多数阶段中对人类社会中体制化的宗教行为的态度并不完全持反对意见，相反，在人生的某些阶段，无论出于什么样的动机，他也毕竟亲自参与其中，伴随着这种身体行为上的参与，马克·吐温在思想层面上对宗教教义的接受也呈现出一个不断变化的矛盾前进过程。他的一生经历了加尔文主义、自然神论、达尔文主义等信仰的持续演变，他与这些思想的距离或近或远、或亲或疏，他个人也一直处于"接受—批判—再接受—再批判"这些思想的过程中。

第二，马吐·吐温对于教会的攻击，攻击的并不是宗教本身，而更多的是一个已经发生了异化的、体制化的宗教体制，它沉湎于自身欲望中而放弃了宗教的初衷，转而去追求显赫的声名和无上的权力。

第三，我们固然不能将马克·吐温当作一位严格意义上的教徒，因为严格意义上的宗教徒必然要接受浸礼等宗教仪式，但是，如果我们能够意识到"宗教"是一个无论是在内涵，还是在外延都并非唯一、固定的复杂概念，那么对马克·吐温非宗教信徒的狭义的理解和判定，也许会掩盖掉宗教以及马克·吐温身上共同享有的最本质的东西，那就是对于人性的探索和安慰，也就是宗教的初衷。马克·吐温终其一生都没有成为狭义上的基督教徒，但是如果从广义而言，他强烈的、不可遏制的人文情怀所行使的恰恰正是宗教所行使的关怀功能。

小　结

承续上一章对马克·吐温研究一手文献的述评，本章对马克·吐温研究中的两种重要的方法，即文本发生学研究方法和历时研究方法进行了介绍。从20世纪40年代开始，文本发生学方法就在马克·吐温研究中得到了初步应用，它在19世纪90年代维克多·多依诺的《〈哈克贝里·费恩历险记〉的创作：马克·吐温的创造性过程》一书中达到高潮并延续至今。这一方法的介入为马克·吐温作品研究中最大的争议之一，即《哈克贝里·费恩历险记》小说结尾处的争议提供了一种可靠的解释方案，通过观察小说创作过程中文本的替换、内容的增加等，研究者认为汤姆·索亚的重返是作者的一种有意为之的设计，意在批判对欧洲文学传统墨守成规的态度。历时研究方法作为一种在人文社科领域内普遍使用的方法，在马克·吐温研究领域的应用首先得益于保存完好的大量的马克·吐温一手文献，这些文献覆盖了马克·吐温各个阶段的生平活动，它可帮助研究者摆脱文学研究中的"逻各斯中心主义"，避免在马克·吐温种族、帝国、宗教观念上做出一正一反、非黑即白、二元对立式的判断，它更加倾向于去描述马克·吐温的某种观念、看法或是主张在时间进程中如何受到历史、社会和文化语境的制约、发生了什么样的流变，它体现出了马克·吐温研究中的一个重要趋势，即研究者不再执着于本质主义的追求而走向相对的、动态的研究范式。

第四章　英语世界马克·吐温研究的新视野

"英语世界"是一个复数的概念,它所指代的当然不应该被局限在美国或是英国两个国家范围之内,只有将研究范围拓展到美英以外的其他国家,方能真正给马克·吐温研究带来新的视野,而马克·吐温作为一位"世界公民"的身份恰恰使得这种研究视野变得可能。研究者安·瑞恩(Ann Ryan)等人于 2008 年出版了《世界主义的马克·吐温》(*Cosmopolitan Twain*)①,书名中的"世界主义"(cosmopolitan)一词很好地说明了马克·吐温在 19 世纪美国作家中极为特殊的品质,即他的"世界公民"式的身份特征。所谓的"世界公民",简单地概括,就是一位在世界上很多地方生活过并且对这些地方有所了解的人。印度比较文学学者屈维蒂认为"世界公民""世界主义"等概念包含了人类在物质和精神生活中试图脱离和超越原生性的地理局限和观念束缚的努力②,如果按照这个定义的话,那么马克·吐温就是一位典型的"世界公民"。从 1895 年开始,他开始了在澳大利亚、新西兰、印度、南非等国家的环球演讲之旅③,他在此期间的行程路线、演讲访谈以及他对旅行见闻的反应同时吸引了来自美国、印度、澳大利亚等国的马克·吐温研究学者的兴趣。本章将分为"马克·吐温与澳大利亚""马克·吐温与新西兰""马克·吐温与印度""马克·吐温与非洲英语国家"几节对其研究成果展开述评。

---

① Ann M. Ryan, Joseph B. McCullough. *Cosmopolitan Twain*. Columbia: University of Missouri Press, 2008.

② [印]屈维蒂,《东西方的世界主义:希腊、中国与印度》,载《深圳大学学报》(人文社会科学版),2018 年第 35 卷第 1 期,第 14 页。

③ 马克·吐温 1910 年的国际名声研究可参考 Archibald Henderson. "The International Fame of Mark Twain", *The North American Review*, 1910 (661): 805-815. 马克·吐温在美国境外的旅行、接受的研究可见于 Robert M. Rodney. *Mark Twain Overseas: A Biographical Account of His Voyages, Travels, and Reception in Foreign Lands*, 1866-1910. Washington, DC: Three Continents Press, 1993.

第一节 马克·吐温与澳大利亚[①]

马克·吐温从1895年9月16号到1896年1月4号期间访问澳大利亚，10月31号到12月17号，他抽空访问了新西兰的一些岛屿，结束新西兰访问之后又再次回到了澳大利亚，他一共走访了悉尼、墨尔本、阿德莱德、吉尔福德等多个城市。这段访问经历给马克·吐温留下了深刻的印象，他沿途的所见所感主要被记录在了《赤道圈纪行》第9章"神秘的澳洲大陆"一直到第36章"由一些地名凑成的诗"中。马克·吐温所记甚详，占据了《赤道圈纪行》三分之一左右的篇幅，除此之外，他还在日记、信件中谈及对澳大利亚的印象[②]，这给学者留下了丰富的研究空间。以科尔曼·帕森斯（Coleman Parsons）为代表的研究者试图从传记研究的角度对马克·吐温在澳大利亚和新西兰的访问路线和行程安排做出溯源，他的研究从20世纪60年代就已经开始，目前所发表的多篇考证式的论文是对马克·吐温在澳大利亚、阿德莱德、墨尔本等地的行程进行研究的重要材料。除了这种生平考据式的研究路线，研究者还从影响接受研究的角度对马克·吐温的文学作品在澳大利亚的接受做出考证，这主要是得益于两个原因，第一是因为双方在语言上无障碍，这使得马克·吐温在澳大利亚有着相当数量的英语读者，因此"从马克·吐温写作开始，澳大利亚人——既包括本地人，也包括移民而来的英国人和美国人——就开始阅读他的纸质作品"[③]；第二是因为19世纪居住于澳大利亚的那些来自欧洲的移民们迫切地希望在文化上寻求身份认同，马克·吐温脱离欧洲传统而形成的独具美国特性的文学创作给澳大利亚的作家带来了很大的鼓舞和启示。基于这两个原因，马克·吐温在澳大利亚产生了一定的影响，并形成了相当数量的研究成果，这方面的学者主要包括帕森斯（Coleman Parsons）、罗伯特·库博（Robert Cooper）、布拉达·尼尔（Brenda Niall）、米里亚姆·希林斯堡

[①] 英语世界学者在研究马克·吐温与澳大利亚这一话题的时候会采用一个更加宽泛的地理界定，即Australasia，该词一般指大洋洲上的澳大利亚、新西兰和太平洋岛屿等，本文在此只涉及澳大利亚和新西兰两个国家。

[②] 可见于Mark Twain. *The Wayward Tourist: Mark Twain's Adventures in Australia*. Vic．：Melbourne University Publishing，2006.

[③] Miriam J. Shillingsburg. "American Humor in an Inter-cultural Context：Distinctively Her Own"，*Australasian Journal of American Studies*，1987（1）：35－45.

(Miriam J. Shillingsburg)、罗恩·霍恩豪斯（Ron Hohenhaus）等人，下文将对马克·吐温在澳大利亚的旅行研究及其作品在澳大利亚的接受和影响这两个问题做出分析。

一、马克·吐温在澳大利亚的旅行

马克·吐温于1895年乘坐轮船到达澳洲，他的这一行程得到了后世学者极大的关注。实际上，从20世纪60年代开始，大多数的"马克·吐温与澳大利亚"的研究都是在关注马克·吐温1895年到1896年这段澳洲之旅，这方面的代表学者包括帕森斯（Coleman Parsons）、罗伯特·库博（Robert Cooper）、米里亚姆·希林斯堡（Miriam Shillingsburg）。从20世纪60年代开始，帕森斯就发表了一系列与此话题相关的文章。罗伯特·库博2010年的专著《与马克·吐温一起环游世界》（Around the World with Mark Twain）也十分关注马克·吐温的澳大利亚之旅[1]。而最具代表性的学者则是米里亚姆·希林斯堡，他从大量的报纸报道以及马克·吐温的私人日记、信件中收集材料写出了《马克·吐温在澳大利西亚》（At Home Abroad: Mark Twain in Australasia）一书，该书最大的价值在于它对马克·吐温在澳大利亚和新西兰所进行的三十场演讲细节进行了详细的追溯；此外，他的另外一篇文章《在马克·吐温的指导下一天一天完成的》"Down Under Mark Twain Day by Day"[2]也值得我们重视，该文章将马克·吐温在澳洲的行程以天为单位进行了复原，在一定程度上说明了英语世界马克·吐温研究的精细程度。总的来看，英语世界对马克·吐温的澳大利亚之旅的研究虽然不少，但是这并非本章关注的重点，在此略过不提，本文更关注的是马克·吐温在澳大利亚是如何被接受的。

二、马克·吐温在澳大利亚的接受

马克·吐温在澳大利亚的接受这一领域的研究主要围绕着以下两个问题展开：第一，马克·吐温在澳大利亚接受的时间和方式。作为英联邦国家之一的澳大利亚在语言和文化上与英美有着不可分割的联系，这使得马克·吐温的作品进入澳大利亚并不困难。通常人们会认为马克·吐温是在他1895年访问澳洲之后才在澳大利亚有了一定的名气，读者才开始阅读他的作品或是听他的演

---

[1] Robert Cooper. Around the World with Mark Twain. New York: Arcade Publishing, 2000.
[2] Miriam J. Shillingsburg. "Down Under Mark Twain Day by Day", Mark Twain Journal, 1995 (2): 2-41.

讲，但是实际情况并非如此。霍恩豪斯发现澳大利亚的报纸早于1863年就刊登了马克·吐温发表于1862年的短篇小说《石化人的故事》（"Petrified Man"）[1]。也就是说，马克·吐温的小说在美国发表后一年就迅速地在澳大利亚的报纸上出现了，在当时的交通和通讯条件下，马克·吐温作品在澳大利亚传播的速度之快要超出绝大多数人的想象。因此，霍恩豪斯将马克·吐温在澳大利亚地区的接受分为三个阶段：第一是匿名阶段，即马克·吐温的作品还仅仅是以片段的形式出现在澳大利亚报纸上，这个阶段澳大利亚的读者还对这位美国的幽默作家并没有形成全面的认知；第二个阶段是澳洲读者将他与阿特穆斯·沃德（Artemus Ward）进行比较认知的阶段；第三个阶段是马克·吐温成为国际知名作家和幽默演说家的阶段。[2] 霍恩豪斯的这一发现有助于英语学界了解马克·吐温生涯早期阶段在美国以外国家的接受情况以及接受渠道。通过霍恩豪斯的研究，我们可以发现马克·吐温早期作品在澳大利亚的接受并非通过书籍的方式进行的，而是借助报纸来完成的，这是因为包括《石化人的故事》在内的马克·吐温早期作品是发表于美国西部的报纸之上的，比如《石化人的故事》就是发表于1862年10月4号的《事业报》（*Territorial Enterprise*）之上的。[3] 而早在19世纪，美国的这一报纸就已经漂洋过海来到澳大利亚并影响到了澳大利亚报纸的出版，"澳大利亚和新西兰的报纸档案存在着大量的证据证明《事业报》以及这份很有影响力的美国报纸上选出的交换篇目就乘船来到了悉尼、墨尔本、奥克兰以及惠灵顿……"[4]。也就是说马克·吐温在澳大利亚的影响是随着美澳之间的报纸交流所产生的，它的产生要远远地早于《傻瓜出国记》《赤道圈纪行》等作品的出版。霍恩豪斯的研究考证了《石化人的故事》这一作品是怎样传入澳大利亚以及产生什么效果和影响等，是实证性影响研究的路径，它拓展了对马克·吐温作品的影响时间和方式的认识，提醒我们在进行马克·吐温的影响研究的时候，不应该只将"作品"定义为文学作品，而应将考察的范围延伸到新闻报道等纪实类作品上，这对于马克·吐温这样从新闻记者成长而来的现实主义作家来说尤为重要。

---

[1] Ron Hohenhaus. "The Petrified Manreturns: An Early Mark Twain Hoax Makes an Unexpected Appearance in Australasia", *Australasian Journal of American Studies*, 2008（2）: 83-103.

[2] Ron Hohenhaus. "The Petrified Manreturns: An Early Mark Twain Hoax Makes an Unexpected Appearance in Australasia", *Australasian Journal of American Studies*, 2008（2）: 83.

[3] Edgar M. Branch, Robert H. Hirst, Harriet Elinor Smith. *Early Tales and Sketches: Vol. 1:1851-1864*. Berkeley: University of California Press, 1979, p.155.

[4] Ron Hohenhaus. "The Petrified Man Returns: An Early Mark Twain Hoax Makes an Uappearance in Australasia", *Australasian Journal of American Studies*, 2008（2）: 87.

第二，马克·吐温在澳大利亚接受的历史语境以及对澳大利亚文学创作的影响。这一话题属于比较文学中的接受学的研究范畴，"接受学研究必然要涉及对接受的历史语境、现实语境、文化语境以及心理原因的研究，这样一来，接受学研究也就必然要和文学社会学的方法以及文学心理学等方法紧密结合起来，以探明文学接受中产生各种不同反应的社会、历史、个人、心理的原因"①。马克·吐温在澳大利亚接受的历史语境和心理原因主要与澳大利亚的国族认同问题息息相关。我们知道，1770年英国航海家库克船长（Captain James Cook）才发现澳大利亚东海岸并将其命名为"新南威尔士"，他宣布这片土地属于英国并把澳大利亚作为一个流放囚犯的地方。19世纪随着越来越多的来自英国的自由民移居澳大利亚，澳大利亚开始以悉尼为中心，逐步向内陆发展。在发展的过程中，澳大利亚的欧洲后裔们开始面临身份的焦虑，澳大利亚种族这个观念被广泛地讨论，澳大利亚人迫切地需要建立起属于自己的文化、文学和形象。例如他们就对英国作家对澳大利亚年轻人的形象构建颇为不满，这些涉及澳大利亚年轻人形象的小说多"出版在伦敦，多为英国作家所写，而这些人对于殖民地只有一些肤浅的、二手的知识，他们也主要是为英国市场而进行创作"②。正是在这样的历史语境下，19世纪的澳大利亚作家试图摆脱英国的影响，其中部分作家就转向了美国，因为后者的发展历程跟澳大利亚有着太多相似的地方，二者同为脱离母国英国建立起来的国家，同样要为自身的文化、文学身份证明。马克·吐温富有本土特色的创作实践正是在这样的语境中给了澳大利亚作家巨大的鼓舞和启发，马克·吐温所创作的《哈克贝里·费恩历险记》《汤姆·索亚历险记》等小说对于爱德华·蒂森（Edward Dyson）、艾斯特·特纳（Ethel Turner）的创作都提供了可资借鉴的模板，例如对于特纳来说，包括马克·吐温在内的美国作家让她学会的是"如何变得更加澳大利亚"，以及更加自信地"使用当地的土语和环境"③。

下文就以马克·吐温所创作的《哈克贝里·费恩历险记》《汤姆·索亚历险记》等小说中的孩童形象对澳大利亚作家爱德华·蒂森（Edward Dyson）、艾斯特·特纳（Ethel Turner）的影响为例，对此影响关系做出论述，其中涉及的澳大利亚研究者是布兰达·尼尔（Brenda Niall），她的研究专著《伊瑟

---

① 曹顺庆，《比较文学学》，成都：四川大学出版社，2005年，第226页。
② Brenda Niall. "Tom Sawyer on the Wallaby Track: Some American Influences on Eearly Australian Children's Fiction", *Australasian Journal of American Studies*, 1985（2）：50.
③ Brenda Niall. "Tom Sawyer on the Wallaby Track: Some American Influences on Eearly Australian Children's Fiction", *Australasian Journal of American Studies*, 1985（2）：56.

尔·特纳和玛丽·布鲁斯的世界》（*Seven Little Billabongs: the World of Ethel Turner and Mary Grant Bruce*）①以及《早期澳大利亚儿童小说中的美国影响》（"Tom Sawyer on The Wallaby Track: Some American Influences on Early Australian Children's Fiction"）等论文是这一领域的代表性研究成果。布兰达·尼尔的研究表明，马克·吐温在澳大利亚的接受是一个"文学变异学"②的典型案例，表明了"异域文学进入后是如何被本土作家改写、再创造而终至发生变异的"③。应该值得注意的是，这种变异的发生是在美国和澳大利亚之间，这就说明了即使是在语言、文化都存在相似的情况之下，国家之间的文学影响关系也存在着变异的动力和实践。下文将从变异的内在动力、接受效果两个方面对此变异案例做出说明。

首先，19 世纪早期澳大利亚小说沉闷、单一的年轻人形象为其向外寻找灵感和模板提供了内在动力。澳大利亚小说中所描绘的年轻人是一种充满了套路和成规的创作产物，"典型的英雄是一个敦实的年轻定居者，他来到殖民地想好好生活，以赚回他在旧世界中丢掉的财富。女主人公适应能力很强，她帮忙建立起了一个英国式的花园，教化了至少一位原居民孩子"④，19 世纪后期的澳大利亚小说中青年人物形象有所变化，但是"在一个日益城市化的澳大利亚，它们没有让殖民地的故事更加贴近日常生活"⑤。面对这一无力的局面，澳大利亚作家凯瑟琳·海伦·斯宾塞利用马克·吐温《汤姆·索亚历险记》提出了一个问题，即为什么澳大利亚"没有人曾经写过一部关于澳大利亚小男孩的好小说"⑥。在提出了这个问题之后，她把《汤姆·索亚历险记》看作一个学习的模板，力推马克·吐温的现实主义作为澳大利亚作家学习和模仿的对象。斯宾塞的呼吁在爱德华·蒂森（Edward Dyson）的《偷金者》（*The Gold-stealers*, 1901）⑦等小说中得到了贯彻。蒂森在该小说中塑造了迪克·哈

---

① Brenda Niall. *Seven Little Billabongs: The World of Ethel Turner and Mary Grant Bruce*. Clayton：Melbourne University Press, 1979.
② "文学变异学"的相关论述可见于曹顺庆，《比较文学学》，成都：四川大学出版社，2005 年，第 184-294 页。
③ 曹顺庆，《比较文学学》，成都：四川大学出版社，2005 年，第 225 页。
④ Brenda Niall. *Seven Little Billabongs: The World of Ethel Turner and Mary Grant Bruce*. Clayton：Melbourne University Press, 1979, p.50.
⑤ Brenda Niall. *Seven Little Billabongs: The World of Ethel Turner and Mary Grant Bruce*. Clayton：Melbourne University Press, 1979, p.50
⑥ 原出版于 1880 年 12 月 15 日的 *Sydney Morning Herald*。
⑦ 该小说可见于 Edward Dyson. "The Gold-stealers", *Longman's Magazine*, 1882-1905, 1901 (229): 1-34.

登（Dick Haddon）这个孩子王角色，通过平行分析，我们可以轻易发现他跟汤姆·索亚一样也是一群混混孩子的领袖，他也试图按照文学成规来指导日常生活，他也同样使用了富有当地特色的英语口语作为文学语言。此外，爱德华·蒂森如同马克·吐温一样也利用该小说来对文学传统发起攻击。马克·吐温在小说中被公认为是在对英国19世纪著名历史小说家沃特勒·司各特（Sir Watler Scott）的作品进行讽刺，而蒂森的小说"对亨利·金斯利（Henry Kingsley）那部著名的描述澳大利亚生活的小说《杰弗里·哈姆林再选集》（*The Recollections of Geoffry Hamlyn*）[①]做了明显的讽刺性的评论"[②]。以上对比清楚地表明，二者在诸多方面都存在着相似性。

但是，美澳两国对乡村生活图景的不同期待又决定了澳大利亚作家对马克·吐温小说的借鉴和接受并不一定能够保证带来像马克·吐温的作品一样的成功。如上文所述，爱德华·蒂森的《偷金者》有着诸多和马克·吐温的《汤姆·索亚历险记》《哈克贝里·费恩历险记》等相似的地方，但是前者在澳大利亚文学史上只能算是平庸之作，那么它为何没有取得如后者一样的成功呢？布兰达·尼尔认为其中一个可能的原因在于它"对乡村小镇生活的描写对于一本孩子图书来说过于严酷了"[③]。她分析认为，美国的乡村生活是"乡村式的自由和社区感受的结合，这种结合令人愉悦"[④]。布兰达对马克·吐温乡村描写的评价抓住了马克·吐温的精髓，虽然《哈克贝里·费恩历险记》第一章中哈克听到屋外"一只狼在远处正为死者凄惨地哀鸣，猫头鹰还有一只夜鹰和一条狗正在为一个快死去的人嚎叫，还有那风声正想要在我耳边低声诉说"[⑤]，全书也描写了诸如河流上的浮尸、家族之间的纷争仇杀等阴暗的场景，但是在逃离了所谓的文明的教化之后，乡村带来的就是完全不一样的诗意气息了，哈克和吉姆躺在船上仰望星空，他感受到的是"一处船上传来提琴声或者歌声，生活在木筏子上，这是多么美妙，头上的天空是属于我们的，四

[①] 亨利的小说可见于 Henry Kingsley. *The Recollections of Geoffry Hamlyn*. Boston: Ticknor and Fields, 1859.

[②] Brenda Niall. *Seven Little Billabongs: The World of Ethel Turner and Mary Grant Bruce*. Clayton: Melbourne University Press, 1979, p.52.

[③] Brenda Niall. *Seven Little Billabongs: The World of Ethel Turner and Mary Grant Bruce*. Clayton: Melbourne University Press, 1979, p.52.

[④] Brenda Niall. *Seven Little Billabongs: The World of Ethel Turner and Mary Grant Bruce*. Clayton: Melbourne University Press, 1979, p.53.

[⑤] Gerald Graff, James Phelan. *Adventure of Huckleberry Finn: A Case Study in Critical Controversy*. Boston: Bedford Books of St. Martin's Press, 1995, p.34.

处密布着一闪一闪的星星。我们朝天躺着，仰望着星星"①。但是在澳大利亚的主流文学传统中，澳大利亚的乡村生活是一种严酷、萧瑟的景象，"住在乡村小镇的主要乐趣是唤起它的寡淡"②，爱德华·蒂森延续了这一传统，但是这一传统对于孩童读物来说并非合适的，由于这个"异质性"的存在，蒂森的小说并没有取得成功。

从上文论述可以看出，马克·吐温在澳大利亚为当地作家所模仿，但是后者并没有取得成功，这对于探讨文化、文学之间的"异质性"③ 及其普遍性和影响等问题有着重要的意义。在过往的研究中，我们倾向于去关注"跨语言""跨文明"的文学多样性问题，美国和澳大利亚不论在语言上，还是在文明样式上均存在大量的相似性，乍看之下二者之间的"异质性"并不那么地显著，那么这是否意味着"异质性"的消失呢？实则不然。虽然它们同根同源，天生具有亲近的亲属关系，但是"异质性"的存在并不会消失，而只会有程度上的差异。换言之，英语世界的文学关系也并非铁板一块，而是呈现出错综复杂的影响关系。我们在对"英语世界"进行范畴化的时候，实际上是一个认知的过程，即"在现实世界中看到相似性并据此将可分辨的不同事物处理为相同的，由此对世界万物进行分类和归类，进而构建成一个知识体系的过程"④，在这一认知过程中，我们既要看到这个范畴下的同质性，也要去挖掘出它的"异质性"，这对于我们厘清英语世界内部的文学影响关系有着积极的作用。

第二节　马克·吐温与新西兰

马克·吐温在 1895 年 10 月 31 号到 12 月 17 号期间访问了新西兰的一些岛屿，他来到了新西兰的布拉夫、达尼丁、吉斯伯恩等城市。这段访问经历主要被记录在了《赤道圈纪行》的第 26 章 "新西兰之行"、第 32 章 "妇女协助

---

① Gerald Graff, James Phelan. *Adventure of Huckleberry Finn: A Case Study in Critical Controversy.* Boston: Bedford Books of St. Martin's Press, 1995, p.126.

② Brenda Niall. *Seven Little Billabongs: The World of Ethel Turner and Mary Grant Bruce.* Clayton: Melbourne University Press, 1979, p.53.

③ 对"异质性"问题的强调和探讨可见于 Cao Shunqing. *The Variation Theory of Comparative Literature.* Heidelberg: Springer Berlin Heidelberg, 2013, pp.106-109.

④ 赵彦春，《范畴理论是非辨——认知语言学学理批判之三》，载《外国语文》，2010 第 26 卷第 6 期，第 59 页。

政府统治新西兰"、第 35 章"毛利人、爱国者好勇士"之中。马克·吐温对新西兰的描写引起了英语世界学者的研究兴趣,不过相较而言,目前的研究还并不算多。较早的研究依旧是来自科勒曼·帕森斯,他于 1962 年发表了"马克·吐温在新西兰"("Mark Twain in New Zealand")[①] 一文,此后新西兰学者莎拉·西布莱特(Sarah Seabright)于 1970 年也写了同名的《马克·吐温在新西兰》[②] 一文,两篇文章的研究方向都是偏向于传记式的考证,此后的研究沿着这个路数朝着更加精细化的方向前进。最具有代表性的研究者还是米里亚姆·希林斯堡(Miriam Shillingsburg),他的《马克·吐温在澳大利西亚》(*At Home Abroad: Mark Twain in Australasia*) 一书包含了马克·吐温的新西兰之行研究。进入 20 世纪 90 年代之后,《马克·吐温期刊》于 1995 年编写出版了"Down Under Day by Day with Mark Twain"一文,该文以每日一记的方式对马克·吐温在澳大利亚和新西兰的活动、观光、采访情况做了提纲挈领式的记录。在这种实证式的马克·吐温活动研究基础之上,马克·吐温在新西兰的接受研究也取得了突破,罗波·威尔(Rob Weir)的《流浪汉在国外:马克·吐温 1895 年的新西兰之行》("Vagabond Abroad: Mark Twain's 1895 Visit to New Zealand")一文代表了该领域所取得最新研究成果。该文作者罗波·威尔虽然并非新西兰学者,但是该文是他于 2001 年和 2004 年在新西兰惠灵顿访学期间取得的成果,他的资料也大多来自新西兰的亚历山大·特恩布尔图书馆等,因此本节将对此做出重点评述。

上文对"马克·吐温在澳大利亚的接受"即马克·吐温对澳大利亚小说创作的影响及其接受情况做了初步的探讨,就马克·吐温的《哈克贝里·费恩历险记》等小说在澳大利亚的接受"变异"做了一定的论述,本小节继续利用"变异"作为理论框架对马克·吐温在新西兰的接受做出讨论。不同的是,本小节针对的对象并非马克·吐温的文学作品而是他的讲演。马克·吐温与其他大多数经典作家不同的是他拥有非凡的演讲才能,这一才能为他开辟了新的空间,使得他成为一位"跨媒介"式的作家,他小说中的不少情节、素材经过他的改编,在演讲台上焕发出了新的生命,产生了文学作品的"一度"

---

① Parsons, Coleman O. "Mark Twain in New Zealand", *South Atlantic Quarterly*, LXI, Winter 1962, pp. 51 - 76.

② 该文原发表于 Sarah Searight. "Mark Twain in New Zealand", *New Zealand Heritage*, 1972 (13):1703 - 1705. 本书所引来自 Ron Hohenhaus, "The Petrified Man's Returns: An Early Mark Twain Hoax Makes an Unexpected Appearance in Australasia", [*Australasian Journal of American Studies*, 2008 (2): 83 - 103] 一文中的脚注 5。

接受，他原先并不受人欢迎的一些文学文本在舞台上却受到了肯定，例如在他访问新西兰期间，一位来自新西兰惠灵顿的图书管理员约翰内斯·安德森（Johannes Andersen）就坦言他并不喜欢马克·吐温小说等书籍，但是却被马克·吐温的演说折服了。[①] 正因为马克·吐温的作品存在着这样的"跨媒介"传播的特点，因此英语世界的研究者不但关注作为文学文本的马克·吐温作品在其他国家的接受研究，也十分关注他的文学文本是如何通过变异走上演讲台以实现"跨媒介"接受的。罗波·威尔的《流浪汉在国外：马克·吐温1895年的新西兰之行》重点讨论的也正是马克·吐温在演讲中是如何运用各种技巧改写文学文本、弥合英语世界国家之间的文化差异和社会鸿沟，并最终产生了跨国、跨文化的普遍共鸣。

和马克·吐温在澳大利亚的接受一样，马克·吐温在新西兰的接受也存在着文化上的巨大鸿沟，体现在以下三个方面：第一，美国和新西兰两个国家之间缺乏了解。在19世纪末，新西兰人和美国人之间存在着地理上的巨大鸿沟，马克·吐温在《赤道圈纪行》中对美国人描述新西兰这个国家的陌生："大家都以为新西兰毗邻澳大利亚和亚洲，或是旁的什么地方，跨过一座桥便可抵达。事实并非如此……读者要是听说从澳大利亚到新西兰竟有1200至1300英里的距离，其间又没有桥梁，那他们一定会像我以前那样大吃一惊的。"[②] 在飞机还未普及的年代，新西兰对于美国人来说是陌生的，反之亦然。地理上的遥远使得双方在文化上也必然无法像今天这样亲密。第二，马克·吐温在新西兰的接受还面对着这样的一些不利条件，如1900前的新西兰人的文化教育程度并不高，截至1900年，只有10%的学生上过中学[③]，这可能会妨碍一部分受教育程度不高的工人阶级欣赏马克·吐温。第三，从马克·吐温作品角度来看，根据对新西兰的国会图书馆等地的藏书目录的调查，罗波·威尔发现马克·吐温的书籍在当时的新西兰并未得到大幅度的宣传。面对如此多的障碍，为什么新西兰人会接受甚至是喜爱马克·吐温的演讲呢？一个美国土语和方言的大师是如何成功地与地球另一端的观众产生共鸣的？

马克·吐温根据新西兰听众的文化异质性而对演讲素材和方式进行了调整，这些调整发挥了重要的作用。他在新西兰进行的巡回演讲主题是"Mark

---

① Johannes Andersen. *The Lure of New Zealand Book Collecting*, 1936.

② [美] 马克·吐温，《马克·吐温十九卷集·第十三卷·赤道圈纪行》，潘辛等译，石家庄：河北教育出版社，2002年，第206页。

③ 此数据来自 Rob Weir. "Vagabond Abroad: Mark Twain's 1895 Visit to New Zealand", *The Journal of the Gilded Age and Progressive Era*, 2009（4）：490.

Twain at Home",但是每一场演讲的内容都有不同,从其第一场演讲的内容来看,马克·吐温不可能不意识到文化之间的差异会导致接受上的分歧,因此他主动地使用了跨文化传播中常用的选择、添加、删除等方式,对自己熟悉的文本进行了改编,从而收到了良好的效果。以他第一场演讲内容的选择为例,他选取了《傻子出国记》第18章中的"父亲办公室的尸体"、《哈克贝里·费恩历险记》中第31章的"哈克的道德冲突"等故事。我们知道马克·吐温作品中所记录的故事来源非常广泛,那么在进行第一场的新西兰演讲之际,他为什么会选择这些文本呈现给听众呢?罗波·威尔认为马克·吐温选择这些故事作为演讲素材的原因在于它们所具有的普遍性。"父亲办公室的尸体"的故事讲述的是马克·吐温小时候因为逃学到深夜不敢回家,只好躲到父亲诊所,却无意间被诊所里的死尸吓到了,这段故事可以唤起存在于听众身上的"普遍的孩童时代的淘气和创伤回忆"[①]。此外,"哈克的道德冲突"的故事是马克·吐温演讲的重点,在马克·吐温原来的故事情节中,哈克面临着到底是要告发吉姆还是拯救吉姆的艰难选择,最终他与吉姆朝夕相处的感情战胜了奴隶制度的禁锢。马克·吐温将这一桥段搬上了讲台,再现了哈克面对内心冲突时的勇气和智慧,而根据《惠灵顿晚报》等报纸的评论,当天的观众对这个桥段反响强烈、喜爱有加。[②] 这个故事受到新西兰观众欢迎并非偶然的,乃是因为"吐温对于白人特权的抨击在新西兰人中间产生了共鸣"[③],也就是说马克·吐温很清楚地意识到了哈克与吉姆的故事可能和殖民地备受困扰的种族历史和阶层问题产生一定的勾连,从而更容易进入到听众的认知体系和情感体验之中。

在第一场演出取得成功之后,马克·吐温又接连上演多场,均获得了不错的反响和口碑。在跨文化传播中,"文化过滤"机制会一定程度上决定观众愿意听什么、喜欢听什么以及如何解读,也就是说,"当文学穿越不同的文化系统的时候,它必然要面对着不同的体系"[④],作为一位从31岁就开始公共演讲

---

① Rob Weir. "Vagabond Abroad: Mark Twain's 1895 Visit to New Zealand", *The Journal of the Gilded Age and Progressive Era*, 2009 (4): 496.

② 见于 *Wellington Evening Post*, Dec 11, 1895.

③ Rob Weir. "Vagabond Abroad: Mark Twain's 1895 visit to New Zealand", *The Journal of the Gilded Age and Progressive Era*, 2009 (4): 496.

④ Cao Shunqing. *The Variation Theory of Comparative Literature*. Heidelberg: Springer Berlin Heidelberg, 2013, p. xxxiv.

的资深演说家①，马克·吐温必然对演讲受众的文化心理有很深的了解，他在演讲中对话题和素材的精心挑选和准备也证明了他对这一接受机制有着极好的掌握。因此，正如罗波·威尔所指出的那样，在接下来的多次演说中，"吐温基本上遵循了他第一次节目的这一路线，并增加了一些材料，这些材料吸引力的产生不要求某种特定的文化体系"②，马克·吐温的这一策略使得来自新西兰的听众不再掣肘于美国历史、语言和文学形成的一个综合性框架，不再受限于具有阻碍作用的"异质"文化因素，听众的理解和欣赏也不再必须以对美国方言、美国文化的熟知为前提，而是在他们所熟知的孩童轶事、种族冲突等话题上产生同声相应的接受效果，这正是马克·吐温演说能够在新西兰取得成功的关键所在。

第三节 马克·吐温与印度

马克·吐温与印度之间有着不解之缘。2018 年《印度斯坦时报》（*Hindustan Times*）杂志刊登了《马克·吐温印度演讲的重新想象》（"Reimagining Mark Twain's Lecture in Mumbai"）一文，该文报道了加拿大剧作家加布里尔·伊曼纽尔（Gabriel Emanuel）在孟买举办的名为"Mark Twain: Live in Bombay"的演出，伊曼纽尔在该剧作中试图将当年马克·吐温的演讲场景重新搬上舞台。③ 也就是说，在马克·吐温访问印度 100 多年后，印度民众仍然可能对马克·吐温当年的印度访问有一定的认知。马克·吐温的印度之旅于 1896 年 1 月 18 日开始，他在妻子、女儿等人的陪同下到达孟买，"马克·吐温希望在印度只待了一个月，但实际上停留了 68 天"④，在印度旅行和演讲期间，他受到了热烈的欢迎，他的行程和言行被详细地报道，广泛地见于《印度日报》（*The Indian Daily News*）、《印度镜报》（*The Indian Mirror*）、《印度时代》（*The Times of India*）和《孟买报》（*The Bombay Gazette*）等。"马

---

① 马克·吐温作为《萨克拉门多联合报》（*Sacramento Union*）的外派记者对夏威夷进行了考察，回到美国大陆后，他根据岛上所见所闻，于 1866 年 10 月 2 号在旧金山的马圭尔（Maguire）音乐学院进行了第一次公开演讲，受到了极大的欢迎，奠定了他后期的职业演讲家的路线。

② Rob Weir. "Vagabond Abroad: Mark Twain's 1895 Visit to New Zealand", *The Journal of the Gilded Age and Progressive Era*, 2009 (4): 499.

③ Jayati Bhola. "Reimaging Mark Twain's Lecture in Mumbai", *Hindustan Times*. April 20, 2018.

④ Harsharan Singh Ahluwalia. "Mark Twain's Lecture Tour in India", *Mark Twain Journal*, 1976 (3): 4.

克·吐温与印度"这一话题时至今日仍然有着很大吸引力,这方面的研究者主要包括来自印度的哈沙兰·辛格·阿卢瓦利亚(Harsharan Singh Ahluwalia)、克沙夫·穆塔利克(Keshav Mutalik),以及来自美国的阿兰·格里本等人,他们的学术兴趣体现在以下两点:第一是马克·吐温印度之旅的行程复原,第二是马克·吐温的"印度观"问题。

一、马克·吐温的印度之旅

马克·吐温在印度之旅主要由两个部分组成,他在印度境内各地的旅行、参观以及在印度发表的演讲。虽然马克·吐温的《赤道圈纪行》是他的旅行记录,但是该小说并没有完整地记录下马克·吐温在印度国内旅行的诸多历史性的史料信息,这一信息的获得和还原要归功于帕森斯(Coleman Parsons)在20世纪60年代开始的研究工作。他在《印度观光者马克·吐温》("Mark Twain: Sightseer In India")一文中利用马克·吐温的《赤道圈纪行》、马克·吐温的日记、英国博物馆(British Museum)的收藏文献以及众多的印度报纸文献对马克·吐温在印度的旅行和访问线路、事件等方方面面进行了深度还原。[①] 而到了70年代,1978年克沙夫·穆塔里克(Keshav Mutalik)出版了《马克·吐温在印度》(Mark Twain in India)[②] 一书对这一领域进行了更加深入的总结,该书是"马克·吐温与印度"话题下最重要的一部参考书。

除了马克·吐温的印度旅行研究之外,马克·吐温在印度发表的演讲及其接受情况的研究也受到了学者的普遍关注。阿卢瓦利亚最早对马克·吐温在印度演讲的基本情况以及在印度的接受做出了整理和研究。在《马克·吐温在印度的演讲》("Mark Twain's Lecture Tour in India")一文中,他分析了马克·吐温在印度演讲的数量、观众群体组成、观众人数、演讲现场情况以及演讲内容等,其中他对马克·吐温观众群体的分析引起了我们的注意。阿卢瓦利亚根据印度当地报纸的报道和采访发现,马克·吐温的听众基本上是由英美人士组成,例如根据孟买的一位当年参加过马克·吐温演讲的女士艾米·克斯特吉(Amy Cursetjee)的描述:

> 演讲中的观众绝大多数是欧洲人,主要是英国人,很多是军官,

[①] 帕森斯所参考的文献资料见于:Coleman O. Parsons. "Mark Twain: Sightseer in India", *The Mississippi Quarterly*, 1963(2):93.

[②] Keshav Mutalik. *Mark Twain in India*. Bombay: Noble Publishing House, 1978.

这是因为 Poona 这个地方过去和现在基本上就是一个军队小镇。我到今天还能够记得那天礼堂的画面。有很少的妇女是穿着沙丽的，可能就五六个，零零星星的就几个印度人。剩下的观众是英国人，他们穿着西装，这个画面到现在都还很清楚，还有大量的英国士兵分散在人群中。①

　　阿卢瓦利亚在他的文章中利用文献材料对马克·吐温的演讲现场观众组成做了调查，那么阿卢瓦利亚对于演讲人群的分析有何价值呢？马克·吐温虽然是一位在全球范围内进行旅行、写作的作家，但是他的主要接受人群在那个年代还依然停留在殖民地的英美殖民者，可以推测的是这些听众也应该是他的文学作品阅读者，那么为了满足这一部分听众/读者的阅读期待，他是否能够跳脱出这个群体的审美观念和价值观念，跳出西方殖民者的殖民叙事而真正地走向对他者、对异文化的理解和欣赏，就变成一个很大的疑问。这个疑问会促使研究者对他的帝国主义观念、殖民观念和文化观念做出一分为二的评述，即一方面承认他通过这次的环球演讲一定程度地摆脱了西方中心主义的舒适圈，但是另一方面也会怀疑马克·吐温是否能够不带偏见地去理解另一个文化的真正含义，这个疑问正是大部分的印度学者甚至是像苏珊·哈里斯这样的美国学者所持有的，本文将在"马克·吐温的印度观"部分对此做出详细的论述。

　　另一位在马克·吐温印度演讲领域做出贡献的是阿兰·格里本（Alan Gribben）。他在1996年发表了两篇文章，分别是《马克·吐温印度演讲路线：1896年1月18号至4月5号》（"Itinerary of Mark Twain's Lecture Tour in India, January 18–April 5, 1896"）和《马克·吐温印度演讲总结》（"Composite Summary of Mark Twain's Lectures in India"）。这两篇文章是相互配合的关系，第一篇按照时间顺序对马克·吐温在印度的演讲进行了还原，主要包括每一次演讲的时间、地点、人物以及各方反应等②；第二篇按照主题的方式，对1896年1月和2月的印度报刊和马克·吐温相关的报道进行了摘录式的总结③。两篇文章合力对马克·吐温在印度的演讲状况和接受做了还原，为后来者提供了

---

① Harsharan Singh Ahluwalia. "Mark Twain's Lecture Tour in India, January 18–April 5, 1896", *Mark Twain Journal*, 1976（3）: 5.

② Alan Gribben. "Itinerary of Mark Twain's Lecture Tour in India", *Mark Twain Journal*, 1996（1）: 8–20.

③ Alan Gribben. "Composite Summary of Mark Twain's Lectures in India", *Mark Twain Journal*, 1996（1）: 24–29.

翔实的史料，相比于阿卢瓦利亚的研究，阿兰·格里本所获取的文献无论是在广度、深度还是详细程度上都要略胜一筹，例如阿卢瓦利亚只是提到马克·吐温"在12个主要的城市进行了至少18场演讲"[①]，而格里本则将这18场演讲的详细时间、地点等信息进行了尽可能准确的罗列，但是本文的兴趣并不在这种考据式的研究上，本节更加关注的是马克·吐温的"印度观"问题。

二、马克·吐温作品中的"印度观"

1. 马克·吐温"印度观"研究概述

马克·吐温在印度仅仅逗留了三个月的时间，但是他在《赤道圈纪行》中却花费了接近一半的篇幅来描写他在印度的所见所闻以及他对印度人民、文化、风俗等各个方面的印象，足以看出印度给马克·吐温所带来的巨大、强烈的文化冲击，这种冲击集中地体现在了《赤道圈纪行》中的《孟买——天方夜谭式的世界》《令人费解的印度宗教》等章节中。这些篇章充满了对印度的文化、宗教所做的印象式的、充满矛盾的描写，是研究马克·吐温的宗教观、帝国主义思想、种族观、社会阶层观的重要材料，从20世纪60年代开始，它们就吸引了来自印度、美国等多个英语国家研究者的兴趣并一直持续至今，下文将对马克·吐温对印度教的看法的研究进行整理和评价。

这类言论从20世纪60年代开始受到了学者的注意，主要有科尔曼·帕森斯的《印度观光者马克·吐温》（"Mark Twain：Sightseer in India"）、莫汉·莱·莎玛（Mohan Lai Sharma）的《马克·吐温的印度旅程》（"Mark Twain's Passage to India"）、卡门·卡加尔（Carmen Kagal）的《马克·吐温的冒险》（"The Adventures of Shri Mark Twain"）、阿加沃尔（I. N. Aggarwal）的《马克·吐温阿拉哈巴德之行》（"Mark Twain's Visit to Allahabad"）、拉姆斯·格沙尔（Ramesh Ghoshal）的《马克·吐温的冒险》（"Adventures of Mark Twain"）以及亚瑟·斯科特的专著《马克·吐温的旅行》（*Mark Twain At Large*）和弗雷德里克·洛奇（Fred W. Lorch）的《麻烦八点钟开始：马克·吐温的巡回演讲》（*The Trouble Begins at Eight：Mark Twain's Lecture Tour*）中

---

① Harsharan Singh Ahluwalia. "Mark Twain's Lecture Tour in India", *Mark Twain Journal*, 1976（3）：4.

的部分内容等。① 最新的研究成果包括 2017 年萨玛的论文《马克·吐温的印度：〈赤道圈纪行〉中的私人与公共分界》（"Mark Twain's India: The Private-public Divide in Following the Equator"）和苏珊·哈里斯的《马克·吐温与我的生活》（"My Life with Mark Twain"），在这一系列的研究成果中，宗教问题是其中的重中之重，主要涉及马克·吐温对印度教、拜火教的跨文化接受问题，下节将围绕此做重点论述。

2. 马克·吐温"印度观"中的宗教

宗教为何在马克·吐温"印度观"中占据重要位置呢？马克·吐温对于宗教的反感众人皆知，那么当他来到印度这种宗教文化盛行的国家之后，他做出了什么样的反应，他对宗教的态度是否发生了改变，这些问题首先对于印度学者来说是重要的，因为通过马克·吐温的"他者之镜"，印度学者可以获得对自身宗教文化的新的反思。这对于美国马克·吐温学者来说也是新的角度，在他们的眼中，马克·吐温是一位对基督教、上帝话语素来不敬的作家，那么马克·吐温对宗教的批判是否是一种不分国家、不分场合、一以贯之的行为，还是仅仅针对美国基督教本身，这个问题的答案直接影响到他们对马克·吐温宗教观本质的判定。基于以上各自不同的关切，马克·吐温对印度教的态度自然引起了广泛的关注，其中既包括印度学者莫汉·萨玛、克沙夫·穆塔利克、西曼·莎玛（Seema Sharma）等人，也包括美国的知名马克·吐温学者苏珊·哈里斯。

莫汉·萨玛早于 1968 年就对马克·吐温的印度渊源进行了梳理，但是当时他的梳理还流于泛泛的概述，对于马克·吐温与印度宗教之间的关系，他说到，"吐温发现了印度教的习俗、仪式和传统是一个有趣的对象。尽管他承认他发现了印度教神学对他的理解来说太复杂，但是从他对人温暖的理解中，他在印度教的信仰中发现了一些他本能认为是真诚而非凡的东西"②。莫汉·萨玛在此对马克·吐温的"印度教观"的归纳还稍显简单，但是已经提到了一

---

① Coleman O. Parsons. "Mark Twain: Sightseer in India", *Mississippi Quarterly*, Spring 1963: 76 - 93; Mohan Lai Sharma. "Mark Twain's Passage to India", *Mark Twain Journal*, Summer 1968: 12 - 14; Carmen Kagal. "The Adventures of Shri Mark Twain", *Span*, November 1966: 3 - 9; I. N. Aggarwal. "Mark Twain's Visit to Allahabad", *Indian Journal of American Studies*, June 1973: 104 - 108; Ramesh Ghoshal. "Adventures of Mark Twain", *The Statesman*, 1965: 3; Arthur L. Scott. *Mark Twain at Large*. Chicago: H. Regnery Co., 1969: 195 - 214; Fred W. Lorch. *The Trouble Begins at Eight: Mark Twain's Lecture Tour*. Ames: Iowa State University Press, 1968, pp. 192 - 194.

② Mohan Lai Sharma. "Mark Twain's Passage to India", *Mark Twain Journal*, Vol. 14, Summer 1968: 13.

个重要的特点，即马克·吐温在看待印度教神学时的"两面性"问题，一方面他发现马克·吐温是将印度教看作一个"迷人的"对象，是真诚而非凡的，但是另一方面他也发现印度教中非常"复杂"的成分还是困扰到了马克·吐温，莫汉·萨玛在此使用的是一个比较中性的"复杂"（intricate）一词，这实际上是在避重就轻，莫汉·萨玛的这些初步的看法在西曼·莎玛和苏珊·哈里斯的论述中得到了深化。

西曼·莎玛沿着"两面性"的思路对马克·吐温的印度教观念特征做了更加详细的探索。她一方面注意到马克·吐温眼中的印度教是"迷人的"，表现在《赤道圈纪行》的第53章中马克·吐温所记录下的对印度教圣人"斯瓦米·巴斯卡拉恩达·萨拉斯瓦蒂"的详细描写："这个衣不蔽体、虚弱的斯瓦米被那些从四面八方来拜访他的人尊称为上帝，马克·吐温被他所震惊到了。"[1] 马克·吐温在书中详细地描写了这位印度的人间之神是如何受到万民的崇拜，并对印度教中免却转世轮回之苦而达到功德圆满境界的修行方法表现出了极大的兴趣，他甚至认为眼前的这位圣人：

> 已不再是这尘世的一分子或是一个部分；他的本质已起了变化，了无凡心俗念；他已圣化，绝对纯化了；没有任何东西能亵渎这种神圣，玷污这种纯洁；他不再属于人间了，一切尘缘俗物都与他无关，尘世间的诸多痛苦、悲哀和苦恼都不能临身。他的去世便是他的涅槃；他将与至高无上的神合为一体，获得永恒的安宁。[2]

如果我们将马克·吐温在这段话中表现出来的对神灵、宗教的崇敬态度与他对基督教的猛烈批评相比的话，差别就显现出来了。在《康州美国佬大闹亚瑟王朝》中的第20章"圣泉"中，同样是在描写一位著名的隐士，马克·吐温却对他进行了漫画式的讽刺挖苦，将隐士描写成一个在高柱子上不停地哈腰鞠躬以带动缝纫机生产粗麻布衬衫的滑稽形象。那么，这是否意味着马克·吐温在对待基督教和其他宗教上的双重标准呢？并非如此，因为正如西曼·莎玛也注意到的那样，"恒河的污物、河岸两边焚烧的死尸以及那些进行葬礼仪

---

[1] Seema Sharma. "Mark Twain's India: The Private-public Divide in Following the Equator", *Mark Twain Annual*, Vol. 15, 2017: 28.

[2] ［美］马克·吐温，《马克·吐温十九卷集·第十三卷·赤道圈纪行》，潘辛等译，石家庄：河北教育出版社，2002年，第436页。

式的权威们的贪婪都让他感到恶心"①，这里的"权威"就包括宗教权威，也就是说，虽然上述的那位印度教圣人让马克·吐温对印度教的教义颇感兴趣、甚至着迷，但是当有人借助宗教之名义行贪婪狡诈之事的时候，马克·吐温的批评的锋芒就会义无反顾地再次显现出来，并不会因为对方到底是何种宗教而做区别对待。例如在《赤道圈纪行》的第50章中，马克·吐温到访印度北部著名宗教城市贝纳勒斯（Benares），对于这座城市中的僧侣阶层，他说"他们榨取的对象是整个印度。全印度人都蜂拥前来朝圣，个个都将自己的积蓄慷慨地倒进僧侣的腰包，而且源源不绝"，马克·吐温极其讽刺地评价道"一个僧侣在恒河河畔占上一个市口位置好的摊位，就要比伦敦最好渡口清扫夫的收入多得多"②。

结合西曼·莎玛对马克·吐温的印度宗教观的评价以及马克·吐温本身的相关文本，马克·吐温对待印度教的"分裂式"的观点昭然若揭。正如西曼·莎玛的"the private - public divide in Following the Equator"这篇文章的题目所显示出的那样，她关注的是马克·吐温研究中的一个热门话题，即马克·吐温在诸多领域例如性别、帝国主义等中"分裂式"的看法，这与西曼·莎玛的学术背景和渊源密不可分。她是印度孟买Jai Hind学院的英文教师，她通过富布莱特项目于2015年到2016年在斯坦福大学进行了一年的博士后研究，在此期间他被斯坦福大学③、埃尔梅拉学院（Elmira College）④邀请就"马克·吐温与印度"这一话题进行了公共性的讲座和对话等，这些经历使得她对于美国马克·吐温学界所关注的问题有了清晰的、深入的了解，使得她在论文选题上在不失印度本土特色的同时，还能够抓住美国学界的学术话语，与美国学界发生对话和共鸣。相比之下，另外一位就马克·吐温的印度宗教观进行深入探讨的学者苏珊·哈里斯则在研究思路上既显现出了相同之处，又有明显的差异。

苏珊·哈里斯同样意识到了马克·吐温对"他者""异文化"的分裂态

---

① Seema Sharma. "Mark Twain's India: The Private-public Divide in Following the Equator", *Mark Twain Annual*, Vol. 15, 2017: 28.

② Seema Sharma. "Mark Twain's India: The Private-public Divide in Following the Equator", *Mark Twain Annual*, Vol. 15, 2017: 431.

③ Sharma 在斯坦福大学的讲座介绍见于"Mark Twain in India & Japan", March 3, 2016, https://amstudies.stanford.edu/news/mark-twain-india-japan. Accessed March 14, 2020.

④ Sharma 在埃尔梅拉学院的马克·吐温讲座介绍可见于 Stella Dupree. Elmira College's Lecture Series "The Trouble Begins at Eight" returns Wednesday with a look at Mark Twain's visit to India. May 2, 2016. https://www.the-leader.com/article/20160502/NEWS/160509963.

度。马克·吐温到底是一位利用西方所谓的"理性"知识来对印度进行文化攻击的外来者，还是一位寻求宽容和包容的文化大使？这对于苏珊·哈里斯来说似乎是一个永远无法解答的问题，面对这些问题，她"从来没有确认过，而这正是从事马克·吐温研究的乐趣和沮丧之处"①。不过苏珊·哈里斯对于马克·吐温印度研究的真正贡献则在于，她对马克·吐温《赤道圈纪行》中的印度教偏见及其来源的研究，这方面的成果主要见于她的《马克·吐温与我的生活：第一章——印度教》（"My Life with Mark Twain: Chapter One—Hinduism"）之中。

苏珊·哈里斯的《马克·吐温与我的生活：第一章——印度教》一文是一篇形式上比较特别的学术论文，它杂糅了学术探讨和个人游历于一体，是一种个人式的学术文本。在内容上，该论文主要探讨的也是马克·吐温对于印度教的意见以及马克·吐温在贝纳勒斯的游历，更重要的是，它还讨论了马克·吐温先在的个人条件和文化认知框架是如何局限了马克·吐温对于印度教教义和行为的认识的。苏珊·哈里斯在《赤道圈纪行》发现，该小说的"有一些地方让我失望也让我恼怒，有一些地方则暴露出了他的偏见，而我希望他并非如此"②，出于对马克·吐温该书部分内容的不满，她试图去理解马克·吐温为什么会让人失望地在《赤道圈纪行》中展示出他的偏见。这些令她失望的地方是"马克·吐温参观了多所庙宇和博物馆，沿着恒河顺流而下，访问了多处主要的河流沿岸，但是他对于他对所看到的宗教物件和仪式的态度变得日益敌视。虽然他早期显现出对于耆那教和拜火教的兴趣，但是在贝纳勒斯他甚至拒绝去理解印度教。他用他无处不在的、潜藏的反教权主义以及他对于体制化宗教的怀疑来过滤他所看到的一切"③。

马克·吐温对印度宗教的偏见、拒绝的态度主要见于马克·吐温在《赤道圈纪行》的第40章、第50章和51章。马克·吐温在第40章中有过尝试地去了解印度宗教，在该章节中他对拜火教的"天葬"进行了详细的记录，但是在该章的末尾部分，他逐渐从对拜火教葬礼的描述和评价中转向西方社会的火葬，最终的落脚点并不是对拜火教丧葬习俗的深入探索，而是沦落成为为西

---

① Susan K. Harris. "My Life with Mark Twain: Chapter One—Hinduism". *The Mark Twain Annual*, 2017 (1): 19.
② Susan K. Harris. "My Life with Mark Twain: Chapter One—Hinduism." *The Mark Twain Annual*, 2017 (1): 3.
③ Susan K. Harris. "My Life with Mark Twain: Chapter One—Hinduism." *The Mark Twain Annual*, 2017 (1): 10.

方火葬的合理性的说明和辩护，哈里斯认为马克·吐温的思路在此是"是通过他自己的文化体验来运作的"①。到了第五十章中，随着马克·吐温越来越多地接触印度宗教，他开始承认：

> 很乐意获得一些印度教的神学概念，可是难度太大，而问题又错综复杂，连神学 ABC 我都搞不清楚。印度教的三位一体——婆罗摩、湿婆和吡湿奴——显然又各自拥有独立的权力，虽然人们对此还不十分肯定。因为某座庙里有一尊神像，人们企图把这三位神集中在一位神的身上。这三位神又各有别的名字，而且还多得很，这就使人不知所从……②

马克·吐温从第40章的愿意了解，到第50章感到无所适从，终于在第51章发展成为对异文化的拒绝甚至挖苦了，马克·吐温以讽刺的口吻为所谓的善男信女拟定了一条印度的朝圣路线，但是这条路线实际上是充满了疾病、不洁和污垢的，那些神庙"是臭气熏天的地方，令人厌恶，因为里边挤满了生牛和乞丐"③，那口所谓的长寿之井是"贝纳勒斯最古老的寺庙之一……水的气味很像是上等的林堡干酪，由于溃烂的麻风病患者在其中洗澡，池水脏不堪言"④。苏珊·哈里斯对马克·吐温在这些段落中的讽刺持批判态度，将之视作马克·吐温拒绝理解印度教的表征，她从以下方面对马克·吐温的印度教偏见的原因进行了分析。

首先是马克·吐温的个人原因，即他创作该书的目的。"吐温启程开始环游世界的原因是他被迫宣布了破产，他急需卖出《赤道圈纪行》，这意味着他要去按照他的读者的期待去写作，期待之一即印度人是非理性的，他们的宗教是顽固的。"⑤ 其次，是马克·吐温的文化背景框架的制约。马克·吐温在印

---

① Susan K. Harris. "My Life with Mark Twain: Chapter One—Hinduism." *The Mark Twain Annual*, 2017（1）：4.
② ［美］马克·吐温，《马克·吐温十九卷集·第十三卷·赤道圈纪行》，潘辛等译，石家庄：河北教育出版社，2002年，第414页。
③ ［美］马克·吐温，《马克·吐温十九卷集·第十三卷·赤道圈纪行》，潘辛等译，石家庄：河北教育出版社，2002年，第417页。
④ ［美］马克·吐温，《马克·吐温十九卷集·第十三卷·赤道圈纪行》，潘辛等译，石家庄：河北教育出版社，2002年，第418页。
⑤ Susan K. Harris. "My Life with Mark Twain: Chapter One—Hinduism", *The Mark Twain Annual*, 2017（1）：3.

度旅行期间，总是试图以欧美国家的社会、文化关切为先入为主的图式，以对印度宗教这一异文化做出认知。苏珊哈里斯对记录在克沙夫·穆塔利克《马克·吐温在印度》一书中马克·吐温与向导斯里·甘地（Shri Virchand Raghavji Gandhi）之间的对话进行了分析。甘地是马克·吐温在印度旅行期间的向导，他在为身为新教教徒的马克·吐温妻子解释印度的石像的时候，将那些石像比作是乔治·华盛顿、亚伯拉罕·林肯，甘地在此试图以美国人熟知的人物形象来填补美国与印度之间的文化鸿沟，但是这种类比是否可行呢？苏珊·哈里斯认为"将吐温看到的石像与华盛顿或是杰斐逊相比较，对于吐温来说，是具有误导性的"[1]，这种误导性有可能使文化之间的异质性被忽略掉。除此之外，另外一个更加显而易见的例子是《赤道圈纪行》的第51章，马克·吐温在这一章中对印度教场所恶劣的卫生条件心有余悸。为什么马克·吐温会有此反应呢？仅仅只是因为卫生条件真的让马克·吐温触目惊心造成的吗？苏珊·哈里斯认为并非如此，她认为这和病菌、疾病话题在19世纪中叶后的美国、欧洲等国家的敏感性有关系，马克·吐温对印度糟糕的卫生条件的描写是在故意参与并且迎合欧美读者的口味和期待。[2] 第三，是西方无孔不入的殖民叙事体系的影响。这个体系是以英帝国为代表的西方殖民国家建构起来的一套殖民叙事构成的。比如第40章中马克·吐温将拜火教人（Parsee）描述成一个具有很高文化素质和重商传统的团体，哈里斯认为这一套对拜火教人的描述并非空穴来风，而是来自英帝国的帝国叙事话语，在这套话语中，"英国人认为帕西人群体是可靠、冷静且慈善的，最重要的是，他们的宗教没有妨碍他们与帝国进行商业往来，也没有妨碍殖民统治的施行。马克·吐温对于他自身环境中的这套叙事非常熟悉，所以他是通过这套叙事结构来理解孟买的帕西人的。"[3]

综上，莫汉·萨玛、西曼·莎玛、苏珊·哈里斯等人的研究围绕马克·吐温的印度宗教观逐步展开。如果说莫汉·萨玛的归纳虽然还稍显简单，但是已经提出了马克·吐温在看待印度教神学时的"两面性"这一至关重要的问题，西曼·莎玛沿此思路做出了新的垦拓，揭示出马克·叶温印度宗教观中的

---

[1] Susan K. Harris. "My Life with Mark Twain: Chapter One—Hinduism", *The Mark Twain Annual*, 2017（1）: 7.

[2] Susan K. Harris. "My Life with Mark Twain: Chapter One—Hinduism", *The Mark Twain Annual*, 2017（1）: 13.

[3] Susan K. Harris. "My Life with Mark Twain: Chapter One—Hinduism", *The Mark Twain Annual*, 2017（1）: 6.

"分裂"特征,这主要得益于她对美国马克·吐温学术话语的熟稔,而来自美国的学者苏珊·哈里斯则从跨文化认知的角度揭示出了马克·吐温印度教认知矛盾和偏见的三大原因,三者的研究合力将马克·吐温印度教研究推向了纵深。

第四节　马克·吐温与非洲英语国家

一、马克·吐温与毛里求斯

马克·吐温对毛里求斯的关注点主要在于毛里求斯被轮番殖民的特殊历史。毛里求斯在1968年3月12日才脱离英国殖民统治获得独立,在这之前,它经历了法国、荷兰和英国等列强的轮番殖民,在马克·吐温访问前后,法国和英国仍然在毛里求斯这片土地上展开争夺。马克·吐温在1896年4月15号清晨两点到达毛里求斯,其所见所闻主要被记录在《赤道圈纪行》第62章和第63章,他注意到"毛里求斯直到二十多年前,还是英王的直辖殖民地,由英王委任的总督,以及由他委派的参议会协助治理;但自波普·亨尼西出任总督之后,他竭力活动,将参议会的部分议员改为民选,并获得成功,所以现在整个参议会全是清一色的法国议员"[1],殖民政治导致了毛里求斯在语言文化上分裂的局面,该地的报纸语言"一页是英文,另一页是法文"[2]。马克·吐温在此对英法等欧洲国家殖民行为的观察已经开始逐渐地累积起他的反帝国主义情绪了。这种反抗情绪贯穿他整个的巡回演讲过程,例如在他之前对澳大利亚的访问中,他就已经目睹了原居民几乎被灭绝的悲惨命运,并提及法国人将卡纳卡人驱逐离开家园的行径,对于这些殖民主义者的所作所为,他不无讽刺地得出了这样的结论,"世界上有许多令人忍俊不禁的事情:其中之一就是白种人有一种观念,总以为自己不像其他野蛮人那么野蛮"[3],而到了毛里求斯,这种对于被殖民者的同情愈演愈烈了,在目睹了英、法对毛里求斯的轮番统治

---

[1] [美]马克·吐温,《马克·吐温十九卷集·第十三卷·赤道圈纪行》,潘辛等译,石家庄:河北教育出版社,2002年,第528页。

[2] [美]马克·吐温,《马克·吐温十九卷集·第十三卷·赤道圈纪行》,潘辛等译,石家庄:河北教育出版社,2002年,第530页。

[3] [美]马克·吐温,《马克·吐温十九卷集·第十三卷·赤道圈纪行》,潘辛等译,石家庄:河北教育出版社,2002年,第170页。

之后，马克·吐温写下了这样的一段话，这段话构成了英语世界学者重点讨论对象，他写道：

> 哎呀，欧洲各国相互掠夺领土从来就不算是罪行，就是现在也不算。对有些国家的内阁说来，世界上各个政治组织只是晾衣服的绳子而已；这些内阁的大部分官方职责，就是盯着彼此晾的衣服，一有机会便将能夺的都夺过来。地球上所有国家所占有的全部领土——当然包括美国在内——都是由掠夺别国人民的衣服——赃赃组成的。不管如何渺小的部落，不管如何强大的国家，它们所占领的寸土尺地，无不是盗窃而来的。英国人、法国人和西班牙人在到达美洲的时候，那些印第安部落就从彼此的晾衣服绳子上掠夺领土已有好些年头了，美洲大陆的每一英亩的土地都曾被一偷再偷，竟达五百次之多。英国人、法国人和西班牙人都曾经插上一手，再来一轮盗窃；一俟偷窃行径圆满结束，他们之间又不遗余力地你偷我窃。在欧洲、亚洲、非洲，每一寸土地都曾被盗窃过几百万次。一种罪行持续了千万年之后，便不再被视为罪行，反而变成了美德。这就是习惯法则。①

对于这一段，英语世界的学者有着极为不同的解读。方纳将之解读为马克·吐温反帝国主义的证据，认为马克·吐温在此控诉的是"每一个所谓的文明国家继续偷盗互相的领土，而这些领土最先是他们从殖民地国家的人民那里偷来的"②。但是，卡明斯则认为，马克·吐温在《赤道圈纪行》中总的观点是将帝国主义看作是达尔文主义的，它提倡"永无休止的战争"和"适者生存"的法则，卡明斯进而认为马克·吐温是在"默许"了帝国主义的做法③。霍金斯的观点有相似之处，他认为：

> 虽然马克·吐温开始关注的是"欧洲国家相互掠夺"，结论却是"不管如何渺小的部落"，都有行使它所居住的领土的权利。所有的土地都不停地以达尔文式的竞争方式不断地被偷窃，这种方式已然存

---

① ［美］马克·吐温，《马克·吐温十九卷集·第十三卷·赤道圈纪行》，潘辛等译，石家庄：河北教育出版社，2002年，第533页。
② Philip S. Foner. *Mark Twain: Social Critic.* New York: International Publishers, 1958, p. 315.
③ Sherwood Cummings. "Mark Twain's Social Darwinism", *Huntington Library Quarterly*, 1957 (2): 173 - 174.

在数个世纪了。因此当吐温说领土盗窃"不算是一种罪行"的时候，他并非真的在讽刺，因为在这件事情上并无道德可言。①

霍金斯进一步引用霍华德·贝茨菲尔德的论证，指出马克·吐温曾经希望，像印度这样的被殖民国家能够在欧洲国家的统治下获得新生，马克·吐温说道：

> 那种阴郁的、拖延了许多年代的流血、混乱和压迫，都将代之以和平、秩序和法律的统治……当人们回忆起印度千百万人所遭受的苦难和现在享受的保护和人道待遇，他们必须承认，那个帝国所遭遇到的最幸运的事情，便是在那儿建立了英国的霸权。全世界野蛮人的土地都要归异族人所有，它们的老百姓都将承受异族统治者的恩泽。让我们希望并相信，这一变化将使他们得到实惠。②

如果仅仅从《赤道圈纪行》中的这段马克·吐温发表的看法来看，环球旅行虽然给了他殖民地国家人民生活状况的第一手资料，但是，由此产生的对于被殖民者的同情更多的是基于对弱势群体、弱势文化的人道主义同情，而对西方文化仍然持有一种优越的态度，因此仍然寄希望于西方文化能够给全世界的"野蛮人"带来福音。

那么，如何评价学者们对马克·吐温的不同阐释呢？本书认为，马克·吐温上文中的论述并非如部分学者所认为的那样是在鼓励极端的民族主义和帝国主义，相反他乃是以反讽的口吻指出欧洲势力所实施的帝国主义的荒谬逻辑，而造成争论的原因是多方面的，首先，从话语层面而言，无法准确识别马克·吐温无处不在的反讽话语是造成这一争论的原因。马克·吐温的反讽策略经常会给解读者带来困扰，这种现象并不罕见。我国学者也曾为马克·吐温的反讽策略所困，具体可见本书第六章第二节的详细论述。其次，马克·吐温对帝国主义危害性的认识经历了一个动态的过程，他的环球演讲之旅开启了他对帝国主义进行深刻反思的历程，这一反思的过程并非一步到位的，而是在曲折中前进的，在马克·吐温结束了环球之旅同时美国大张旗鼓地发动帝国主义战争之

---

① Hunt Hawkins. "Mark Twain's Anti-imperialism", *American Literary Realism*, 1993 (2): 36.
② ［美］马克·吐温,《马克·吐温十九卷集·第十三卷·赤道圈纪行》, 潘辛等译, 石家庄: 河北教育出版社, 2002 年, 第 535 页。

后，他的反帝和反文化中心主义观才得以正式确立，他再也不需要通过亲自到达那些被殖民的国家才能感触到帝国战争的恶果，相反，这场波及全球的战争及其带来的恶果压过了一切基督教世界所宣称的仁爱道德，这给马克·吐温带来了更加直接、更加强烈的震撼和思考，本书第三章第二节对此也有过论述，不再赘言。

二、马克·吐温与南非

马克·吐温在1896年5月6号到1896年7月15号期间访问南非，他一共走访了德班、彼得马里茨堡、约翰内斯堡、比勒陀利亚、克鲁格斯多普、布隆方丹、东伦敦等多个城市。这段访问经历被记录在了《赤道圈纪行》第65章"特拉比斯特教友做的善事"开始一直到整部书的末尾，共计六个章节的篇幅，这部分的内容看上去并未占据全书太多的篇幅，但是实际上他原本的打算并非如此，在1897年4月26日写给亨利·罗杰斯的信中，他希望南非部分在该书中要占据很大的一个篇幅，这个篇幅可能要让他修改多达3000多页的书籍内容[1]，只是后来由于他的女儿苏茜意外去世迫使他希望尽快完成书稿等原因，南非部分才最终缩减成现在的篇幅[2]。尽管如此，马克·吐温在南非的访问仍然需要引起我们的重视和注意，其中最重要的一点是，相比于马克·吐温对印度宗教的兴趣，他在南非表现出的更多的是对政治问题的敏感，例如第66、67和68章都是围绕着英国殖民者和波尔人之间的政治斗争展开的，这决定了后世学者在开展马克·吐温与南非关系之研究时，其研究领域大概可以分为两块：第一是对马克·吐温在南非期间的游历、演讲的传记研究，第二是对马克·吐温的政治思想特别是南非之行与其反帝国主义思想之间的关系的研究。

科尔曼·帕森斯（Coleman Parsons）是马克·吐温的南非之行研究的代表学者，他在20世纪70年代一共发表了三篇文章对马克·吐温在南非的访问活动做出详细的考察。科尔曼·帕森斯在70年代的研究在2002年得到了进一步的补充，《马克·吐温期刊》于2002年出版了专门的一期探讨马克·吐温与南非的渊源。其中，丹尼尔·菲利普（Danniel J. Philippon）等学者对马克·

---

[1] Lewis Gaston Leary. *Mark Twain's Correspondence with Henry Huttleston Rogers*, 1893 – 1909. Berkeley: University of California Press, 1969, p.275.

[2] Daniel J. Philippon. "Following the Equator to Its End: Mark Twain's South African Conversion", *Mark Twain Journal*, 2002（1）: 4 – 5.

吐温在南非期间的每日行程细节，例如他到达德班的日期、时间、天气状况以及所下榻的宾馆等都做了尽可能详尽的考证。达尼斯·戈弗雷（Dennis Godfrey）则利用科尔曼·帕森斯遗留下来的材料补充了南非媒体对马克·吐温的报道的资料。路易斯·巴德对马克·吐温在南非所接受的媒体采访情况做了文献收集和整理。

在《马克·吐温期刊》（*Mark Twain journal*）的这期"马克·吐温与南非"话题的专题论文中，丹尼尔·菲利普的《马克·吐温在南非的转向》（"'Following the Equator' to Its End: Mark Twain's South African Conversion"）和阿兰·格里本的《马克·吐温与改革者》（"Marl Twain and the Reformers"）这两篇文章则最需要引起我们的注意，因为不同于其他考证式的研究，这两篇文章关注的乃是马克·吐温在南非期间对南非政治局势的关注，南非作为马克·吐温全球巡回演讲的最后一站，他在此所观察到的西方列强的所作所为很可能对他最终转向反帝国主义思想有着关键的促进作用，本书对此在下文中做出重点评述。

马克·吐温的南非之行在其反帝思想形成中具有催化作用，这一论断主要来源于三个方面的事实。

第一，他在《赤道圈纪行》南非部分的记录中对英国与布尔人之间的战争有着异乎寻常的关注。马克·吐温虽然在南非一行的主要活动还是讲演和接受采访，但是他把《赤道圈纪行》的最后五个章节都用来讨论"詹姆森突袭事件"（Jameson Raid），在这起事件中，代表着英帝国殖民政府利益的詹姆森率领六百名士兵试图闯过荷兰后裔布尔人建立起的德兰士瓦边境以推翻其总统克鲁格的统治，但是他们的行动很快就被布尔人打败了，这起事件可以说是英帝国主义在南非进行殖民扩张进程中所遇阻碍的一个缩影，它引起了英国严重的政府危机和紧张的国际局势，最终导致了第二次布尔战争，而布尔战争正是马克·吐温借以极力抨击英殖民政府的把柄之一。丹尼尔·菲利普注意到了马克·吐温对这起政治事件的关注，他认为"《赤道圈纪行》中所附的七个章节表明他的南非之行引起了他政治上的兴趣，比起1895年到1896年之间的环球之旅中的其他部分，这种兴趣要来得更加地强烈，他对南非访行的叙述代表了马克·吐温整段旅程中所经历的反帝国主义转变的一次高潮"[①]。

第二，马克·吐温在南非访问期间记录下的笔记的内容也反映了他正在形

[①] Daniel J. Philippon. "Following the Equator to Its End: Mark Twain's South African Conversion", *Mark Twain Journal*, 2002（1）: 3-13.

成中的对帝国主义本质的思考。1896年的5月26号，马克·吐温正在当时的德兰士瓦共和国的首都比勒陀利亚进行访问，在此期间，他下面的这段话引起了研究者的注意：

> 在这个世界上，没有一寸的土地不代表着一长串相继而来的"拥有者"的驱逐与被驱逐，他们是所谓"爱国者"，他们每个都轮流地带着骄傲的、自满的心捍卫它，对抗着下一波的"强盗"，这些"强盗"来偷取土地，又变成了他们骄傲、自满的爱国者。这个德兰士瓦共和国现在就有很多的爱国者，借着上帝的帮助，他们总是对这些事情很感兴趣，他们从虚弱的黑人手中偷来了土地，然后再从英国强盗手中再抢回来并竖起纪念碑，下一波的强盗们会把纪念碑推倒然后作为古玩加以保存……①

如何解读这段话呢？菲利普认为这段话是对"帝国主义的普遍性"[②]的阐述，马克·吐温这种对帝国主义"普遍性"的阐述告诉我们，在他的南非访问期间，他已经对帝国主义的"强盗"本质有了较为清楚的认识。虽然帝国主义的扩张和侵略行径总是会打着"解放""拯救""爱国"的神圣旗帜，但是在马克·吐温的眼中，他们只是一批又一批的土地和资源的偷盗者而已，是一种周而复始的达尔文式的残酷斗争而已。

以此为逻辑起点，美帝国主义在20世纪初开始的扩张和英国的行径没有本质上的区别，所以马克·吐温在发表于1901年2月的《给坐在黑暗中的人》[③]一文中就将美国在菲律宾等地的帝国战争与英国在南非的入侵进行了类比。另外，对帝国主义本质的认识还使得马克·吐温更加反感帝国主义在侵略过程中所宣扬的仁义道德或是基督式的拯救情怀，它们在马克·吐温眼中往往成为一种谎言，这种论调在他日后对美帝国主义的批判中占据了重要的地位。例如在《给坐在黑暗中的人》中，他列举了基督教文明展示给世界的一些标签，其中包括爱、正义、温和、基督教、节制、自由、平等等一系列光明正大的标签，但是，在马克·吐温的眼中，这些所谓的爱、公正、自由等只是一层

---

① Albert Bigelow Paine. *Mark Twain's Notebook*. New York: Harper and Brothers, 1935, pp. 295 - 296.

② Daniel J. Philippon. "Following the Equator to Its End: Mark Twain's South African Conversion", *Mark Twain Journal*, 2002（1）: 8.

③ Mark Twain. "To the Person Sitting in Darkness", *The North American Review*, February 1901.

包裹的糖衣，它们存在的目的只是要把输出的"文明"包装得富丽堂皇、吸引眼球，而包裹在内部的"文明"并不是真正的文明本身，并不是留在国内专供美国人进行消费的那种文明，相反，它是一种掺杂了水分、弄虚作假的产品，专供出口之用，而中国人民在购买这种虚假的产品中付出了高昂的代价，他们使用的是鲜血、眼泪、土地和自由来进行购买的。再如在他最有名的反帝宣言性文章之一《19世纪向20世纪致敬的演说》（"A Salutation Speech from the Nineteenth Century to the Twentieth"）中，他认定西方势力入侵中国胶州的事实为宗教虔诚下的人性的卑污："我把这位名叫基督教的尊严的女士交托给你。她刚从胶州、满洲、南非和菲律宾的海盗袭击中回来，邋里邋遢，污秽不堪，名誉扫地，她灵魂里充满卑污，口袋里塞满贿金，嘴里满是虔诚的伪善话语。给她一块肥皂和一条毛巾，但镜子可千万要藏起来。"[1]

第三，除了在《赤道圈纪行》中表现出来的对英国殖民战争的观察，马克·吐温在结束了环球之旅后就开始转向对帝国主义的猛烈批判。我们知道，访问南非之际，马克·吐温已经处于其环球之旅的末段，此后他通过欧洲返回到美国大陆，因此南非几乎是他观察欧美国家在世界范围内的殖民行为的最后一站。他在此期间的观察和结论成为他日后批判美国殖民主义的一个起点，使得他经常把英国当局在南非的殖民行为与美国的帝国主义策略相提并论。在他看来，英美两国"血缘上是亲戚，宗教上是亲戚，代表政府上是亲戚，理念上是亲戚，在公正崇高的目标上是亲戚，现在他们在所犯之罪恶上也是亲戚了"[2]。

以上的这些证据使得英语世界的学者认定南非之行是马克·吐温反帝思想形成的关键一环。威廉姆·吉布森认为"至少有可能……吐温在南非的短暂逗留和他对与英帝国主义抗争的Afrikanders人的同情使得他能够将那些给菲律宾带来光明的人与那些在南非的人相提并论，从而发现了这些群体的相似之处"[3]，丹尼尔·菲利普也将南非这段旅程看作是超越性的存在，认为"看起来，比起他的旅途中的任何其他一部分，南非是最大地改造了吐温的国度，透过种族、政治和经济的伪装，它向他揭示出了帝国主义的普遍性"[4]。鉴于马

---

[1] Philip Foner. *Mark Twain: Social Critic*, New York: International Publishers, 1958, p.266.

[2] Mark Twain. "Now We Are Kin in Sin", *American Heritage*, Aug. 1961: 112.

[3] William M. Gibson. "Mark Twain and Howells: Anti-imperialists", *The New England Quarterly*, 1947（4）: 443.

[4] Daniel J. Philippon. "Following the Equator to Its End: Mark Twain's South African Conversion", *Mark Twain Journal*, 2002（1）: 8.

克·吐温的反帝国主义研究在我国的重要性，本书认为深入研究英语世界马克·吐温南非之旅可以拓宽我国马克·吐温研究的视野，可以摆脱本质主义的纠缠，而更加客观地对马克·吐温反帝思想演变中的关键节点做出描绘，这正是其意义所在。

小　结

马克·吐温在美、英以外的英语国家的研究是本章重点。马克·吐温与澳大利亚、新西兰、印度、毛里求斯、南非等国家的研究可以分成两个方面：第一，以科尔曼·帕森斯为代表的学者对马克·吐温在这些国家的行程安排所做的实证研究。这个角度的学术研究试图事无巨细地回溯马克·吐温的访问行程的方方面面，构成了阐释研究的基础。第二，文学影响关系的研究范畴。在"马克·吐温与澳大利亚"中，罗恩·霍恩豪斯（Ron Hohenhaus）将马克·吐温作品在澳大利亚最早的传播上推到1863年，揭示出报纸在早期美国和澳大利亚文学交流中的重要作用，在这一传播过程中，澳大利亚人的文化焦虑和19世纪澳大利亚小说沉闷的格局是促成传播发生的背后动机，但是美、澳两国读者的不同期待又使得对马克·吐温小说的机械借鉴并没有带来意向中的成功。在"马克·吐温与新西兰"中，研究者从小说文本研究扩展到演讲研究，马克·吐温根据新西兰听众的文化异质性而对演讲素材、演讲方式所做的"变异"促进了他为异质文化的听众所接受。在"马克·吐温与印度"的研究中，研究者意识到了马克·吐温的印度宗教观念中的矛盾性和两面性，印度教在马克·吐温眼中是"迷人的"，但是马克·吐温对某些宗教理念和行为根深蒂固的反对又使得他表现出了对印度宗教的偏见、拒绝的态度，这种偏见的原因既来源于马克·吐温的创作目的，又与西方无孔不入的殖民叙事体系息息相关。最后是"马克·吐温与毛里求斯和南非"的研究，研究者发现马克·吐温的南非之行构成了其反帝思想形成过程中的重要节点。

结　论

　　本书精选英语世界马克·吐温研究20世纪初至今的重要一手文献、方法运用、新视野，厘清这一系列创新的基本脉络和价值。本书发现，英语世界马克·吐温研究已经在文献、方法和问题上形成了良性的互动。从潘恩的马克·吐温传记开始，英语世界尤其是美国学界一直致力马克·吐温文献的出版工作，这些文献的出版背后是一连串已经解决或尚未解决的问题，学者们不断追问马克·吐温是否是一位伟大的作家、他的艺术才能是否受到了压制、他的《哈克贝里·费恩历险记》是否是一部伟大的小说、《康州美国佬大闹亚瑟王朝》是否是对科学技术的否定、如何评价他对宗教的亵渎、他的晚年为何走向了对人性的赌咒等，这些问题是英语世界马克·吐温研究文献不断得到出版、方法不断得到创新、观点不断得到推进的动力所在。换言之，英语世界的马克·吐温研究正是靠着"问题意识"和"解决问题的意识"而得到驱动的。

　　问题意识驱动下的英语世界马克·吐温研究在观点创新上颇引人注目。从20世纪三四十年代的德·沃托，到50年代的迪克森·维克多，到60年代的贾斯丁·凯普兰，70年代的哈姆林·希尔，八九十年代的安德鲁·霍夫曼，再到谢莉·菲斯金等人，在这张不断演化的谱系图中，德·沃托力挺美国西部文化，并与布鲁克斯形成观点的交锋；凯普兰假设了马克·吐温的作者人格和真实人格之间的分裂；哈姆林·希尔提出了一个反布鲁克斯式的性别研究命题，揭示出一个在精神上压迫女性的马克·吐温形象；再到霍夫曼怀疑马克·吐温是生理意义上的同性恋；谢莉·菲斯金认为哈克贝里·费恩这一显而易见的白人儿童形象隐藏着黑人式的言语表达。其中部分观点粗看上去甚至是荒谬的，实际上，它们也确实遭受到了大量的批评，但是为何这样"创新地荒诞"能够层出不穷呢？在荒诞的背后是否蕴含着或者某些层面的真理的因子呢？假若我们仔细研读这些观点背后所赖以建立的厚实的一手文献，我们就会发现，这些荒诞不经的表达背后是以扎实的史料为支撑的，也正是因这样的史料存在，虽有部分学者对这些观点嗤之以鼻，但是却不妨碍他们认真地通过其他更为有力的材料来对待这些观点。因此，马克·吐温研究的演进正是建立在

"史料挖掘—观点创新—史料再挖掘—观点反驳"这样一条学术运作链条之上的,它确保了马克·吐温研究能够在马克·吐温去世100多年后依然保有强大的生命力。

那么,作为中国学者可以有何作为?中国的马克·吐温研究学者应该如何参与国际学术的探讨并发出中国学者的声音呢?重中之重,本书认为应该是充分占有一手文献。对于一手文献的获取,美国学者在渠道上确实有着得天独厚的条件,例如哈姆林·希尔等人的研究就必须依赖于加州大学伯克利分校的班克罗夫特图书馆的马克·吐温文献项目以及古根海姆奖金的支持①,在马克·吐温相关文献未实现电子化、网络化的年代,第一手的、未公开的资料只能成为美国学者和少数外国学者的专利,但是随着"马克·吐温在线计划"的推出,国内学者已经被摆在了同一起跑线的位置,实现我国马克·吐温研究的拓展更多地就成为一个研究视野和研究意愿的问题。在过去,外国文学研究中"以我为主"式的研究方向以及对文学接受者、阐释者的主观能动性的过分解读,妨碍了我们去接近一手的文献材料和作家来源国的研究成果。在翻译研究、比较文学研究、外国文学研究中,我们热衷于去探讨接受国家的传统诗学和赞助系统等对文学翻译起到操纵的基本力量,关注"创造性叛逆""译者主体性"等文学接受现象,这类研究对于我们了解文学作品如何被接受、文学经典如何跨文化传播有着至关重要的价值和意义。但是同时,我们也不应该放弃对"来源国语境"以及赫施所谓的文本"意义"(meaning)的追求,这种研究范式虽然不论是在文献获得的渠道上,还是在所需要耗费的时间和精力上都要求更高,但是不可否认的是,在外国文学研究领域,如果不了解对方的研究成果和方法、不了解作家来源国研究者的观点和材料,任何研究都会显得如空中楼阁一样虚幻而难以为继,其所生产出的研究成果对于西方的学术界,特别是对于像《美国文学》《美国文学现实主义》这样注重史料出新的美国顶尖文学刊物来说是无法接受的,更不可能获得和对方进行公开、公正的学术对话的平台。在目前文化"走出去"的时代需求面前,拓宽外国文学研究的道路,避免马克·吐温研究中的过分"内向"型学术性格,最终实现中国的外国文学研究"走出去",这些目标的达成尤其需要我们在现有成就基础之上,在材料、方法和问题等领域中破旧立新,以实现我国马克·吐温研究的新突破。

---

① Hamlin Hill. *Mark Twain: God's Fool*. New York: Harper & Rowe, 1973, p. x.

参考文献

一、英文文献

(一) 马克·吐温作品

TWAIN M, 1903. Sketches new and old [M]. New York: Harper.

TWAIN M, 1917. Letters of Mark Twain [M]. New York: Harper&Brothers.

TWAIN M, 1935. Representative selections, with introduction and bibliography [M]. New York: American Book Company.

TWAIN M, 1940. Mark Twain in eruption: hitherto unpublished pages about men and events [M]. New York and London: Harper & brothers.

TWAIN M, 1957. Mark Twain of the Enterprise: newspaper articles & other documents, 1862 – 1864 [M]. Berkeley: University of California Press.

TWAIN M, 1957. The new dynasty [J]. The New England quarterly, 30 (3).

TWAIN M, 1963. Mark Twain's San Francisco [M]. New York: McGraw-Hill.

TWAIN M, 1963. The complete essays of Mark Twain now collected for the first time [M]. Garden City: Doubleday.

TWAIN M, 1967. Mark Twain's letters to his publishers [M]. ed. Hamlin Hill. Berkeley: University.

TWAIN M, 1969. Clemens of the call: Mark Twain in San Francisco [M]. Berkeley: University of California Press.

TWAIN M, 1972. Fables of Man [M]. ed. John S. Tuckey. Berkeley: University of California Press.

TWAIN M, 1973. What is man? And other philosophical writings [M]. Berkeley: University of California Press.

TWAIN M, 1975. Mark Twain's notebooks & journals [M]. Berkeley: University of California Press.

TWAIN M, 1975. The autobiography of Mark Twain [M]. New York: Harper & Row.

TWAIN M, 1976. Mark Twain speaking [M]. Iowa City: University of Iowa Press.

TWAIN M, 1976. The higher animals: a Mark Twain bestiary [M]. New York: Crowell.

TWAIN M, 1977. Adventures of Huckleberry Finn: an authoritative text, backgrounds and sources, criticism [M]. New York: Norton.

TWAIN M, 1977. Norton critical edition of Adventures of Huckleberry Finn [M]. New York: Norton.

TWAIN M, 1980. The devil's race-track: Mark Twain's great dark writings [M]. Berkeley: University of California Press.

TWAIN M, 1981. Early tales & sketches, volume 2, 1864—1865 [M]. Berkeley: University of California Press.

TWAIN M, 1988. Mark Twain's letters, volume 1: 1853—1866 [M]. ed. Edgar Marquess Branch, Michael B. Frank, and Kenneth M. Sanderson. Berkeley: University of California Press.

TWAIN M, 1992. Mark Twain's letters [M]. Berkeley and Los Angeles: University of California Press.

TWAIN M, 1992. Mark Twain's weapons of satire [M]. New York: Syracuse University Press.

TWAIN M, 2005. The chronicle of young Satan, in the mysterious stranger manuscripts [M]. Berkeley: University of California Press,.

TWAIN M, 2006. Mark Twain: the complete interviews [M]. Tuscaloosa: University of Alabama Press,

TWAIN M, 2006. The wayward tourist: Mark Twain's adventures in Australia [M]. Vic.: Melbourne University Publishing.

TWAIN M, 2009. Mark Twain's book of animals [M]. Berkeley: University of California Press.

TWAIN M, 2010. Autobiography of Mark Twain [M]. Oakland: University of California Press.

TWAIN M, 2017. The letters of Mark Twain and Joseph Hopkins Twichell [M]. Georgia: The University of Georgia.

TWAIN M, CLEMENS O, 1949. The love letters of Mark Twain [M]. New York: Harper.

TWAIN M, DE BERNARD V, 1946. The portable Mark Twain [M]. New York: The Viking press.

TWAIN M, FAIRBANKS M, 1949. Mark Twain to Mrs. Fairbanks [M]. San Marino: Huntington Library.

TWAIN M, HARTE B, 1961. Ah Sin: a dramatic work [M]. San Francisco: Book Club of California.

TWAIN M, HOWELLS W D, 1967. Selected Mark Twain – Howells letters, 1872 – 1910 [M]. Cambridge: Belknap Press of Harvard University Press.

TWAIN M, WEBSTER S C., 1946. Mark Twain: business man [M]. Boston: Little, Brown and Company.

（二）学术专著

ADAMSJ T, 1931. The epic of America [M]. Boston: Little, Brown, and Company.

ANDERSON F, 1971. Mark Twain: the critical heritage [M]. New York: Barnes & Noble.

ANDREWS K R, 1960. Nook farm: Mark Twain's Hartford circle [M]. Cambridge: Harvard University Press.

ARAC J, 1997. Huckleberry Finn as idol and target: the functions of criticism in our time [M]. University of Wisconsin Press, Madison.

ARNOLD M, 1888. Civilization in the United States: first and last impressions of America [M]. Boston: Cuppples and Hurd Publishers.

ASSELINEAU R, 1954. The literary reputation of Mark Twain from 1910 to 1950: A Critical Essay and a Bibliography [M]. Paris: Didier.

BAETZHOLD H G, 1970. Mark Twain and John Bull: the British connection [M]. Bloomington: Indiana University Press.

BAILEY B J, 1998. The Luddite rebellion [M]. New York University Press.

BEISNER R L, 1992. Twelve against empire: the anti-imperialists, 1898 – 1900 [M]. New York: McGraw-Hill.

BELLAMY G C, 1969. Mark Twain as a literary artist [M]. Norman: University of Oklahoma Press.

BENSON I, 1938. Mark Twain's western years [M]. California: Stanford University Press.

BERCOVITCH S, 1978. The American jeremiad [M]. Madison: University of Wisconsin Press.

BERCOVITCH S, 1986. Reconstructing American literary history [M]. Cambridge: Harvard UP.

BERKOVE L, CSICSILA J, 2010. Heretical fictions: religion in the literature of Mark Twain [M]. Iowa City: University of Iowa Press.

BLAIR W, 1960. Mark Twain & Huck Finn [M]. Berkeley: University of California Press.

BRANCH E, 1950. The literary apprenticeship of Mark Twain: with selections from his apprentice writing [M]. Urbana: University of Illinois Press.

BRASHEARM M, 1934. Mark Twain: son of Missouri [M]. Chapel Hill: The University of North Carolina Press.

BRASHEARM M, 1939. My cousin Mark Twain [M]. Durham: Duke University Press.

BRESNAHAN R J, 1981. In time of hesitation: American Anti – Imperialists and the Philippine-American War [M]. Quezon City: New Day Publishers.

BROWN S, 1937. The negro in American fiction [M]. Washington, D. C: The Associates in Negro Folk Education.

BUDD L J, 1962. Mark Twain: social philosopher [M]. Bloomington: Indiana University

Press.

BUDD L J, 1982. Critical essays on Mark Twain, 1867-1910 [M]. Boston: G. K. Hall.

BUTLER J, 2011. Gender trouble: feminism and the subversion of identity [M]. Hoboken: Taylor and Francis.

CALVIN J, 1960. Institutes of the Christian religion [M]. Philadelphia: Westminster Press.

CAMFIEL D G, 2003. The Oxford companion to Mark Twain [M]. New York: Oxford University Press.

CAO S, 2013. The variation theory of comparative literature [M]. Heidelberg: Springer.

CARDWELL G A, 1991. The man who was Mark Twain: images and ideologies [M]. New Haven: Yale University Press.

CLARK H H, 1944. Thomas Paine: representative selections [M]. New York: American Book Company.

CLEMENS W M, 1969. Mark Twain, his life and work: a biographical sketch [M]. Folcroft: Folcroft Press.

COCKRELL D, 1997. Demons of disorder: early blackface minstrels and their world [M]. New York: Cambridge University Press.

COOPER R, 2000. Around the world with Mark Twain [M]. New York: Arcade Pub.

COULTRAP S, 1990. Doing literary business: American women writers in the nineteenth century [M]. Chapel Hill: University of North Carolina Press.

COWBURN J, 2008. Free will, predestination, and determinism [M]. Milwaukee: Marquette University Press.

COX J, 1966. Mark Twain: The fate of humor [M]. Princeton: Princeton University Press.

CUMMINGS S, 1988. Mark Twain and science: adventures of a mind [M]. Baton Rouge: Louisiana State University Press.

DAVIS D B, 1966. The problem of slavery in western culture [M]. Ithaca: Cornell University Press.

DAVIS S, BEIDLER P D. and Gerber. John C, 1984. The mythologizing of Mark Twain [M]. Tuscaloosa: University of Alabama Press.

DEMPSEY T, 2003. Searching for Jim: slavery in Sam Clemens's world [M]. Columbia: University of Missouri Press.

DEVOTO B, 1932. Mark Twain's America [M]. Boston: Little, Brown and Company.

DEVOTO B, 1942. Mark Twain at work [M]. Cambridge: Harvard University Press.

DEVOTO B, BRINKLEY D, LIMERICK P N, 2001. The western paradox: a conservation reader [M]. New Heaven: Yale University Press.

DOWD J, 1907. The negro races, a sociological study [M]. Chicago: Afro-Am Press.

DOYNO V, 1992. Writing Huck Finn: Mark Twain's creative process [M]. Philadelphia:

University of Pennsylvania Press.

EBLE K E, 1985. Old Clemens and W. D. H: the story of a remarkable friendship [M]. Baton Rouge: Louisiana State University.

EISENACH E J, 2006. The social and political thought of American progressivism [M]. Indianapolis, IN: Hackett Pub.

ELLIOTT E, BANTA M, BAKER H A J, 1987. Columbia literary history of the United States [M]. New York: Columbia University Press.

ENSOR A, 1969. Mark Twain and Bible [M]. Lexington: University of Kentucky Press.

FEATHER J, 1988. A history of British publishing [M]. London: Routledge.

FERGUSON J D L, 1943. Mark Twain: man and legend [M]. Indianapolis: The Bobbs-Merrill Company.

FIEDLER L A, 1960. Love and death in the American novel [M]. Dell Publishing Co., Inc.

FISHKIN S F, 1993. Was Huck black?: Mark Twain and African-American voices [M]. New York: Oxford University Press.

FISHKIN S F, 1998. Lighting out for the territory: reflections on Mark Twain and American culture [M]. New York: Oxford University Press.

FISHKIN S F, 2002. A historical guide to Mark Twain [M]. New York: Oxford University Press, New York.

FONER P, 1958. Mark Twain: social critic [M], New York: International Publishers.

FREDERICK J, 1969. The darkened sky: nineteenth-century American novelists and religion [M]. Notre Dame: University of Notre Dame Press.

FRIEDAN B, 2001. The feminine mystique [M]. New York: Norton.

FRYER J, 1976. The faces of Eve: women in the nineteenth century American novel [M]. New York: Oxford University Press.

FULTON J B, 1997. Mark Twain's ethical realism: the aesthetics of race, class, and gender [M]. Columbia: University of Missouri Press.

FULTON J B, 2000. Mark Twain in the margins: the quarry farm marginalia and A Connecticut Yankee in King Arthur's Court [M]. Tuscaloosa: University of Alabama Press.

FULTON J B, 2006. The reverend Mark Twain: theological burlesque, form, and content [M]. Columbus: Ohio State University Press.

FULTON J B, 2016. Mark Twain under fire: reception and reputation, criticism and controversy, 1851 – 2015 [M]. Rochester: Camden House.

GARBER M, 1992. Vested interests: cross-dressing & cultural anxiety [M]. New York: Routledge.

GEISMAR M, 1970. Mark Twain: an American prophet [M]. Boston: Houghton Mifflin.

GENDREAU Y, 2009. An emerging intellectual property paradigm: perspectives from Canada

［M］. Cheltenham: Edward Elgar Publishing.

GIBSON W M, 1976. The art of Mark Twain［M］. New York: Oxford University Press.

GILLMAN S, 1989. Dark Twins: Imposture and identity in Mark Twain's America［M］. Chicago: University of Chicago Press.

GOAD M E, 1971. The image and the woman in the life and writings of Mark Twain［M］. The Emporia State Research Studies.

GOLD C H, 2003. "Hatching ruin," or, Mark Twain's road to bankruptcy［M］. Columbia: University of Missouri Press.

GRAFF G, JAMES P, 1995. Adventure of Huckleberry Finn: a case study in critical controversy［M］. Boston: Bedford Books of St. Martin's Press.

GRAY A, 2009. Darwiniana: essays and reviews pertaining to Darwinism［M］. Cambridge: Cambridge University Press.

HARNSBERGER C T, 1960. Mark Twain: family man［M］. New York: The Citadel Press.

HARRIS S K, 1996. The courtship of Olivia Langdon and Mark Twain［M］. New York: Cambridge University Press.

HAYS J Q, 1989. Mark Twain and religion［M］. Bern: Peter Lang.

HEINZELMAN K, 1980. The economics of the imagination［M］. Amherst: University of Massachusetts Press.

HENDERSON A, COBURN A L, 1912. Mark Twain［M］. London: Duckworth & CO.

HILL H, 1973. Mark Twain: God's fool［M］. New York: Harper &Rowe.

HOFFMAN A J, 1997. Inventing Mark Twain: the lives of Samuel Langhorne Clemens［M］. New York: William Morrow and Co.

HOFFMAN D, 1961. Form and fable in American fiction［M］. New York: Oxford University Press.

HOFFMANA J, 1988. Twain's heroes, Twain's worlds: Mark Twain's Adventures of Huckleberry Finn, A Connecticut Yankee in King Arthur's Court, and Pudd'Nhead Wilson［M］. Philadelphia: University of Pennsylvania Press.

HOOPES J, 1977. Van Wyck Brooks: in search of American culture［M］. Amherst: University of Massachusetts Press.

HORN J G, 1999. Mark Twain: a descriptive guide to biographical sources［M］. Lanham, Md: Scarecrow Press.

HOWELLS W D, 1910. My Mark Twain: reminiscences and criticisms［M］. New York: Harper & Brothers.

HSU H L, 2015. Sitting in darkness: Mark Twain's Asia and comparative racialization［M］, New York: New York University Press.

HUXLEY T H, 2009. Evolution and ethics: delivered in the Sheldonian Theatre［M］.

Cambridge: Cambridge University Press.

INGE T M, 1985. Huck Finn among The Critics: a centennial selection [M]. University Publications of America.

JOHNSON M, 1935. A bibliography of the works of Mark Twain, Samuel Langhorne Clemens [M]. New York and London: Harper & brothers.

KAPLAN F, 2003. Singular Mark Twain: a biography [M]. Doubleday.

KAPLAN J, 1983. Mr. Clemens and Mark Twain: a biography [M]. New York: Simon and Schuster,.

KISKIS M J, SKANDERA – TROMBLEY L E, SCHARNHORST G, 2016. Mark Twain at home: how family shaped Twain's fiction [M]. Tuscaloosa: The University of Alabama Press.

KNOPER R K, 1995. Acting naturally: Mark Twain in the culture of performance [M]. Berkeley: University of California Press.

KRAUTH L, 1999. Proper Mark Twain [M]. Athens: University of Georgia Press.

LAI – HENDERSON S, 2015. Mark Twain in China [M]. Stanford: Stanford University Press.

LAUBER J, 1990. The inventions of Mark Twain [M]. New York: Hill and Wang.

LEARY L G, 1969. Mark Twain's correspondence with Henry Huttleston Rogers, 1893 – 1909 [M]. Berkeley: University of California Press.

LECKY W E H, 1870. History of European morals from Augustus to Charlemagne [M]. New York: D. Appleton and Co.

LEE J Y, 2012. Twain's brand: humor in contemporary American culture [M]. Jackson: University Press of Mississippi.

LEMASTER J R, WILSON J, HAMRIC C G, 1993. The Mark Twain encyclopedia [M]. 1249. New York Garland Pub.

LEONARD J S, TENNEY T A, DAVIS T M, 1992. Satire or evasion?: black perspectives on Huckleberry Finn [M]. Durham: Duke University Press.

LORCH F W, 1968. The trouble begins at eight: Mark Twain's lecture tours [M]. 1st ed. Ames: Iowa State University Press.

LOTT E, 1993. Love and theft: blackface minstrelsy and the American working class [M]. New York: Oxford University Press.

LOWRY R S, 1996. "Littery man": Mark Twain and modern authorship [M]. New York: Oxford University Press.

LYSTRA K, 2004. Dangerous intimacy: The untold story of Mark Twain's final years [M]. Berkeley: University of California Press.

MACNAUGHTON W, 1979. Mark Twain's last years as a writer [M]. Columbia: University of Missouri Press,.

MASTERS E L, 1938. Mark Twain: a portrait [M]. New York: Charles Scribner's Son.

MCFARLAND I A, 2011. The Cambridge dictionary of Christian theology [M]. New York: Cambridge University Press.

MEINE F J, 1930. Tall tales of the southwest: an anthology of southern and southwestern humor, 1830–1860 [M]. New York: Knopf.

MELTZER M, 1960. Mark Twain himself [M]. New York: Bonanza Books.

MENCKEN H L, 1917. A book of prefaces [M]. New York: A. A. Knopf.

MESSENT P, 2009. Mark Twain and male friendship: the Twichell, Howells, and Rogers friendships [M]. Oxford: Oxford University Press.

MESSENT P, BUDD L J, 2005. A companion to Mark Twain [M]. Malden: Blackwell Pub.

MICHELSON B, 2006. Printer's devil: Mark Twain and the American publishing revolution [M]. Berkeley: University of California Press.

MILLER S C, 1969. Unwelcome immigrant: the American image of the Chinese, 1785–1882 [M]. Los Angeles: University of California Press.

MORRIS L A, 2007. Gender play in Mark Twain: cross–dressing and transgression [M]. Columbia: University of Missouri Press.

MOYS J S, 1993. Marginal sights: staging the Chinese in America [M]. Iowa City: University of Iowa.

MURPHY A, 2009. Prodigal nation: moral decline and divine punishment from New England to 9/11 [M]. New York: Oxford University Press.

MUTALIK K, 1978. Mark Twain in India [M]. Bombay: Noble Publishing House.

NEIDER C, 1963. The complete essays of Mark Twain [M]. Garden City: Doubleday&Company.

NIALL B, 1979. Seven little billabongs: the world of Ethel Turner and Mary Grant Bruce [M]. Clayton: Melbourne University Press.

O'LEARY C E, 1999. To die for: the paradox of American patriotism [M]. Princeton: Princeton UP.

PAINE A B, 1912. Mark Twain: a biography [M]. New York: Harper and Brothers.

PAINE A B, 1916. The boys' life of Mark Twain: the story of a man who made the world laugh and love him [M]. London/New York: Harper & Brothers.

PAINE A B, 1920. A short life of Mark Twain [M]. Garden City, N Y: Garden City Pub. Co.

PAINE T, 2017. The age of reason [M]. New York: Open Road Integrated Media, Inc.

PETTIT A G, 1974. Mark Twain & the south [M]. Lexington: University Press of Kentucky.

PUCKETT N N, 1926. Folk beliefs of the southern negro [M]. London: The University of North Carolina Press.

RAMSAY R L. EMBERSON F G, 1938. A Mark Twain lexicon [M]. Russell & Russell.

RASMUSSEN R K, 1995. Mark Twain a to z: the essential reference to his life and writings [M]. New York: Facts on File.

RICH J A, 1987. The dream of riches and the dream of art – the relationship between business and the imagination in the life and major fiction of Mark Twain [M]. New York: Garland Publishing, Inc.

ROBERT M R, BRASHEAR M M, 1966. The birds and beasts of Mark Twain [M]. Norman: University of Oklahoma Press.

ROBIN L, 2006. Designing experiences [M]. Clifton Park: Thomson Delmar Learning.

ROBINSON F G, 1995. The Cambridge companion to Mark Twain [M]. Cambridge: Cambridge University Press.

RODNEY R M, 1993. Mark Twain overseas: a biographical account of his voyages, travels, and reception in foreign lands, 1866 – 1910 [M]. Washington, D. C: Three Continents Press.

ROEMER K, 1976. The obsolete necessity: America in utopian writings [M]. Kent: Kent State University Press.

ROHMAN C, CSICSILA J, 2009. Centenary reflections on Mark Twain's No. 44, the mysterious stranger [M]. Columbia: University of Missouri Press.

RYAN A M, MCCULLOUGH J B, 2008. Cosmopolitan Twain [M]. Columbia: University of Missouri Press.

SAXTON A, 1971. The indispensable enemy: labor and the anti-Chinese movement in California [M]. Berkeley and Los Angeles: University of California Press.

SCHARNHORST G, 2010. Twain in his own time: a biographical chronicle of his life, drawn from recollections, interviews, and memoirs by family, friends, and associates [M]. Iowa City: University of Iowa Press.

SCHARNHORST G, 2019. The life of Mark Twain: the middle years, 1871 – 1891 [M]. Columbia: University of Missouri Press.

SCOTT A L, 1969. Mark Twain at large [M]. Chicago: H. Regnery Co.

SHELL M, 1978. The economy of literature [M]. Baltimore: The Johns Hopkins University Press.

SHILLINGSBURG M J, 1988. At home abroad: Mark Twain in Australasia [M]. Jackson: University Press of Mississippi.

SKANDERA – TROMBLEY L E, 1997. Mark Twain in the company of women [M]. University of Pennsylvania Press, Philadelphia.

SKANDERA – TROMBLEY L E, 2010. Mark Twain's other woman: the hidden story of his final years [M]. New York: Alfred A. Knopf.

SKANDERA – TROMBLEY L E, KISKIS M J, 2001. Constructing Mark Twain: new directions in scholarship [M]. Columbia: University of Missouri Press.

SLOANE D E E, 1993. Mark Twain's humor: critical essays [M]. New York: Garland Pub.

SMITH H N, 1962. Mark Twain: the development of a writer [M]. Cambridge: The Belknap Press of Harvard University Press.

SMITH H N, 1963. Mark Twain: A collection of critical essays [M]. Englewood Cliffs, N. J: Prentice-Hall.

SMITH H N, 1964. Mark Twain's Fable of progress: political and economic ideas in "A Connecticut Yankee" [M]. New Brunswick: Rutgers University Press.

SMITH Janet, 1972. Mark Twain on man and beast [M]. New York: Lawrence Hill and Co.

SOTIROPOULOS K, 2006. Staging race: black performance in turn of the century America [M]. Cambridge: Harvard University Press.

STENBRINK J, 1991. Getting to be Mark Twain [M]. Berkeley: University of California Press.

STONELEY P, 1992. Mark Twain and the feminine aesthetic [M]. Cambridge: Cambridge University Press.

STRONG L A, 1966. Joseph Hopkins Twichell, Mark Twain's friend and pastor [M]. Athens: University of Georgia Press.

TOLL R C, 1974. Blacking up: the minstrel show in nineteenth-century America [M]. New York: Oxford University Press.

VAN BROOKS W, 1909. The wine of the puritans: a study of present-day America [M]. New York: M. Kennerley.

VAN BROOKS W, 1915. America's coming-of-age [M]. New York: B. W. Huebsh.

VAN BROOKS W, 1920. The ordeal of Mark Twain [M]. United States: E. P. Dutton & company.

VAN BROOKS W, 1952. Makers and finders [M]. New York: Dutton.

WAGENKNECHT E C, 1935. Mark Twain: the man and his work [M]. New Haven: Yale University Press.

WALDO F, 1919. Our America [M]. New York: Boni and Liveright.

WARREN J W, 1984. The American narcissus, individualism and women in nineteenth-century American fiction [M]. Rutgers University Press.

WECTER D, 1952. Sam Clemens of Hannibal [M]. Boston: Houghton Mifflin.

WELLEK R, 1986. A history of modern criticism 1750 – 1950 [M]. New Haven: Yale University Press.

WHITEJ B, 1973. The legal imagination: studies in the nature of legal thought and expression [M]. Boston: Little, Brown.

WONHAM H B, HOWE L, 2017. Mark Twain and money: language, capital, and culture [M]. Tuscaloosa: The University of Alabama Press.

ZWICK J, 2007. Confronting imperialism: essays on Mark Twain and the anti-imperialist league

[M]. West Conshohocken: Infinity Publishing.

（三）学位论文

FEINSTEIN H C V, 1968. Mark Twain's lawsuits [D]. Berkeley: University of California, Berkeley.

FLOWERS Frank C, 1941. Mark Twain's theories of morality [D]. Baton Rouge: Louisiana State University.

GOLD C H W, 1997. Paige and the making of A Connecticut Yankee [D]. St. Louis: Washington University in St. Louis.

GOSLING T W, 1911. The negro in American fiction [D]. Cincinnati: University of Cincinnati.

GRAVITTE K B, 2013. Animal ethics and ethical animals: American literature and science, 1849–1906 [D]. Tulsa: The University of Tulsa.

GUZMAN M, 2019. Non/human: (re) seeing the "animal" in nineteenth-century American literature [D]. Lincoln: University of Nebraska.

NAGAO J A, 1996. Technology and culture in turn-of-the-century novels by Mark Twain, Upton Sinclair, and Charlotte Perkins [D]. California State University.

NELSON J H, 1923. The negro character in American literature [D]. Ithaca: Cornell University.

PONTE D, 1953. American periodical criticism of Mark Twain: 1869–1917 [D]. Washington, MA: University of Maryland.

ROBERT M R, 1946. Mark Twain in England: a study of english criticism of and attitude toward mark twain: 1867–1940 [D]. Wisconsin: University of Wisconsin.

ROBINSON F C, 1937. Mark Twain and religion [D]. Lincoln: University of Nebraska.

（四）期刊论文

AGGARWAL I N, 1973. Mark Twain's visit to Allahabad [J]. Indian journal of American studies, June 1973: 104–108.

AHLUWALIA H S, 1976. Mark Twain's lecture tour in India [J]. Mark Twain journal, 18 (3): 4–7.

ALAN G, 1982. Mark Twain, business man: the margins of profit [J]. Studies in American humor, 1 (1): 24–43.

ALVIN J, 1920. The tragedy of Mark Twain [J]. New republic (23): 201–204.

ARAC J, 1992. Nationalism, hypercanonization, and Huckleberry Finn [J]. Boundary 2,. 19 (1): 14–33.

ARAC J, 1999. Why does no one care about the aesthetic value of "Huckleberry Finn"? [J]. New literary history, 30 (4): 769-784.

ARAC J, 2005. Revisiting Huck: idol and target [J]. Mark Twain annual (3): 9-12.

BAETZHOLD H G, 1961. The course of composition of a Connecticut yankee: a reinterpretation [J]. American literature, 33 (2): 195-214.

BAETZHOLD H G, 1972. Found: Mark Twain's "lost sweetheart" [J]. American literature, 44 (3): 414-429.

BERRET A J, 1986. Huckleberry Finn and the minstrel show [J]. American studies, 27 (2): 37-49.

BRODWIN S, 1973a. Blackness and the Adamic myth in Mark Twain's Pudd'Nhead Wilson [J]. Texas studies in literature and language, 15 (1): 167-176.

BRODWIN S, 1973b. Mark Twain's masks of Satan: the final phase [J]. American literature 45 (2): 206-227

BUDD L J, 1977. A listing of and selection from newspaper and magazine interviews with Samuel L. Clemens 1874-1910 [J]. American literary realism, 1870-1910,. 10 (01): 95-100.

BURG D F, 1974. Another view of Huckleberry Finn [J]. Nineteenth-century fiction, 29 (3): 299-319.

BUSH H K, 2000. Our Mark Twain? or, some thoughts on the autobiographical critic [J]. The New England quarterly, 73 (1): 100-121.

BUSH H K, 2002. Broken idols: Mark Twain's Elegies for Susy and a critique of Freudian grief theory [J]. Nineteenth-century literature, 57 (2): 237-268.

BUSH H K, 2004. Mark Twain's American Adam: humor as hope and apocalypse [J]. Christianity and literature, 53 (3): 291-314.

CAMFIELD G, 1988. The moral aesthetics of sentimentality: a missing key to Uncle Tom's Cabin [J]. Nineteenth-century literature, 43 (3): 319-345.

CAMFIELD G, 1991. Sentimental liberalism and the problem of race in Huckleberry Finn [J]. Nineteenth-century literature, 46 (1): 96-113.

CARTER E, 1978. The meaning of a Connecticut Yankee [J]. American literature, 50 (3): 418-440.

CORE G, 2012. Remembering James M. Cox [J]. The Sewanee review, 120 (2): 1-11.

CUMMINGS S, 1957. Mark Twain's social Darwinism [J]. Huntington library quarterly, 20 (2): 163-175.

DAVIS J H, 2016. Who wears the pants? sexual masquerade and sexual meaning in an awful terrible medieval romance [J]. The Mark Twain annual, 14 (1): 104-113.

DOBSKI B J, KLEINERMAN B A, 2007. We should see certain things yet, let us hope and believe: technology, sex, and politics in Mark Twain's Connecticut Yankee [J]. The review of politics, 69 (4): 599-624.

DURHAM J M, 1965. Mark Twain and imperialism [J]. Revista de letras, (6): 67-80.

ELLISON R, 1958. Change the joke and slip the yoke [J]. Partisan review, (25): 212-222.

FISCHER V, 1983. Huck Finn reviewed: the reception of Huckleberry Finn in the United States, 1885-1897 [J]. American literary realism, 1870-1910, 16 (1): 1-57.

FULTON J B, 2006a. Jesus Christ and vivisection: Mark Twain's radical empathy in A Dog's Tale [J]. CCTE studies (71): 9-20.

FULTON J B, 2006b. Mark Twain's new Jerusalem: prophecy in the unpublished essay "About Cities in the Sun" [J]. Christianity and literature 55 (2): 173-194.

FULTON J B, 2011. Reviewed work: Autobiography of Mark Twain, Edited by Harriet Elinor Smith, Benjamin Griffin, Victor Fischer, Michael B. Frank, Sharon K. Goetz, and Leslie Diane Myrick [J]. Nineteenth-century literature 66 (3): 386-390.

GARDINER J, 1987. A more splendid necromancy: Mark Twain's Connecticut Yankee and the electrical revolution [J]. Studies in the novel, 19 (4): 448-458.

GIBSON W M, 1947. Mark Twain and Howells: anti-imperialists [J]. The New England quarterly, 20 (4): 435-470.

GRIBBEN A, 1996a. Itinerary of Mark Twain's lecture tour in India, Mark Twain journal [J]. 34 (1): 8-20.

GRIBBEN A, 1996b. Composite Summary of Mark Twain's lectures in India [J]. Mark Twain journal, 34 (1): 24-29.

GUTTMANN A, 1960. Mark Twain's Connecticut Yankee: affirmation of the vernacular tradition [J]. The New England quarterly, 33 (2): 232-237.

GUZMAN, 2015. Dog's best friend? vivisecting the animal in Mark Twain's A Dog's Tale [J]. The Mark Twain annual, 13 (1): 29-42.

HARMON R, SCHARNHORST G, 2007. Mark Twain's interviews: supplement one [J]. American literary realism, 39 (3): 254-275.

HARRINGTON F H, 1935. The anti-imperialist movement in the United States, 1898-1900 [J]. The Mississippi valley historical review, 22 (2): 211-230.

HARRIS S K, 1985. Mark Twain's bad women [J]. Studies in American fiction, 13 (2): 157-168.

HARRIS S K, 2017. My life with Mark Twain: chapter one—Hinduism [J]. The Mark Twain annual 15 (1): 1-21.

HAWKINS H, 1978. Mark Twain's involvement with the Congo reform movement: a fury of generous indignation [J]. The New England quarterly, 51 (2): 147-175.

HAWKINS H, 1993. Mark Twain's anti-imperialism [J]. American literary realism, 25 (2): 31-45.

HENDERSON A, 1910. The International fame of Mark Twain [J]. The North American review, 192 (661): 805-815.

HILL Hamlin, 1994. Reviewed work: was Huck Black? Mark Twain and African-American voices by Shelley Fishkin [J]. American literary realism, 26 (3): 90-92.

HOBEN J B, 1946. Mark Twain's A Connecticut Yankee: a genetic study [J]. American literature, 18 (3): 197-210+211-218.

HOFFMAN A J, 1995. Mark Twain and homosexuality [J]. American literature, 67 (1): 23-49.

HOFFMAN D G, 1960. Jim's magic: black or white? [J]. American literature, 32 (1): 47-54.

HOHENHAUS R, 2008. The "petrified man" returns: an early Mark Twain hoax makes an unexpected appearance in Australasia [J]. Australasian journal of American studies, 27 (2): 83-103.

HUDON E G, 1966. Mark Twain and the copyright dilemma [J]. American bar association journal,. 52 (1): 56-60.

JONES A E, 1951. Heterodox thought in Mark Twain's Hannibal [J]. The Arkansas historical quarterly 10 (3): 244-257.

JONES A E, 1954. Mark Twain and freemasonry [J]. American literature, 26 (3): 363-373.

JONES A E, 1956. Mark Twain and sexuality [J]. PMLA, 71 (4): 595-616.

JONES AE, 1957. Mark Twain and the determinism of What Is Man [J]. American literature, 29 (1): 1-17.

KAGAL C, 1966. The Adventures of Shri Mark Twain [J]. Span (7): 3-9.

KRAUSE S J, 1967. Reviewed works: Mr. Clemens and Mark Twain: a biography by Justin Kaplan; Mark Twain: the fate of humor by James M. Cox [J]. The New England quarterly, 40 (3): 441-442.

LEE J Y, 2014. Brand management: Samuel Clemens, trademarks, and the Mark Twain enterprise [J]. American literary realism, 47 (1): 27-54.

LIEBERMAN J L, 2010. Hank Morgan's power play: electrical networks in King Arthur's court [J]. The Mark Twain annual (8): 61-75.

MCCOY S D, 2009. The Trouble Begins at Eight: Mark Twain, the San Francisco Minstrels, and the Unsettling Legacy of Blackface Minstrelsy [J]. American literary realism, 41 (3):

232-248.

METZGER S, 2004. Charles Parsloe's Chinese fetish: an example of yellowface performance in nineteenth-century American melodrama [J]. Theatre journal,. 56 (4): 627-651.

MOORE L H, 1922. Mark Twain and Don Quixote [J]. PMLA, 37 (2): 324-346.

MORRIS L A, 1999. Beneath the veil: clothing, race, and gender in Twain's Pudd'Nhead Wilson [J]. Studies in American fiction 27 (1): 37-52.

MORRIS L A, 2005. The eloquent silence in hellfire hotchkiss [J]. The Mark Twain annual (3): 43-51.

MORRIS L A, 2014. Twice-told tales: Aunt Sally Phelps and the "evasion" in Adventures of Huckleberry Finn [J]. The Mark Twain annual, 12 (1): 30-45.

NIALL B, 1985. Tom Sawyer on the wallaby track: some American Influences on early Australian children's fiction [J]. Australasian journal of American studies 4 (2): 49-56.

OGGEL T, 2003. In his own time: the early reception of Mark Twain [J]. Mark Twain annual, (1): 45-60.

OU H Y, 2011. Mark Twain, Anson Burlingame, Joseph Hopkins Twichell, and the Chinese [J]. Ariel, 42 (2): 43-74.

OU H Y, 2013. The Chinese stereotypical signification in Ah Sin [J]. Mosaic: an interdisciplinary critical journal, 46 (4): 145-161.

PARSONS C O, 1960. The background of the mysterious stranger [J]. American literature, 32 (1): 55-74.

PARSONS C O, 1962. Mark Twain in New Zealand [J]. South Atlantic quarterly, LXI, Winter: 51-76.

PARSONS C O, 1963. Mark Twain: sightseer in India [J]. The Mississippi quarterly, 16 (2): 76-93.

PETER M, 2003. Mark Twain, Joseph Twichell, and religion [J]. Nineteenth-century literature, 58 (3): 368-402.

PETER M, 2011. Obituary: Louis J. Budd (1921—2010) [J]. Journal of American studies, 45 (3): 599-602.

PETTIT A G, 1970. Mark Twain's attitude toward the negro in the west, 1861-1867 [J]. The Western Historical quarterly, 1 (1): 51-62.

PETTIT A G, 1971. Mark Twain and the negro, 1867-1869 [J]. The journal of negro history, 56 (2): 88-96.

PETTIT, A G. Mark Twain, unreconstructed southerner, and his view of the negro, 1835-1860. The Rocky mountain social science journal, 1970 (VII): 17-28.

PHILIPPON D J, 2002. Following the equator to its end: Mark Twain's South African conversion

[J]. Mark Twain journal, 40 (1): 3-13.

POOLE S, 1985. In Search of the missing link: Mark Twain and Darwinism [J]. Studies in American Fiction, 13 (2): 201-215.

ROBERT R, 1975. Reviewed works: Mark Twain's notebook and journals [J]. CEA Critic, 37 (3): 17-18.

ROBINSON F G, 1988. The characterization of Jim in Huckleberry Finn [J]. Nineteenth-century literature, 43 (3): 361-391.

SAWICKI J, 1985. Authority/author-ity: representation and fictionality in Huckleberry Finn [J]. Modern Fiction Studies, 31 (4): 691-702.

SCHARNHORST G, 2018. Five additional recovered letters by Mark Twain [J]. American literary realism, 50 (2): 183-184.

SCHARNHORST G, 2018. Mark Twain's interviews: supplement three [J]. American literary realism, 50 (3): 275-279.

SCHARNHORST G, 2019. A sheaf of recovered Mark Twain Letters [J]. American literary realism, 52 (1): 89-94.

SCHARNHORST G, 2019. Mark Twain on baseball: a recovered letter to the editor [J] American literary realism, 51 (2): 180-181.

SCHMITZ N, 1971. Twain, Huckleberry Finn, and the reconstruction [J]. American studies, 12 (1): 59-67.

SCOTT A L, 1955. Mark Twain: critic of conquest [J]. The Dalhousie review, 35 (1): 45-53.

SHARMA M L, 1968. Mark Twain's passage to India [J] Mark Twain journal (14): 12-14.

SHARMA S, 2017. Mark Twain's India: the private-public divide in following the equator [J]. Mark Twain annual, 15 (1): 22-37.

SHILLINGSBURG M J, 1987. American humor in an inter-cultural context: distinctively her own [J]. Australasian journal of American studies, 6 (1): 35-45.

SHILLINGSBURG M J, 1995. Mark Twain day by day [J]. Mark Twain journal, 33 (2): 2-41.

SKANDERA-TROMBLEY L, 1997. Mark Twain's cross-dressing oeuvre [J]. College literature, 24 (2): 82-96.

SLOANE D E E, 2014. The n-word in Adventures of Huckleberry Finn reconsidered [J]. The Mark Twain annual, 12 (1): 70-82.

SMILEY J, 1996. Say it ain't so, huck: second thought on Mark Twain's masterpiece [J]. Harper's magazine, 292 (1748).

SMITH H N, 1984. The publication of Huckleberry Finn: a centennial retrospect [J]. Bulletin of the American academy of arts and sciences, 37 (5): 18-40.

TUCKEY J S, 1985. Mark Twain's later dialogue: the "me" and the machine [J]. American fiction, 13 (2): 532-542.

VALKEAKARI T, 2006. Huck, Twain, and the freedman's shackles: struggling with Huckleberry Finn today [J]. Atlantis, 28 (2): 29-43.

VOGELBACK A L, 1939. The publication and reception of Huckleberry Finn in America [J]. American literature, 11 (3): 260-272.

WAGGONER H H, 1937. Science in the thought of Mark Twain [J]. American literature, 8 (4): 357-370.

WALTER B, 1967. Reviewed work: Mr. Clemens and Mark Twain: a biography by Justin Kaplan [J]. American literature, 39 (2): 220-223.

WEBBJ, BUSH H K, 2008. Mark Twain's interviews: supplement two [J]. American literary realism, 40 (3): 272-280。

WEIR R, 2009. Vagabond abroad: Mark Twain's 1895 visit to New Zealand [J]. The journal of the gilded age and progressive era, 8 (4): 487-514.

WILSON J D, 1978. In quest of redemptive vision: Mark Twain's Joan of Arc [J]. Texas studies in literature and language, 20 (2): 181-198.

WILSON J D, 1986. Religious and esthetic vision in Mark Twain's early career [J]. Canadian review of American studies, 17 (2): 155-172.

WONHAM H B, 2008. MarkTwain's last cakewalk: racialized performance in No. 44, Mysterious Stranger [J]. American literary realism, 40 (3): 262-271.

WONHAM H B, 2015. The art of arbitrage: reimagining Mark Twain, business man [J]. ELH, 82 (4): 1239-1266.

WOODARD F, MACCANN D, 1984. Huckleberry Finn and the traditions of blackface minstrelsy [J]. Interracial books for children bulletin, 15 (1): 4-13.

ZEHR M, 2009. The vision of the other in Mark Twain's "war-prayer" [J]. Journal of American studies, 1 (1): 87-91.

ZEHR M, 2010. Mark Twain, the Treaty with China, and the Chinese connection [J]. Journal of transnational American studies, 2 (1): 1-12.

二、中文文献

（一）中文著作

曹顺庆, 2005. 比较文学学 [M]. 成都: 四川大学出版社.

陈建华, 2016. 中国外国文学研究的学术历程（第1卷）：外国文学研究的方法论问题 [M]. 重庆：重庆出版社.

陈建华, 2016. 中国外国文学研究的学术历程（第2卷）：外国文学研究的多维视野 [M]. 重庆：重庆出版社.

陈平原, 夏晓虹, 1989. 二十世纪中国小说理论资料 [M]. 北京：北京大学出版社.

邓树桢, 1999. 马克·吐温的中国情结（上、下册）[M]. 台北：天星出版社.

董衡巽, 1991. 马克·吐温画像 [M]. 上海：上海文艺出版社.

胡经之, 1995. 西方文艺理论名著教程 [M]. 北京：北京大学出版社.

江宁康, 金衡山, 查明建, 等, 2016. 中国外国文学研究的学术历程（第4卷）：美国文学研究的学术历程 [M]. 重庆：重庆出版社.

乐黛云, 王宁, 1989. 超学科比较文学研究 [M]. 北京：中国社会科学出版社.

钱理群, 2013. 中国现代文学编年史 [M]. 北京：北京大学出版社.

温儒敏, 2005. 中国现代文学学科概要 [M]. 北京：北京大学出版社.

张军学, 2015. 马克·吐温狂欢话语研究 [M]. 北京：北京交通大学出版社.

（二）中文译著

安德森, 2003. 想象的共同体：民族主义的起源与散布 [M]. 吴叡人, 译. 北京：商务印书馆.

鲍曼, 2002. 现代性与大屠杀 [M]. 杨渝东, 史建华, 译. 南京：译林出版社.

波布洛娃, 1958. 马克·吐温评传 [M]. 张由今, 译. 北京：作家出版社.

波伏娃, 2011. 第二性 [M]. 郑克鲁, 译. 上海：上海译文出版社.

德比亚齐, 2005. 文本发生学 [M]. 汪秀华, 译. 天津：天津人民出版社.

恩格尔曼, 高尔曼, 2018. 剑桥美国经济史（第二卷）：漫长的19世纪 [M]. 高德步, 等译. 北京：中国人民大学出版社.

伽达默尔, 1999. 真理与方法——哲学诠释学的基本特征·上卷 [M]. 洪汉鼎, 译. 上海：上海译文出版社.

海德格尔, 1997. 林中路 [M]. 孙周兴, 译. 上海：上海译文出版社.

海德格尔, 2011. 面向思的事情 [M]. 陈小文, 孙周兴, 译. 北京：商务印书馆.

加缪, 2011. 西西弗神话 [M]. 杜小真, 译. 北京：人民文学出版社.

列宁, 2013. 列宁全集（第27卷）[M]. 第2版. 北京：人民出版社.

卢梭, 1959. 论科学与艺术 [M]. 何兆武, 译. 北京：商务印书馆.

马尔库塞, 2014. 单向度的人：发达工业社会意识形态研究 [M]. 刘继, 译. 上海：上海译文出版社.

马克思, 恩格斯, 2014. 马克思恩格斯全集（第36卷）[M]. 中共中央马克思恩格斯列宁斯大林著作编译局, 编译. 北京：人民出版社.

那埃特，1994. 马克·吐温自传［M］. 许汝祉，译. 南京：译林出版社.
佩因，2014. 理性时代［M］. 陈宇，译. 武汉：武汉大学出版社.
斯密，2016. 国富论［M］. 贾拥民，译. 北京：中国人民大学出版社.
斯皮勒，1990. 美国文学的周期［M］. 王长荣，译. 上海：上海外语教育出版社.
斯特拉奇，2003. 维多利亚时代：四名人传［M］. 逄珍，译. 广州：花城出版社.
吐温，2002. 马克·吐温十九卷集［M］. 吴钧陶，等译. 石家庄：河北教育出版社.
吐温，2010. 火车上的食人族——马克·吐温短篇小说（评注本）［M］. 朱振武，等译. 上海：华东理工大学出版社.
吐温，2012. 马克·吐温自传（第一卷）［M］. 孟洁冰，申生，译. 北京：法律出版社.
韦伯，2010. 新教伦理与资本主义精神［M］. 阎克文，译. 上海：上海人民出版社.
韦勒克，沃伦，1984. 文学理论［M］. 刘象愚，等译. 北京：生活·读书·新知三联书店.

（三）学位论文

蔡熙，2012. 当代英美狄更斯学术史研究（1940—2010）［D］. 长沙：湖南师范大学.
郭晶晶，2017. 马克·吐温作品中的身份转换策略研究［D］. 武汉：华中师范大学.
刘白，2012. 英美狄更斯学术史研究（1836—1939）［D］. 长沙：湖南师范大学.
易乐湘，2007. 马克·吐温青少题材小说的多主题透视［D］. 上海：上海师范大学.

（四）期刊论文

包布洛娃，1961. 马克·吐温作品中的华侨工人的形象［J］. 鲍群，译，世界文学（04）：112-118.
陈革，1989. 女性原则与哈克·贝利费恩［J］. 松辽学刊（04）：91-94.
陈慧，1980. 马克·吐温与中国［J］. 河北师范大学学报（哲学社会科学版）（02）：68-70.
陈平原，2005. "当代学术"如何成"史"［J］. 云梦学刊（04）：8-9.
陈潇，2018. 经济与文学的越界与融合——从经济学视角重温马克·吐温之经典［J］. 辽宁教育行政学院学报（02）：83-87.
陈众议，2011. 外国文学学术史研究——"经典作家作品系列"总序［J］. 东吴学术（02）：102-105.
崔丽芳，2003. 马克·吐温的中国观［J］. 外国文学评论（04）：123-130.
德里达，2000. 延异［J］. 汪民安，译. 外国文学（01）：69-84.
邓云飞，2015. 蒲安臣与马克·吐温中国观的转变［J］. 西华师范大学学报（哲学社会科学版）（05）：22-28.
董衡巽，1985. 马克·吐温的历史命运［J］. 读书（11）：20-28.

高丽萍，都文娟，2013. 现代性与马克·吐温的思想变迁［J］. 山东社会科学（10）：149－153.

高照成，刘建军，2018。关于外国文学研究几个重要问题的思考——刘建军教授访谈［J］. 燕山大学学报（哲学社会科学版）（03）：27－33＋2.

顾长声，1983. 马克·吐温揭露传教士对义和团的镇压［J］. 学术月刊（05）：73－77.

郭英剑，2001. 美国东方主义——论布勒特·哈特、马克·吐温、杰克·伦敦作品中的中国人形象［J］. 英美文学研究论丛（00）：367－371.

胡继华，2004. 延异［J］. 外国文学（04）：53－60.

胡怡君，2018. 文学与经济的对话——"首届文学与经济跨学科研究专题学术研讨会"综述［J］. 外国文学研究（03）：174－176.

蒋承勇，吴澜，2019. 选择性接受与中国式呈像——马克·吐温之中国传播考论［J］. 英语研究（01）：70－79.

老舍，1960. 马克·吐温："金元帝国"的揭露者——在世界文化名人马克·吐温逝世50周纪念会上的报告［J］. 世界文学（10）：127－132.

林家钊，2018. 晚清翻译小说中的政治、诗学与媒体——马克·吐温《火车上的食人族》日、中译本比较研究［J］. 中外文化与文论（02）：367－376.

刘禾，1992. 黑色的雅典——最近关于西方文明起源的论争［J］. 读书（10）：3－10.

米勒，2010. 中美文学研究比较［J］. 黄德先，译. 外国文学（04）：83－89＋158－159.

屈维蒂，2018. 东西方的世界主义：希腊、中国与印度［J］. 林家钊，译，深圳大学学报（人文社会科学版）（01）：14－23.

邵旭东，1984. 国内马克·吐温研究述评［J］. 外国文学研究（04）：134－138.

沈培锠，1986. 马克·吐温创作的三个时期［J］. 外国文学研究（03）：62－67＋61.

石婕，2015. 国内马克·吐温研究述评［J］. 河南教育学院学报（哲学社会科学版）（06）：95－100.

唐婕，2014. 意识形态操纵下的马克·吐温作品译介史［J］. 重庆第二师范学院学报（02）：74－77＋175.

唐毅，1997. 从反洋教斗争看近代中西文化冲突［J］. 文史杂志（05）：28－30.

童小念，聂珍钊，2003. 互联网与外国文学研究的现代化［J］. 外国文学研究（01）：32－37＋171－172.

吐温，1959. 给坐在黑暗中的人［J］. 叫维，译，世界文学（08）：106－120.

王传顺，2014. 马克·吐温的宗教观［J］. 宗教与美国社会（02）：121－141＋409.

王宁，1995. 东方主义、后殖民主义和文化霸权主义批判——爱德华·赛义德的后殖民主义理论剖析［J］. 北京大学学报（哲学社会科学版）（02）：54－62＋128.

王炎龙，曾元祥，2017. 中国作家群体的资本形态与资本生成——基于中国作家富豪榜（2006－2015）的分析［J］. 现代中国文化与文学（03）：39－54.

王友贵，1992. 陌生的马克·吐温［J］. 西南师范大学学报（人文社会科学版）（01）：114-118.

卫景宜，2002. 美国主流文化的"华人形象"与华裔写作［J］. 国外文学（01）：28-36.

吴钧陶，2008. 感谢马克·吐温［J］. 译林（03）：214-217.

吴兰香，2010. 马克·吐温早期游记中的种族观［J］. 解放军外国语学院学报（04）：107-112+128.

吴兰香，2012. 被吹灭的工业文明之灯——《康州美国佬在亚瑟王朝》的变革启示［J］. 外国文学评论（02）：82-92.

徐宣乐（Hsu H L），2018. 黑暗世界的别样解读——马克·吐温及其作品中的亚裔移民［J］. 尚菲菲，译，学习与探索（04）：144-150+176.

徐宗英，郑诗鼎，1985. 马克·吐温再研究［J］. 西南师范大学学报（人文会科学版）（03）：79-84+135.

许汝祉，1981. 真正的马克·吐温——《马克·吐温自传》代序［J］. 南京师大学报（社会科学版）（01）：70-78.

杨金才，于雷，2011. 中国百年来马克·吐温研究的考察与评析［J］. 南京社会科学（08）：132-138+144.

易乐湘，2008. 美国马克·吐温研究述评［J］. 淮北煤炭师范学院学报（哲学社会科学版）（02）：24-29.

于雷，2009. 马克·吐温的"东方主义"再思考——以《马克·吐温的中国观》为例［J］. 南京理工大学学报（社会科学版）（02）：21-24+121.

于雷，2011. 马克·吐温要把中国人赶出美国吗？——关于〈我也是义和团〉中的一处"悬案"［J］. 外国文学（05）：73-77.

袁国兴，2009. 隐身与遮蔽："笔名"对发生期中国现代文学质地的影响［J］. 文学评论（03）：38-42.

张德明，1999.《哈克贝里·芬历险记》与成人仪式［J］. 浙江大学学报（人文社会科学版）（04）：91-97.

张龙海，2010. 美国东方主义语境下的华人形象［J］. 英美文学研究论丛（01）：43-50.

张友松，1985. 幽默大师盛誉不衰：纪念马克·吐温诞生一百五十周［J］. 群言（09）：31-33.

周渭渔，1981. 论马克·吐温作品的人民性［J］. 华中师院学报（哲学社会科学版）（01）：86-92.

朱刚，2001. 排华浪潮中的华人再现［J］. 南京大学学报（哲学·人文科学·社会科学版）（06）：44-52.

朱树飚，1979. 永远的喜悦——评介马克·吐温著《哈克贝里·费恩历险记》［J］. 教学研究（02）：10-17.